KB045896

그 목장에서의 일

1

"어때? 이거 봐, 그렇게 지저분하지도 않고, 망가지지도 않았지?"

토리코의 말에도 코자쿠라의 찌푸린 얼굴은 풀리지 않았다.

"이게 안 지저분하다고? 확실히 망가진 곳은 아무 데도 없는 것 같지만――."

"그렇지?"

"――폭력의 냄새가 풀풀 나."

우리 세 사람은 코자쿠라 저택 세면대 앞에 서서 욕실을 들여다보고 있었다. 나름대로 오래된 저택 안, 욕실은 다소 보수한 것 같지만 욕조에는 흙 묻은 발자국이 뒤범벅되어 있었고 샤워헤드는 바닥에 팽개쳐져 있었다. 욕조 뚜껑 위에는 피가 번진 수건이 걸려 있었다. 코자쿠라의 말대로 뭔가 평온하지 못한 일이 일어난 낌새가 강하게 풍기고 있었다.

복도에서 발소리가 가까워지더니 DS 연구소의 미기와가 세면대 쪽으로 얼굴을 내밀었다.

"청소업자분의 도착이 좀 늦어지는 것 같습니다. 역 앞 일방통행 도로로 들어서서 헤매고 있다는군요. 오래 기다리게 해드려 정말 죄송합니다."

"아니, 괜찮아."

퉁명스럽게 답하는 코자쿠라에게 미기와는 정중한 말투로 말을 이었다.

"나머지는 제가 할 테니 코자쿠라 씨도, 여러분도, 부디 마음 편하게 쉬고 계십시오……하긴, 제가 이런 말하는 것도 좀 그렇지만."

"정말. 여긴 내 집이거든?"

투덜거리면서도 코자쿠라는 발길을 돌려 화장실을 나왔다. 토리코와 나도 뒤를 따랐다. 미기와 곁을 지나갈 때, 난 그 얼굴을 올려다보며 물었다.

"물놀이, 라고 하셨죠?"

"네?"

"욕조랑 수건으로 어떻게 했다고——."

내가 그렇게 말하자 미기와의 미소가 살짝 깊어졌다.

3일 전, 나와 코자쿠라는 세뇌 사교 집단의 실행부대에 의해 길거리에서 유괴되었다. 이세계에서 온 특수한 〈목소리〉로 사람들을 매료시키고 세뇌해버리는 능력을 가진 여고생, 우루미 루나를 숭배하는 사교 집단이었다. 그들은 원래 나와 토리코를 납치할 생각이었던 것 같지만 착오가 생겨 토리코가 아닌 코자쿠라를 납치하고 말았다.

사교 집단의 실행부대는 이번에야말로 토리코를 유괴하기 위해 재차 코자쿠라 저택에 침입했다. 하지만 그곳에는 토리코와, 소식을 듣고 달려온 미기와가 만반의 준비를 하고 기다리고 있었다——.

침입한 실행 부대를 처치한 후 나와 코자쿠라가 갇힌 장소를 알아내기 위해 미기와는 그들을 심문했다고 한다. 광신적인 사교 집단 신자들에게서 정보를 캐내는 게 그렇게 쉬운 일이 아닐 텐데. 어떻게 한 건지 묻는 나에게 미기와는 이렇게 말했다.

〈욕조와 수건을 빌려서.〉

〈물놀이를 좀 한 것뿐입니다.〉

"저도 그렇게 경험이 많은 편은 아니지만 다른 사람에게서 무언가를 알아내고 싶을 때는 물을 사용하는 게 가장 편합니다. 더러워지지도 않고, 상처도 생기지 않죠. 특별한 준비도 필요 없고."

미기와는 침착하게 답했다. 분명하게 말하지 않아도 물고문을 설명하고 있다는 것 정도는 나도 알 수 있었다. 〈일반재단법인 DS연구 장려협회〉사무국장, 미기와 요이치로—— 3피스 슈트가 잘 어울리는 이 집사 같은 남자는, 겉모습만 봐서는 상상도 할 수 없을 정도로 폭력에 정통한 사람이었다. 지금은 긴 소매 셔츠로 감추고 있는 그 아래팔 부분이 빽빽하게 마야 문자 문신으로 뒤덮여있다는 것을 난 알고 있었다.

무서워.

그렇지만 미기와가 사교 집단 신자들에게서 솜씨 좋게 정보를 캐내, 토리코와 함께 달려오지 않았다면 난 총에 맞아 죽고, 코자쿠라도 우루미 루나에게 세뇌됐겠지. 그러니까 감사하고 있는 건 틀림없지만 역시 좀 주눅이 들었다. 왜냐하면 난 평범한 여대생이니까.

"저기, 우리 집 안에서 불온한 이야기는 하지 말아줄래?"

"실례했습니다."

코자쿠라의 불평이 날아들자 미기와가 정중하게 사과했다.

우린 줄줄이 복도를 지나 응접실로 돌아왔다. 거기까지의 복도도 발자국투성이었고 여기저기에 침입자를 잡기 위한 트랩에 사용한 걸로 보이는 철사나 빈 페트병이 흩어져 있었다. 벽에도 새 걸로 보이는 못이 몇 개나 머리를 쑥 내밀고 있었다. 우리가 걸리지 않게 녹색 양생 테이프를 둘러 눈에 띄도록 응급 처치가 되어 있었다.

응접실로 돌아와 우리는 각자 소파에 앉았다. 미기와는 계속 서 있었다.

"드실 차를 준비할까요?"

"아, 부탁드릴게요."

"그러니까 왜 소라오가 대답하는 건데? 여긴 내 집이라니까."

그렇게 말했지만 코자쿠라도 이의는 없는 것 같았다. 미기와가 주전자로 모두가 마실 차를 준비해주었다.

뜨거운 녹차를 홀짝거리면서 코자쿠라가 투덜거렸다.

"저 녀석도 이 녀석도, 남의 집에서 제멋대로 행동하고."

"정말 죄송합니다. 긴급사태였기 때문에 부득이……. 파손 부분의 수리 비용은 전부 DS 연구소가 지불할 겁니다."

"고마워. 하는 김에 수리도 좀 해줄래?"

"물론입니다. 원하시는 형태로 해드리겠습니다——."

"농담이야……. 깔끔하게 청소만 해주면 돼."

"있잖아, 소라오."

당분간 조용했던 토리코가 온순한 얼굴로 입을 열었다.

"왜?"

"뒤풀이, 어떻게 할래?"

"……응?"

나와 코자쿠라는 토리코를 멀뚱멀뚱 바라보았다.

"아니, 이번에도 이세계에 갔다 왔잖아? 그럼 뒤풀이를 해야지."

이세계 탐험 때마다 뒤풀이라고 칭하면서 먹고 마시고 싶어하는 건 토리코의 정체불명의 집착이었다. 처음에는 당황했지만 일상으로 돌아왔다는 실감도 나고, 이세계에서 현실 세계로의 전환으로 기능하기 때문에 좋은 습관이라는 생각은 하고 있었다.

코자쿠라가 찻잔을 테이블 위에 탁 놓고 일어났다.

"좋아! 알았어! 고기 먹으러 갈까?!"

"네? 하지만 저, 그렇게 돈 많이 없어요."

겁먹은 나를 향해 코자쿠라는 후훗 웃었다.

"오늘은 내가 살게── 도와줬으니까."

"코자쿠라, 멋져."

"코자쿠라 씨, 최고예요."

코자쿠라는 토리코와 날 매섭게 노려보았다.

"이런 계산적인 녀석들……. 뭐, 됐어, 가자!"

"네? 지금이요? 청소업자분이 올 텐데요?"

"제가 집을 지키고 있을 테니 편하게 다녀오십시오."

미기와가 그렇게 말하며 우리를 배웅했기 때문에 허둥지둥 셋이 고기를 먹으러 가게 되었다.

그렇다 해도 역시 집을 남에게 맡기고 멀리 나가는 건 좋지 않았고, 무슨 문제가 생겼을 때 바로 돌아올 수 있는 게 좋을 것 같다…… 판단으로 가까운 샤쿠지이 공원역 앞에서 가게를 찾기로 했다.

"좋은 고기를 먹고 싶어."

그것이 코자쿠라의 의향이었고 얻어먹는 처지인 나와 토리코는 고개를 숙인 채 가게를 찾았다.

때마침 24시간 영업하고 있는 고기 바가 있었기 때문에 거기로 들어갔고, 아직 해가 중천에 떠 있었지만 로제 와인부터 시작했다. 로제 와인에 대한 나의 인식은 '뭔가 핑크색의 달콤한 술' 정도밖에 없었지만 예상보다 산뜻하고 맛있었다. 그 이후에는 생햄, 구운 고기 초밥으로 넘어가 레드와인을 주문했고 100그램에 2천 엔 정도로 비싼 소고기를 구워 먹은 후, 철판 위에서 육즙이 지글지글 흐르는 스테이크를 우적우적 먹었다. 우린 세 사람 다 잘 먹는 편이었지만 그렇다 해도 오늘은 식욕이 넘쳤다. 사교 집단과 싸운 데다가 이세계의 위험한 존재와의 조우에서 살아 돌아온 반발로 몸이 영양분을 원하고 있는 걸지도 모르겠다.

이세계의 위험한 존재…….

난 칼로 스테이크를 자르며 토리코와 코자쿠라의 얼굴을 훔쳐보았다. 두 사람은 어떻게 생각할까——? 예전부터 친하게 지냈던 여자가 무시무시한 괴물로 변해서 눈앞에 나타났다는 것을.

이전부터 내 앞에 어른어른 모습을 드러냈던 그 여자는 드디어 토리코와 코자쿠라의 눈에도 보이는 모습으로 출현했다. 아직 미련을 버리지 못했던 두 사람에게도 그건 이미 자신이 알고 있던 인간이 아니라는 건 이해할 수 있었을 것이다.

역시 단념을 했을까.

아니……어떨까.

그런 괴물을 눈으로 보고도 아직 미련이 남았다고 한다면 구제할 방법이 없겠지만 방심할 순 없었다. 토리코와 코자쿠라의 감상적인 언동은 전부 무시하고 있는 나라도 그 여자에 대한 마음이 두 사람 속에 깊이 뿌리내리고 있다는 것 정도는 알고 있었다.

그 여자. 우루마 사츠키.

우리 눈앞에서 우루미 루나의 엄마를 죽이고 루나 본인도 죽일 뻔했다. 간신히 도망쳐서 현실 세계로 돌아왔지만 그 이후 토리코도 코자쿠라도 우루마 사츠키에 대해서는 아무 말도 꺼내지 않았다.

내가 없는 곳에서는 둘이 이야기를 나누고 있을지도 모른다. 그렇다고 해도 그건 내가 알 바가 아니었다.

테이블 위에서 코자쿠라의 스마트폰이 울렸다.

"청소, 끝난 것 같아."

코자쿠라가 화면을 보며 말했다.

"일찍 끝났네요."

"그러니까 말했잖아, 별로 망가지진 않았다고."

"알았으니까 일일이 의기양양한 얼굴 하지 마."

메시지를 보낸 후 코자쿠라가 레드와인을 석 잔째 따르며 말했다.

"이거 마시고 돌아갈까? 계속 집을 맡겨둘 수도 없으니."

"미기와 씨는 배려심이 많은 것 같아요."

"비싼 월급을 받고 있으니까."

"이럴 땐 그냥 고맙게 생각하면 돼. 솔직하지 못하다니까, 코자쿠라는."

"너에게만은 그런 말 듣고 싶지 않거든."

취한 김에 줄줄 언쟁을 벌이는 두 사람 사이를 내가 끼어들었다.

"정부나 기업에서 돈을 많이 낸다고 했죠?"

"부자들의 가족을 몇 명이나 맡은 시설이니까. 꽤 재미를 봤을 거야."

DS 연구소는 1990년대부터 존속하고 있는 단체로, 이세계의 영향으로 심신에 우려할 만한 변이를 일으킨 희생자를 비밀리에 보호하고 있었다. 그들은 원래 이세계를 탐구하려고 했던 대기업의 임원이나 국회의원, 연구자였다고 한다. 치료 전망조차 보이지 않을 정도로 파괴된 희생자들을 맡은 DS 연구소에는 그들의 가족들로부터 지금까지도 나름대로의 자금 원조가 이어지고 있다고. 미기와는 그 책임자로서 꽤 우아하게 인생을 즐겨온 것 같았다.

코자쿠라는 DS 연구소와 일을 하고 있고 우리가 이세계에서 가져온 이물질을 DS 연구소에 팔고 있기 때문에 지금 이렇게 맛있는 식사를 할 수 있는 것도, 재미를 보는 DS 연구소의 콩고물 덕분이라고 말할 수 있었다.

창문 밖은 벌써 저녁이었다. 역에서 잇달아 쏟아져 나오는 인파를 굳이 보려고 한 건 아니었지만 지켜보면서 난 내가 무의식 중에 그 여자의 모습을 찾고 있다는 사실을 깨달았다.

얼굴을 찡그리며 잔에 남은 와인의 수면 위로 시선을 떨궜다. 한동안 우루마 사츠키의 환영이 따라다닌 탓에 경계하는 게 완전히 버릇이 되어버렸다. 그게 화가 났다.

"왜 그래?"

토리코가 물었다. 나의 표정이 변했다는 걸 눈치챈 거겠지.

"그냥 생각 중이야."

"무슨 생각하는데?"

"……어제 일."

솔직하게 대답하기 싫어서 난 얼버무렸다.

"아아……. 지독했지? 그거."

토리코도 눈살을 찌푸리며 말했다. 이번에는 거짓말을 눈치 못 챈 것 같았다.

어제, 우린 다메이케산노에 있는 DS 연구소 건물에 있었다. 나와 토리코밖에 못 하는 일──루나의 사교 집단 뒤처리를 위해 불려간 것이었다.

우루마 사츠키를 만난 적도 없는데도 심취했던 성가신 팬, 우루미 루나(본명은 다르다고 했다. 미기와가 가르쳐줬지만 잊어버렸다.)는 이세계 유래의 최면 보이스로 사람을 세뇌해 자신의 신자로 만들었다. 우루미 루나는 동경하던 우루마 사츠키에게 당해 인사불성에 빠졌지만 그 추종자들로 이루어진 사교 집단은 아직 남아 있었다.

미기와와 토리코가 제압한 신자들은 DS 연구소 내 의료 시설에 수용되어 있었다. 병실에 들어가자 외상 치료용 패치나 붕대 투성이의 남녀가 주르륵 가로누워 적의를 드러내며 우리를 노려보았다.

그들에게 시행한 세뇌를 없애려면 나와 토리코 두 사람이 필요했다. 나의 오른쪽 눈에는 신자들의 머리에 루나의 〈목소리〉가 생명체처럼 휘감겨있는 게 보였다. 내가 그걸 보고 있는 동안 토리코가 왼손으로 〈목소리〉를 쥐고 뽑아내는 것이다. 귀에 꽂힌 그것이 머리에서 빠져나가면 신자들은 꿈에서 깬 것처럼 멍한 얼굴로 변한다. 그리고 그 표정은 예외 없이 서서히 절망으로 변했다.

"진짜 마인드컨트롤이 아니라 다행이었지."

나와 토리코가 차례차례 〈목소리〉를 뽑아내는 모습을 뒤에서 지켜보던 코자쿠라가 그렇게 코멘트 했었다.

"다행이라고? 이게?"

토리코가 의심스럽게 중얼거렸다. 〈목소리〉를 뽑힌 전직 신자들은 모두 우루미 루나에게 세뇌되어있었던 동안의 기억이 있는 듯했다. 갑작스러운 상실감에 울거나, 자신이 이상한 정신 상태였다는 사실을 자각하고 머리를 감싸 쥐거나…… 아마도 세뇌되어있는 동안 뭔가 돌이킬 수 없는 일을 저질렀던 사람이라든가, 가족이나 친구를 버린 사람도 있지 않을까. 병실에 차례차례 절망의 신음소리가 울려 퍼졌고, 그 수가 늘어가는 건 상당히 진절머리 나는 광경이었다.

"우루미 루나의 세뇌는 강력해서 단기간에 효과를 발휘하지만, 뽑아내기만 해도 해제할 수 있으니까 뒤처리는 편한 편이지. 이세계에서 유래하지 않은 평범한 세뇌였다면 재교육에 상당한 시간이 걸려. 그에 비하면 훨씬 나아, 이 정도라 해도."

코자쿠라는 그렇게 말하면서 무의식적인 동작이었는지 계속 자신의 귀를 만졌다. 나와 함께 납치됐을 때, 코자쿠라도 우루미 루나의 〈목소리〉에 세뇌될 뻔했었다. 눈앞의 광경에 가장 동요하고 있는 건 나나 토리코가 아닌 코자쿠라일지도 모른다.

나에게도 생각나는 일이 있었다. 엄마가 죽고 난 후, 사교 집단 때문에 미쳐버린 우리 아버지와 할머니도 이런 식으로 한 방에 세뇌를 풀었다면 다시 원래대로 돌아갔을까? 아니면 한 번 망가져 버린 신뢰 관계는 세뇌가 풀렸다고 해도 원래대로는 돌아가지 않았을까──. 그런 건 지금 와서 생각해봤자 별수 없는 일이지만.

모두의 〈목소리〉를 뽑아냈을 무렵, 우리는 이미 녹초가 되어 지치고 말았다. 신자들에서 전직 신자들이 되어 어리둥절해하는 사람들 사이를 DS 연구소의 의료 스태프들이 바쁘게 돌아다녔다. 못 박는 총에 부상을 입은 스킨헤드의 의사가 한쪽 팔을 든 채 지휘를 하고 있었다. 분명 인원이 충분하진 않았지만 미기와

왈, 금방 증원될 거라고 했다. 실제로 건물 안에선 이미, 사교집단의 습격으로 파괴된 실내 장식이나 설비를 수리하기 위해 몇 명이 부지런히 일을 하고 있었다. 그런 걸 신경 쓸 수 없을 정도로 우린 지쳤기 때문에 호사스럽게 택시를 불러 각자 집으로 돌아갔다. 코자쿠라가 '좋은 고기'에 흥미를 보인 건 어제의 스트레스를 발산하고 싶었기 때문일지도 모른다.

식사를 마치고, 코자쿠라가 계산하는 걸 기다렸다가 우리는 밖으로 나왔다.

"너흰 어떻게 할 거야? 바로 집에 갈 거야?"

코자쿠라가 물었다. 난 토리코와 얼굴을 마주 본 후 답했다.

"일단 함께 코자쿠라 씨의 집으로 갈게요. 아직 미기와 씨와도 앞으로의 일에 대한 이야기를 못 했으니까요."

"그래?"

코자쿠라가 쌀쌀맞게 고개를 끄덕였다.

우린 밤길을 걸었다. 나의 오른쪽에 토리코, 왼쪽엔 코자쿠라. 셋이 나란히 걷고 있다는 사실을 깨닫고 살짝 위화감이 들었다. 난 세 사람 이상 늘어서서 함께 길을 걷는 게 익숙하지 않았다. 인원이 많으면 인도를 막아버리기 때문에 뒤에서 오는 사람에게 방해가 된다는 게 신경 쓰였다. 그래서 토리코, 코자쿠라와 셋이 걸을 때도 코자쿠라와 토리코가 함께 서 있는 그 앞을 서둘러 나아가는 일이 많았다.

나의 페이스가 느리기 때문인가? 앞으로 먼저 나갈까……? 하고 생각했다가 뭐, 이 정도는 괜찮을 것 같다고 다시 생각했다. 그렇게까지 길이 혼잡한 것도 아니고 일일이 신경 쓸 필요 없겠지. 약간 취기가 돈 나는 그대로 두 사람과 나란히, 역에서 이어지는 언덕을 내려갔다.

가을도 깊어져 공기는 이미 꽤 서늘했다. 푸른빛이 남은 하늘에 뜬 달이 휘황찬란하게 빛을 내며 우리를 내려다보고 있었다.

2

그 이틀 후, 토요일 오후. 나와 토리코는 세이부 이케부쿠로선 한노역에서 내렸다.

개찰구를 빠져나가자 준비하고 기다린 것처럼 커다란 밴이 스르륵 다가왔다. 조수석 창문이 열리고 미기와의 얼굴이 보였기 때문에 마중 나온 차라는 건 금방 알 수 있었지만 납치된 상황이 떠올라 나도 모르게 몸이 굳어지고 말았다.

무의식중에 뒷걸음질치려했던 나는 손바닥의 부드러운 감촉을 깨닫고 정신을 차렸다. 고개를 숙여보니 어느새 토리코가 내 손을 잡고 있었다.

"괜찮아?"

"……응, 고마워."

대답하는 날 가만히 바라보던 토리코는 고개를 끄덕이며 손을 놓았다.

"자, 어서 타십시오."

미기와가 말하자 차 문이 스르륵 열렸다. 차체 오른쪽에 모인

형태로 좌석이 2열. 앞자리에는 여성이 앉아 있었고 우리와 눈이 마주치자 가볍게 인사를 했다. 연한 화장에 긴소매 셔츠를 헐거운 바지 속에 넣어 입은 그녀는 레인 파카를 걸치고 있었다. 거기에 발에는 투박한 부츠를 신고 있었다.

운전석에 있는 건 비슷한 차림을 한 백인 남성이었다. 스포츠용인지 폭이 좁은 선글라스를 쓰고 있었고 얼굴 아래쪽은 수염투성이였다. 조수석의 미기와는 언제나처럼 쓰리피스 슈트. 나와 토리코는 야외에서 활동하기 쉬운 탐험용 장비를 갖추고 왔기 때문에 차 안에서 미기와 혼자만 겉돌았다.

나와 토리코가 뒷좌석에 앉자 문이 닫히고 차가 출발했다. 미기와가 조수석에서 돌아보며 말했다.

"먼 곳까지 오시게 해 죄송합니다. 카미코시 씨, 니시나 씨, 오늘은 부디 잘 부탁드립니다."

"아, 네. 저기…… 여기 계신 분들은?"

내가 쭈뼛쭈뼛 묻자 앞좌석에 앉아 있던 여성이 말했다.

"처음 뵙겠습니다, 토치라이트의 사사즈카라고 합니다."

"아, 안녕하세요…… 카미코시라고 합니다."

"니시나입니다."

그녀가 손을 내밀었기 때문에 당황하면서도 손을 맞잡았다. 손바닥의 감촉이 딱딱하고 힘이 셌다.

건네받은 명함에는 '토치라이트 INc. 대표이사 시큐리티 컨설턴트 / 해외 도항 코디네이터 사사즈카 니코'라고 되어 있었다.

"시큐리티 컨설턴트?"

"해외 도항 코디네이터?"

명함을 들여다보던 나와 토리코가 고개를 갸웃거리자 미기와가 보충 설명을 덧붙였다.

"토치라이트는 민간 군사 회사입니다. 이번과 같은 일이 생기면 저희로서도 경계를 강화해야 하기 때문에 경비를 부탁했습니다."

"민간 군사 회사……."

들어본 적 있는 말이었지만 뭔가 느낌이 오지 않았다. 파견 군대 같은 건가?

"아까부터 따라오고 있는 차도 그런 거야?"

토리코의 말에 뒤쪽 창문을 보니……정말로 비슷한 대형 밴이 뒤따라오고 있었다. 전혀 눈치 못 챘는데.

"네에. 저것도 저희 회사 차량입니다."

사사즈카가 수긍하자 토리코는 좀 안심한 것 같았다.

"일본 국내에서 PMC는 힘든 거 아니야?"

토리코가 묻자 사사즈카는 재미있다는 듯 미소를 지었다.

"그렇습니다. 보통은 총을 사용할 수 없으니까요."

그녀의 시선은 나와 토리코의 배낭을 향해 있었다. 우리가 총을 갖고 있다는 건 이미 들은 것 같았다.

그럼 이세계의 존재도 알고 있을까?

"미기와 씨, 저기, 사정에 대해서는 어디까지……?"

내가 말을 얼버무리며 묻자 미기와는 의도를 파악한 듯했다.

"토치라이트는 UBL을 알고 있습니다. 그 위험성에 대해서도."

순순히 그렇게 말해서 반대로 내가 당황하고 말았다. UBL——

울트라 블루 랜드스케이프는 DS 연구소가 나름 생각해 낸 이세계의 호칭이었지만……그런 세계가 있다는 걸 알려줬다고 해서, 아, 그렇습니까? 라고 받아들일 수 있는 일일까?

"DS 연구소와는 이전부터 알고 지냈기 때문에 경위는 파악하고 있습니다. 물론, 비밀은 지킬 테니 안심하십시오."

"즉……DS 연구소 소속 부대 같은 거야?"

토리코의 질문에 사사즈카가 미기와와 얼굴을 마주 보았다.

"그런 것보단 개인적인 연줄이랄까요."

"그렇죠, UBL과 관련된 일은 좀처럼 밖으로 드러내기 힘든 안건이기 때문에 저의 연줄로 이전부터 거래가 있었던 토치라이트에 부탁했습니다."

"거래랄까, 미기와 씨와는 지금 회사를 시작하기 훨씬 전에 함께 일한 적이 있었습니다만."

미기와의 연줄로 고용된 민간 군사 회사? 예전에 함께 일했다고? 상상 속에서 이 사람의 과거가 점점 수상쩍어졌다.

군인을 호위로 붙이다니, 오버라고 생각했지만 지금 타고 차가 향하는 곳을 생각하면 확실히 그런 대비는 필요할지도 모른다.

지금 우리가 향하고 있는 곳은 한노산 속에 있는 루나의 사교집단 본거지였던 장소── 〈목장〉이었다.

3

루나를 추종하는 사교집단의 뒤처리와 관련해서 또 하나, 나와 토리코가 해야 하는 일이 있었다. 〈목장〉의 처리였다.

이 시설은 유명한 실화 괴담 〈산속 목장〉에 나오는 건물을 모티브로 해 사교 집단의 손으로 만든 곳이었다.

원래 이야기는 산 위에 만들어진, 기묘한 장소에 들어간 체험자의 상세한 보고서로 알려지게 되었다. 언뜻 보기엔 목장 같은 구조였지만 외양간에 소는 한 마리도 없고, 애초에 사람이 없었다. 개인 칸이 너무 많은 화장실, 깨진 유리 용기가 잔뜩 흩어져 있는 연구소 같은 장소, 산더미처럼 쌓인 석회산 등, 건물 자체도 모습이 좀 이상했다. 웬일인지 계단이 없는 창고 2층에 침입한 보고자는 무수한 부적이 붙어 있고, 인형이 어질러져 있는 다다미방과 장지문에 페인트로 휘갈겨 쓴 '살려줘'라는 문자를 목격한다——.

나와 코자쿠라가 납치된 한노산 속 건물은 이 유명한 괴담에 등장하는 장소와 비슷한 형태로 만들어진 것 같았다. 사용한 흔적이 없는 외양간이나, '살려줘'라고 쓰인 방까지, 몇 가지 요소가 매우 닮아있었기 때문에 금방 알 수 있었다. 루나는 숭배하는 우루마 사츠키에게 다가가기 위해 이세계와의 접촉을 시험해 보려 했고, 그 수단으로 기존의 괴담 상황을 재현하려고 했다.

그 시도는 반쯤 성공했다. 확실히 이곳에는 게이트가 열려 있었고, 이세계에 의해 변질된 제4종 접촉자가 몇 명이나 수용되어 있었다. 〈괴상한 말을 하면 괴상해진다〉—— 루나가 시작한 이세계 소환 의식은 실제로 효과를 거뒀다. 그 결과는 루나가 의도한 대로는 아니었지만.

사교집단은 괴멸되었다고 해도 건물은 그대로 남아 있었다. 이곳을 방치하는 건 너무 위험했다. 그런 이유로 나와 토리코는 미기와에게 부탁받아 〈목장〉의 현 상태를 확인하기 위해 온 것이었다.

차는 포장되지 않은 산길을 덜컹덜컹 흔들거리며 올라가고 있었다. 도로 양쪽의 덤불이나 나뭇가지가 차체를 할퀴는 소리가 났다. 유턴도, 스치듯 지나가는 것도 불가능한 꼬불꼬불 구부러진 좁은 길이었다. 꽤 올라갔을 때 살짝 도로 폭이 넓어지는 길모퉁이에 다다랐다. 길가에 놓인 드럼통에 하얀 페인트로 '앞으로 30미터'라는 문자가 적혀 있었다.

"……이것도 재현했구나."

난 무의식중에 중얼거렸다.

"뭘?"

"〈산속 목장〉 이야기에도 나오거든, 저거."

내가 답하자 토리코는 지나가는 드럼통을 의아한 표정으로 배웅했다.

"단순한 표지 아니야?"

"저것 자체는."

이야기하는 중에 다음 드럼통이 보였다. 거기 쓰여 있는 건 '앞으로 20미터'.

"처음 왔을 때는 몰랐는데."

"밤이었으니까요. 깜깜했고."

토리코와 미기와의 말에 난 겨우 깨달았다. 이 두 사람은 이렇게 꼬불꼬불 구부러진, 불빛 하나 없는 산길을 올라 나랑 코자쿠라를 구하러 온 것이었다.

드럼통 표지는 그 이후로도 계속 이어졌다. '앞으로 15미터' '앞으로 10미터'……. 실제로는 쓰여 있는 숫자보다 훨씬 간격이 넓고 거리도 각기 달랐다. 정확하게 측정한 게 아니라 길모퉁이마다 놓여있는 것뿐이었다. '종점'이라고 쓰인 마지막 드럼통이 나타남과 동시에 시야가 단숨에 트였다. 나무숲에 둘러싸인 대지 속에 한 무리의 건물이 서 있었다.

〈목장〉에 도착한 것이다.

고르게 다진 땅 위에 듬성듬성 자갈이 뿌려진 비포장 주차장 같은 느낌의 광장을, ㄷ자 형태로 건물이 둘러싸고 있었다. 우리가 탄 차는 광장에 들어서서 멈췄다.

"두 사람은 조금만 기다려주십시오."

미기와가 그렇게 말하며 문을 열고 밖으로 나갔다. 운전기사도 동시에 차 밖으로 나갔다.

사사즈카도 자리에서 일어나 슬라이드 도어를 통해 차에서 내렸다. 어떻게 하려는 건지 지켜보니 트렁크를 열어 크고 무거워 보이는 가방과 기재들이 담긴 플라스틱 바구니를 척척 내리기 시작했다.

가방 안에서 산탄총이 몇 정이나 나오는 걸 보고 난 흠칫 놀랐다. 일본 국내에서는 총을 사용할 수 없다고 하지 않았어?

토치라이트 사람들이 솜씨 좋게 총에 총알을 넣고 슬라이드를 당겼다. 또 한 대의 차에서 내린 사람들도 똑같이 장비를 준비했다.

미기와가 차로 돌아와 우리에게 말을 걸었다.

"오래 기다리셨습니다. 두 사람 다 이쪽으로 오시죠."

나와 토리코는 차 밖으로 나왔다. 토치라이트 사원들은 차 주변으로 흩어져서 주변을 살피고 있었다. 뒤따라오던 차에 타고 있던 건, 얼핏 보기에 반 이상이 외국인이었다. 게다가 대부분 거친 남자들뿐이었다. 여성은 사사즈카와 히스패닉계 여성까지 두 사람뿐이었다.

"총이 있구나."

토리코가 말하자 미기와가 희미하게 웃었다.

"DS 연구소를 습격한 사교 집단 신자들의 물건입니다. 두 사람이 세뇌를 없앤 후 사정을 들어보니 원래 입수 경로가 상당히 심각한 문제가 보이는 것이라 잘 이야기해서 그대로 양도받았습니다."

과연…… 있는 곳에는 있구나, 총이.

부하와 이야기를 나눈 사사즈카가 돌아와서 말했다.

"미기와 씨, 준비됐습니다."

미기와가 고개를 끄덕였다.

"알겠습니다. 그럼 두 사람 다 괜찮으시겠습니까?"

"아, 잠깐만요, 저도 총을 꺼낼게요──."

배낭을 열려고 하는 나와 토리코를 사사즈카가 저지했다.

"괜찮습니다. 이번에는 저희가 호위할 테니까요."

"네? 하지만──."

"이게 저희 일이니까 맡겨주십시오."

나와 토리코는 얼굴을 마주 보았다.

"그런가요? 그럼, 뭐……."

머뭇거리긴 했지만 전문직을 상대로 여기서 옥신각신하는 것도 별로 내키지 않았다. 우린 마지못해 배낭을 열던 손을 멈췄다.

사사즈카와 미기와가 몸을 돌리자 토리코가 얼굴을 내 쪽으로 스윽 가져다 대고 작은 목소리로 말했다.

"아마추어가 총을 휘두르는 게 싫은 거야, 분명히."

"아——…… 과연."

뭐, 나 같은 아마추어가 총을 갖고 함께 걷는 건 그녀들 같은 프로가 보면 엄청 기분 나쁘겠지. 그건 이해한다. 이해하지만 유쾌하진 않았다.

"난 그렇다 쳐도 토리코는 꽤 총에 익숙하다고 생각하는데."

무심히 그렇게 말했더니 그때까지 눈살을 찌푸리며 경계심을 드러내던 토리코의 얼굴이 갑자기 확 빛났다.

"뭐?! 아니, 그건 너무 과대평가하는 거라니까."

그렇게 말하면서도 토리코가 명백하게 기뻐하는 것 같아서 난 놀랐다.

뭐지? 지금 칭찬받아서 기쁜 거야?

이 아이가 이렇게 쉬운 아이였나……?

4

토치라이트 사원들에게 호위를 받으며 우리는 건물로 향했다. 몇 명은 망을 보기 위해 차량 주변에 남은 것 같았다. '베이스'나 'B조'라고 불렸으니 연락이나 백업의 역할을 다하는 거겠지.

사사즈카가 가르쳐준 거지만 이런 민간 군사 회사의 병사들을 오퍼레이터라고 부른다고 한다. 문의 창구에서 전화를 받을 것 같은 어감이라 뭔가 딱 들어맞지는 않았지만. 장비도 가벼웠고 바지 속에 셔츠 옷자락을 넣은 다음 그 위에 한 벌의 얇은 점퍼를 걸쳐 입고 있었기 때문에 그 차림에 산탄총을 들고 있으면, 언뜻 보기엔 시골 공무원이 곰 퇴치를 위해 총을 갖고 나온 것 같았다. 그렇다고 해도 다들 체격은 좋았고, 스포티한 선글라스나 고글을 쓰고 있어 분위기는 전혀 달랐다. 게다가 움직임은 분명하고 프로 같았다. 페일호스 대대의 사람들을 떠올리게 했다.

오퍼레이터는 모두 무전기를 사용해 무선으로 대화를 나눴다. 나와 토리코에게도 무전기를 건네줘서 난무하는 지시와 보고를 들을 수 있었다.

광장을 둘러싼 건물은 3개로 나뉘어 있었다. 사사즈카 씨 일행은 정면을 '거주동', 오른쪽을 '공장', 왼쪽을 '외양간'으로 나누어 불렀다. 우리가 처음으로 향한 곳은 오른쪽의 '공장'——납치된 나와 코자쿠라가 처음으로 끌려간 건물이었다.

나와 토리코 앞을 걸어가면서 미기와가 말했다.

"DS 연구소가 습격을 받은 다음 날, 한 번 더 여기 와서 남아 있던 신자들은 전원 확보했습니다만, 아직 잔당이 숨어있을 가능성은 있습니다. 충분히 주의해주십시오."

"네? 미기와 씨, 그다음 날 또 왔었어요?!"

깜짝 놀라 되묻고 말았다. 토리코도 몰랐던 건지 눈을 똥그랗게 떴다.

"습격 다음 날이면 엄청 바빴잖아? 힘들지 않았어?"

"솔직히 말씀드리면 힘들었습니다. 여러분들을 구출했을 때 여기서 구속한 신자들을 방치해둘 수도 없었고 DS 연구소 건물 쪽도 지휘를 맡을 필요가 있었으니까요. 아주 급하게 인원을 수배해 이쪽과 저쪽에 배분하고 관계되는 여러 곳에 연락을 넣고……. 그게 저의 일이라고 해도 당분간 평온하게 지냈기 때문에 식은땀을 좀 흘렸습니다."

미기와는 처음 만났을 때보다도 태도가 좀 친근해진 것 같았다.

우루미 루나의 일로 미기와는 스폰서에게 더욱더 돈을 끌어올 수 있게 되었을 것이다──라는 것은 코자쿠라의 추측. 지금까지는 계속 현상유지만을 목적으로 했던, 코자쿠라 왈 '죽은 조직'이었던 DS 연구소는 이번 일로 소생했을지도 모른다, 고…….

나에게는 별로 기쁘지 않은 이야기였다. 미기와에게 적의는 없지만 앞으로도 쓸데없는 인간이 이세계에 발을 들여놓으면 귀찮아질 테니까…….

생각에 잠긴 난 또다시 토리코가 손을 잡았기 때문에 고개를 들었다. 바로 옆을 걷고 있던 토리코와 눈이 마주치자 토리코가 미소를 지었다. 수줍어하듯, 안심시키려는 듯한 그 미소에 순간 근심거리를 잊고 말았다. 뭐, 뭐지? 뭔가 하고 싶은 말이 있는 건가?

혼란스러워하는 사이에 대열의 선두가 '공장'의 입구를 지나 안으로 들어갔다. 나머지는 벽으로 붙어 기다렸다. 오퍼레이터들은 맞은편 건물이나 숲속에도 제대로 총구를 겨누고 경계하고 있었다.

〈〈……1층 클리어.〉〉

"오케이, 전진한다."

무선에 응답한 사사즈카가 우리를 재촉했다.

"가시죠."

우리는 건물 안으로 들어갔다. 벽을 뚫어 구멍을 낸 넓은 공간에 용도를 알 수 없는 커다란 기계가 놓여 있었고 짐을 싣는 팰릿이 산더미처럼 쌓여 있었다. 빨갛게 녹이 슨 계단이 위로 이어져 있었다.

1층 모퉁이에는 회의 책상과 파이프 의자가 늘어선 휴게실 같은 방이 있었다. 전기 포트나 컵라면, 빈 페트병으로 가득 찬 쓰레기봉투 같은 일상적인 용품이 이 건물 안에서는 반대로 이질적으로 여겨졌다. 벽에는 가로로 길게 흩어진 특징적인 산탄의 흔적이 남아 있었다. 코자쿠라의 산탄총에 장치된 스프레더 흔적이었다.

2층이 안전하다는 연락이 오길 기다렸다 계단을 올라갔더니 낯익은 장소가 나왔다. 창문이 없는 넓은 방으로, 의자가 몇 개 굴러다니고 있었다. 내가 납치된 후 처음으로 정신을 차렸던 방이었다.

하마터면 죽을 뻔했지만 토리코가 구해줬던 장소이기도 했다.

"그때는 고마웠어, 토리코."

내가 말을 꺼내자 토리코는 고개를 가로 저었다.

"좀 더 빨리 못가서 미안했어. 소라오가 무서운 일을 겪게 했 잖아."

"무서운 일은 항상 겪고 있는걸."

"그렇긴 하지만! 그때는 정말 위험할 뻔했으니까."

토리코의 목소리가 좀 커졌다.

"……소라오가 살아줘서 정말 다행이야."

중얼거리듯 그렇게 말한 토리코의 손을 난 꽉 붙잡았다.

"카미코시 씨, 어떻습니까?"

"네?"

미기와의 갑작스러운 질문에 난 정신을 차렸다.

"뭔가 이상한 건 안 보입니까?"

"아, 그렇지."

그러고 보니 내가 끌려온 건 오른쪽 눈으로 이상이 없는지 보 기 위해서였다.

오른쪽 눈에 의식을 집중시키고 '공장' 안을 둘러보았다. 인간 에게는 의식을 집중하지 않도록 주의했다. 무심코 오른쪽 눈으 로 누군가를 응시하면 발광해버릴 테니까.

실내에서 이상은 발견되지 않았다. 이세계와의 접점을 나타내 는 은색 후광도, UBL 심층부에서 밀려드는 푸른빛도 없었다.

"……괜찮은 것 같아요, 여긴."

나에게는 추억이 깊은 장소이긴 하지만.

이 건물은 이곳을 끝으로 더 이상 나아갈 수 없을 것 같았다. 우린 되돌아가 다음 건물로 향하기로 했다.

토리코는 나와 계속 손을 붙잡고 있었다. 총을 들지 않은 손이 허전했던 걸까. 그렇다면 그 허전함은 나도 알 수 있을지 모른다고── 그렇게 생각하면서 바라보자 또 그 안심시키려는 듯, 묘하게 다정한 미소가 돌아와서 난 기가 꺾였다. 대체 뭐지……?

계단을 내려가는 도중에 밖에 남았던 경비병들에게서 무전기로 보고가 들어왔다.

〈〈거주동 3층 창문으로 뭔가 움직였다.〉〉

"정체가 뭐지?"

사사즈카의 질문에 잠시 후 대답이 돌아왔다.

〈〈확인할 수 없다. 한순간이었지만 확실히 누군가 있다. 얼굴이 보였다. 이쪽을 보고 있었다.〉〉

우리는 얼굴을 마주 보았다. 미기와가 한쪽 눈썹을 치켜 올리며 사사즈카와 이야기를 나누었다.

"역시 아직 잔당이?"

"그럴지도 모릅니다. 항복 권고에 응할 것 같습니까?"

"아직 우루미 루나의 영향 하에 있을 경우, 소용이 없겠죠. 이쪽을 눈치채고 있을 테니까 일단 말을 걸어보는 것도 괜찮을 것 같습니다만."

……응?

난 문득 안 좋은 예감이 들었다.

"왜 그래, 소라오?"

잡고 있던 손에서 전해지는 것이 있었던 것인지. 토리코의 물음에 난 입을 열었다.

"미기와 씨, 얼마 전에 왔을 때, 외양간 지하에도 갔었어요?"

"DS 연구소로의 게이트가 있었던 장소 말이죠? 그곳은 확인했습니다만."

"게이트까지 가는 도중에 두꺼운 문이 있는 곳은 없었나요?"

"감옥 같은 장소 말이죠? 그쪽도 전부 봤습니다만 아무도 없었습니다."

나쁜 예감이 적중해서 난 신음했다.

"진짜요? 거긴 아직 제4종이 있을 거예요. 적어도 2명……."

"이런, 그건……."

코자쿠라와 함께 도망치던 도중에 난 제4종 접촉자를 수용하고 있는 방으로 들어갔었다. 루나의 목소리에 세뇌되어 있었던 모양인지, 제4종들은 사교 집단을 위해 사역하고 있었다. 실제로 그중 2명은 DS 연구소 습격에도 가담했었다.

"적어도 한 명, 굉장히 흉포해 보이는 녀석이 남아있을 거예요. 아까 말했던 '인영'이 그 녀석이었다면 꽤 위험할지도 몰라요."

"감사합니다. ——사사즈카 씨."

사사즈카는 고개를 끄덕이며 무전기로 지시를 내렸다.

"전원 들어라. 적은 흉포한 UBL 접촉자일 가능성이 높다. 각자 경계."

오케이, 곧장 무전기에서 대답에 돌아왔다.

우리는 '공장'을 나와 광장으로 돌아왔다. 다음으로 향할 곳은

'거주동'이었다.

5

거주동은 가로로 길게 세워진 3층짜리 건물로 광장과 인접한 복도를 따라 유리창이 이어져 있었다. 학교 건물과 비슷한 구조였다.

대열은 거주동 1층 정면 입구로 향했다. 들어가서 바로 오른쪽에 병원처럼 작은 창문이 붙은 접수처가 있었고 꾀죄죄한 커튼이 바람에 흔들리고 있었다.

산탄총 총구로 커튼을 젖힌 오퍼레이터가 자신도 모르게 신음하며 움직임을 멈췄다.

"왜 그래?"

사사즈카가 물었다.

"……순간 사람이 있는 줄 알았는데……. 사진이었습니다."

"사진?"

접수 창고 옆문이 열리고 안쪽이 눈에 들어왔다.

처음으로 눈에 날아든 건 테이블을 사이에 두고 마주 앉은 인영이었다. 잠시 후 잘못 봤다는 걸 깨달았다. 방은 텅 비어 있었고 사람도 없으며 가구도 없었다. 그저 맞은편 벽에 테이블과 인영으로 보이는 형태로, 무수한 사진이 붙어 있었다. 사진은 전부 다 어딘가의 가족들의 일상을 찍은 것 같았다. 배경이나 복장, 피사체의 키와 몸집이 비슷했으니 아마도 전부 같은 가족을 찍은 거겠지. 다만 사람의 얼굴이 전부 검게 칠해져 있어서 확신은 가질 수 없었다.

"이건……?"

미기와가 중얼거렸다.

난 얼굴을 찡그렸다.

"사교 집단 녀석들 짓이니까. 일일이 신경 쓰면 한이 없을 거예요."

이것도 괴담 같은 상황을 재현해서 이세계와 가까워지길 의도한 의식의 일환이겠지. 해놓은 건 귀신의 집의 장식과 크게 다르진 않지만 목적이 목적인만큼 미소를 짓는 사람은 하나도 없었다.

빨리 가자는 말을 하려다 미기와가 묘한 표정을 짓고 있다는 사실을 깨달았다. 그는 벽에 붙은 사진뿐만 아니라 방 전체를 둘러보고 눈살을 찌푸렸다.

"미기와 씨? 왜 그러세요?"

"전날 왔을 때, 이 건물 내부도 체크했습니다. 하지만 이런 사진이 붙은 벽을 본 기억은 없습니다."

"네……?"

나와 토리코는 얼굴을 마주 보았다.

"즉…… 미기와 씨가 온 날부터 오늘까지 사이에 누군가가 상황을 바꿨다는 뜻이야?"

토리코의 말에 미기와가 고개를 돌렸다.

"그렇게 되는 걸까요……아니, 하지만 지난번에 이 방이 어땠는지 그게 기억이 안 납니다. 확실히 봤을 텐데."

——혹시?

난 오른쪽 눈에 의식을 집중시키고 다시 한번 방을 둘러보았다.

"우와, 역시나."

난 무심코 소리를 높였다.

방 안에는 어렴풋이 은색 아지랑이가 감돌고 있었다. 출처는 사진이 붙은 벽이었다. 벽 전체가 열기를 가진 것처럼 희미하게 빛나고 있었고 그곳에선 드라이아이스에서 흘러나오는 연기처럼 아지랑이가 발밑으로 흘러들어오고 있었다.

"여기가 이세계와의 접점이야! 그래서 이 벽 자체가 뭔가 이상한 거야……."

"벽이?"

미기와가 눈을 가늘게 뜨고 얼굴을 가까이 가져가려는 기색을 보였기 때문에 난 제지했다.

"가까이 가지 않는 게 좋아요. 중간 영역이 이쪽 세계로 불거져 나와 있으니까. 토리코——."

내가 토리코를 바라보자 토리코는 게슴츠레한 눈으로 입술을 삐죽거리며 정말 복잡한 얼굴을 하고 있었다.

"이걸 만지라고?"

"뭐……."

"괜찮은 거지?"

"내가 제대로 보고 있을 테니까 부탁해."

"소라오한테 부탁받은 거니까."

토리코가 잡고 있던 손을 놓고 장갑을 벗으면서 앞으로 나아갔다. 드러난 투명한 왼손에 사사즈카 일행의 시선이 집중되었다. 기분 나쁜 듯 외면하며 토리코가 벽을 향해 팔을 뻗었다. 은색 아지랑이에 손이 닿자 토리코는 부르르 몸을 떨었다.

"지금 만졌어. 어떻게 하면 돼?"

"저기…… 그럼 그걸 잡고 잘게 찢든 어떻게든 해봐."

"너무 대충 지시하는 거 아니야?"

불평을 늘어놓으며 토리코가 아지랑이를 붙잡고 주먹 쥔 손을 옆으로 흔들었다. 창호지를 찢는 것처럼 아지랑이가 찢어지고 공중으로 은색 후광이 사방에 흩날렸다. 내 오른쪽 눈에만 보이는 그 빛이 희미해진 후에는 아무런 특별한 일은 없었고 꾀죄죄한 벽만 남겨졌다.

발밑에 딱 한 장의 사진이 떨어졌다. 사진 속 장면은 불이 난 집의 불탄 자리 같았지만 별로 보고 싶지 않았기 때문에 발길을 돌려 방 모퉁이로 멀어졌다.

"매번 손 닦는 걸 갖고 오려고 하는데 깜빡해."

토리코가 왼손을 팔랑팔랑 흔들면서 바지에 닦고 장갑을 다시 꼈다.

"미안. 역시 기분 나빴지?"

"기분 나쁘다기보다…… 느낀 적 없는 감촉이니까. 만진 이후의 손을 어떻게 해야 좋을지 모르겠어."

그렇게 말하면서 또 손을 잡는 토리코. 왼손이 아니라 오른손이었지만.

"이제 안전합니까?"

미기와의 질문에 난 고개를 끄덕였다.

"여긴 괜찮을 거예요. 아마도."

이세계에 접근하려 했던 우루미 루나의 시도는 성공했다. 사교 집단이 실시한 악취미 개조는 현실 세계에 인위적으로 중간 영역을 뚜렷하게 나타낸 것이었다.

입구부터 이 정도라면 앞으로가 상상이 되는데…….

이동을 재개하는 대열 속에서 난 우울한 기분에 사로잡혔다.

6

나의 걱정은 맞은 것 같았다.

밖에서 본 인상대로, 이 건물은 학교 건물과 비슷한 구조를 갖고 있었고 복도를 따라 몇 개의 방이 늘어서 있었다. 그 모든 곳에 이상한 개조가 이뤄져 있었고 반 이상이 중간 영역과 접속되어 있었다.

피투성이의 학생복이 몇 벌이나 벽에 못으로 고정된 방. 바닥에 떨어져 있는 교과서와 노트가 바람도 없는데 팔랑팔랑 넘어가고 있었다.

뒤를 돌아보고 있는 마네킹이 빽빽이 서 있는 방. 문을 열기 전에 분명 말소리가 들렸는데 문을 여니 순간 고요해졌다.

천장부터 비닐 끈이 무수히 드리워져 있는 방. 끈 끝에 매여 있는 종잇조각은 점괘가 적힌 제비를 묶어 놓은 것 같았다.

냉장고가 딱 한 대 놓여있고, 위이잉 소리를 내는 방도 있었다. 쭈뼛쭈뼛 문을 열자 안에는 어린아이 낙서처럼 얼굴이 그려진 배구공에 가발을 씌운 것이 들어 있었다.

특히 위험한 건 돌이 있는 방이었다. 대체 어떻게 옮긴 것인지 입구를 지나갈 수 없을 정도의 큰 돌이 실내에 턱 하니 놓여 있어, 한 걸음도 들어갈 생각이 들지 않을 정도로 분위기가 불온했다. 다른 방은 바닥에 온통 납작한 돌이 깔려 있었는데 뭔가 했더니 전부 묘비였다. 새하얗고 굵은 자갈이 깔린 방은 문을 열기 전부터 안에서 잘그락잘그락 돌아다니는 소리가 들렸다. 실내는 엄청 안개가 껴 있어서 맞은편 벽이 아무리 해도 보이지 않았다.

진절머리 날 듯한 불길한 인테리어가 설치된 방을 돌아다니면서 나랑 토리코는 하나씩 중간 영역과 이어지는 게이트를 닫았다.

동행하고 있는 오퍼레이터들도 점점 컨디션이 안 좋아진다는 걸 알 수 있었다. 갑자기 코피를 흘리거나 눈물이 멈추지 않게 되거나, 이명을 견디지 못한 채 무전기를 차라리 빼버리고……. 나약한 소리를 토해내는 사람은 없었지만 곁에 있으면 그들의 긴장감이 높아지고 있다는 걸 손에 잡힐 듯이 알 수 있었다.

아래층부터 순서대로 체크를 하며 마지막으로 본 방은 3층 가장 끝 방——. 욕조가 새까맣게 타버린 욕실의 게이트를 닫자 그때까지 계속 타일에 메아리치고 있던, 부글부글 뜨거운 물이 끓어오르던 소리가 뚝 끊어졌다. 물 같은 건 한 방울도 없는데 어디선가 어쨌든 들려와서 귀에 거슬려 참을 수가 없었다. 갑자기 조용해진 욕실에 오퍼레이터 한 사람이 구역질하는 소리가 울려 퍼졌다. 소리의 주인공은 아주 힘이 센 흑인 남성이었는데 입가를 막고 복도로 달려나가고 말았다.

"아주 화려하군요, 이건."

미기와가 욕조를 들여다보며 중얼거렸다. 욕조 바닥에 남은 탄 자국은 대충 인간 형태를 하고 있었다. 눈을 집중시키자 달라붙은 체모나 피부까지 알아차릴 수 있었다. 마치 누군가가 욕조 안에서 물이 없어질 때까지 천천히 익혀진 흔적 같았다. 실제 사고 건물에서 아궁이채로 옮겨 새로 만든 걸지도 모른다. 다른 방 안에도 그러한 과거가 있는 물건이 있을지도——.

복도에서 구역질을 참지 못한 것인지 웩, 웩 거리는 소리가 들렸다.

"괜찮을까요? 저 사람."

내가 아무런 생각 없이 그런 말을 하자 사사즈카가 반대로 물었다.

"두 사람은 괜찮으십니까?"

난 토리코와 얼굴을 마주 보았다.

"뭐……그럭저럭?"

"괜찮은 것 같네요."

그렇게 답한 이후 서서히 무서워졌다. 이세계에 대한 일반인의 반응을 직접 눈으로 보게 되자 이게 원래 보여야 할 모습일 거라고 생각했다. 우리는 둔감한 걸까? 아니면 익숙해진 걸까?

기분 나쁜 익숙함이었다.

우리는 욕실을 나와 복도로 돌아왔다. 아까 나갔던 오퍼레이터가 열린 창문을 통해 밖으로 시선을 보내고 있었다.

"개운해졌어?"

사사즈카가 물었지만 대답이 없었다.

대신 남자는 한 손을 들어 크게 휘두르기 시작했다. 마치 밖에 있는 누군가를 향해 신호를 주는 것처럼.

다만 여긴 3층이었고 그가 손을 흔드는 방향에는 〈목장〉을 둘러싼 나무들밖에 없었다.

"마커스? 왜 그래——?"

사사즈카가 의아스럽게 말을 걸던 그때였다.

창문 밖에서 사람이 낙하하고 있었다.

"으아앗?!"

무심코 큰소리를 치며 뒷걸음질 쳤다. 한순간이었는데 머릿속에 새겨진 이미지는 굉장히 선명하고 강렬했다. 핑크색 셔츠와 슬랙스 차림의 남성. 떨어지고 있는 동안 계속 나와 시선을 맞추고 있었다. 다만, 얼굴 생김새는 알 수 없었다. 그것도 그럴 것이, 바닥에 내동댕이쳐진 점토처럼 안면이 평평하게 뭉개졌기 때문이다.

본 적 있는 녀석이었다. 〈목장〉 지하에서 사육되고 있던 제4종이었다.

창문 밖, 지면 쪽에서 손바닥 치기 볼륨의 몇십 배 더 큰 소리가 울려 퍼졌고, 난 움츠러들었다. 사람의 몸이 높은 곳에서 낙하하면 저런 소리가 나는 건가……?

"이봐, 마커스?! 뭐 하는 거야? 그만해!"

손을 흔들고 있던 오퍼레이터가 어느샌가 창틀에 발을 걸치고 몸을 내밀려고 했다. 사사즈카가 달려들어 붙잡으려고 했지만 체중 차이로 막지 못했다.

"놔주십시오……가야 합니다……."

중얼거리면서 뛰어내리려고 발버둥 치는 마커스 뒤로 주변의 오퍼레이터들이 차례차례 손을 뻗었다. 뛰어내리려고 저항하는 힘 센 남성을 끌고 오려면 4명이나 필요했다.

창문에서 끌려와 복도에 쓰러진 마커스의 눈은 분명 제정신이 아니었다. 동공이 완전히 열려 있었고 눈물이 멈추지 않았다.

아직도 일어나려고 하는 마커스의 목을 미기와가 뒤에서 팔을 둘러 졸랐다. 발버둥 치던 마커스는 갑자기 털썩 머리를 기울이며 움직이지 않게 되었다. 죽여 버린 줄 알고 순간적으로 흠칫 놀랐지만 아마 기절한 것뿐이겠지.

잽싸게 창문 쪽으로 시선을 돌리며 미기와가 물었다.

"방금 그건 카미코시 씨가 봤다는――."

"제4종이에요! 납치됐을 때 본 녀석!"

"떨어졌잖아? 뛰어내린 거야……?!"

토리코가 그렇게 말한 직후였다.

창문 밖으로 또다시 같은 녀석이 나타나 위에서 밑으로 떨어졌다.

다시 지면에 내던져지는 소리.

"뭐야?!"

깜짝 놀라 소리를 높이는 토리코 뒤에서 다른 오퍼레이터가 휘청휘청 창문 쪽으로 다가가기 시작했다. 이번에는 히스패닉계 여성이었다. 아까 그 마커스처럼 눈이 텅 비어 있었다.

"미셸!"

창문에 도달하기 직전, 사사즈카가 이름을 부르며 뒤에서 끌어안았다.

혼란 속에서 난 깨달았다.

이건―― 이른바 '보지 않는 게 좋다'는 것!

저기서 뛰어내리는 남자는 〈외양간〉 지하에서 봤을 때도 똑같은 행동을 했었다. 수용된 작은 방 안 천장에서 바닥으로 떨어졌다가 다시 천장으로 올라가 또다시 낙하하는―― 그걸 반복하고 있었다. 이 녀석은 반복해서 같은 장소에서 계속 떨어지면서 목격한 누군가를 함께 뛰어내리게 만들려 하고 있었다.

투신자살한 유령의 모습을 보고 비틀비틀 가까이 가서 죽어버리는…… 괴담에서는 자주 있는 패턴의 이야기였다. '살아있는 자를 길동무 삼으려는 망자의 유령'이라는 이해하기 쉬운 존재가 나오기 때문에 내가 전혀 흥미를 느끼지 못하는 타입의 괴담이었지만 아마 이 녀석은 그런 녀석일 것이다.

창문 밖에 또 그림자가 나타났기 때문에 난 순간적으로 외쳤다.

"창문을 보면 안 돼요! 눈을 돌려요!"

그렇게 말하면서 나도 창문에서 얼굴을 돌려 그 자리에 웅크리고 앉았다. 잠시 후 또다시 들리는 낙하 소리. 아직 서 있던 오퍼레이터도 토리코도 나처럼 고개를 숙였다.

"소라오, 이게 뭐야?"

"떨어지는 모습을 보면 길동무로 만드는 존재 같아——."

창문 쪽으로 가까이 가려고 하는 동료들을 꽉 붙들면서 사사즈카가 무전기를 통해 외쳤다.

"베이스! 이쪽은 돌입조 A, 제4종의 공격을 받고 있다. 거주동에서 뛰어내리는 남자를 쏴!"

《《뛰어내리는 남자——.》》

무전기 속 목소리는 당황한 듯 한 번 끊어졌다.

《《——확인했다. 뛰어내리는 남자를 사격하라, 틀림없나?》》

"틀림없다, 공격해."

《《오케이.》》

사사즈카가 우리를 향해 말했다.

"머리를 감싸고 그대로 엎드려!"

그 직후였다. 밖에서 총소리가 연속해서 들리는 것 같더니 창문 유리창이 부서져 흩어졌고 우리 등 뒤로 쏟아졌다.

철퍼덕, 인체가 낙하하는 소리가 한층 더 크게 울려 퍼졌고——.

——조용해졌다.

간헐적으로 계속되던 낙하 소리는 끊어진 듯 멈췄다.

무전기에서 치지직 소리가 울려 퍼졌다.

《《명중했다. 표적의 움직임 없음.》》

"——제길, 당했잖아."

제정신을 차린 듯한 여성 오퍼레이터가 눈을 깜빡거리며 신음했다.

"미셸!"

"미안, 이제 괜찮아."

안심한 모습으로 사사즈카가 무전기를 통해 말을 걸었다.

"베이스, 지금 떨어진 녀석을 눈으로 확인할 수 있겠나?"

《《보고 있습니다. 움직이지 않습니다.》》

"다가가서 생사를 확인해라. 3인 1조로 움직여. 인간의 정신 상태에 간섭하는 최면 작용이 있다. 동료의 모습이 이상해지면 바로 멈춰. 표적이 아직 움직이는 것 같다면 움직이지 않을 때까지 쏴."

《《오케──,》》

보고 소리가 거기서 갑자기 긴박해졌다.

《《옥상에 한 명 더 있다!》》

"어디지?"

《《사장님들 바로 위에 있습니다!》》

직후, 위에서 큰 소리가 들렸고 우리는 반사적으로 천장을 쳐다보았다.

쿵쾅쿵쾅 시끄러운 그건 발소리였다. 누군가가 이 위를 뛰어다니고 있었다. 어린애가 전력을 다해 뛰어다니는 것 같은 난폭한 발소리였지만 천장에서 먼지가 떨어질 정도의 무게와 기세가 있었다.

미기와가 총구를 천장을 향해 겨눈 채 중얼거렸다.

"옥상으로 가는 계단은 없는 것 같습니다만──."

지금까지 본 방 안에서도 사다리나 계단은 찾을 수 없었다.

종횡무진 뛰어다니는 발소리를 뒤쫓듯이 고개를 돌리고 있는데 느닷없이 딱 소리가 멈췄다.

"콘택트!"

오퍼레이터 중 한 사람이 외치며 총을 돌렸다.

우리가 있는 복도 반대편 구석에 어느새 누가 서 있었다.

새까만 인영이었다. 인간의 모습을 하고 있지만 양쪽 눈이 거의 세로가 될 정도로 치켜 올라가 있어 변형된 여우 같았다. 입은 큰 소리로 웃고 있는 것처럼 벌어져 있었고 하얀 이와 입속의 붉은색이 눈에 강렬하게 남았다.

그 녀석이 이쪽을 보며 갈라질 듯한 큰 목소리로 고함쳤다.

"고오오! 나아아!"

이 녀석……이 목소리야! 뛰어내리는 남자처럼 외양간 지하에서 사육되고 있었어! 문에 〈5번〉이라고 쓰여 있던 녀석!

'5번은 너무 많이 죽였어' ──사교 집단에게 그런 말을 듣던 녀석이야…….

세로로 찢어진 눈은 충혈되어 있었다. 시선이 마주쳤다. 날 보고 있었다.

짐승이 짓는 것 같은 목소리로 〈5번〉이 뭔가 말했다.

"소오! 오오……나아아!"

그 시선만으로도 위해를 가할 의사와 악의는 아주 충분할 정도로 전해졌다.

아직 바닥에 웅크리고 앉은 날 응시하면서 〈5번〉이 뛰기 시작했다. 크게 팔을 휘두르고 전력 질주하며 순식간에 이쪽으로 향했다.

"히익……."

날 죽일 거야——. 본능적인 공포를 느끼고 난 자지러졌다.

"소라오!"

토리코의 손에 이끌려 난 비틀거리면서도 일어났다. 하지만 이곳은 3층 복도 끝, 도망칠 곳은 어디에도 없었다. 방 안으로 피한다고 해도 막다른 길이었다——.

당황하는 날 휙 끌어당겨 안은 토리코. 그 옆에서 미기와가 앞으로 나와 발포했다.

돌진해오는 〈5번〉의 몸 주변으로 팟 팟 피보라가 퍼지는 게 보였다. 산탄총의 슬라이드를 철컥철컥 당겨서 쏘고, 당겨서 쏘고, 총성이 거의 끊이지 않는 속사였다.

사사즈카나 다른 오퍼레이터도 일제히 쏘기 시작했다.

귀를 먹먹하게 하는 총성이 울려 퍼지는 복도를 〈5번〉이 총에 맞으면서도 돌진했다. 큰 걸음으로, 굉장한 속도로. 앞으로 몇 걸음 남지 않았을 때, 겨우 털썩 무릎이 꺾였고 기우뚱하며 쓰러졌다. 새까만 몸이 우리에게 다가오기까지 1미터를 남긴 지점에서 멈췄다.

"……온누……나……."

밉살스럽게 신음하는 〈5번〉에게 총구를 들이민 채 다들 꼼짝도 하지 않았다.

신음소리가 톤 다운되며 끊어지는 것 같더니 갑자기 〈5번〉이 말을 꺼냈다.

"이런……산 위에서……뭘 할까…….."

갑자기 의미가 통하는 말에 전원 얼어붙었다.

"그곳은……뭐지……?"

〈5번〉의 신음이 아주 고요해진 복도에 울려 퍼졌다.

"뭔가 이상해……이봐, 무슨 일이 있었지?"

중얼거리듯 〈5번〉이 말했다.

"——그러니까, 그 산은……동굴이야."

그게 마지막이었다.

〈5번〉이 움직이지 않게 되자 신음소리도 멈췄다. 부활해서 습격해진 않는다는 걸 확신할 때까지 시간이 좀 흐른 뒤 드디어 모두 총을 내려놓았다.

"이건……뭐였지?"

토리코의 물음에 난 그저 고개를 가로 저었다. 그리고 토리코의 얼굴이 굉장히 가까이에 있다는 걸 깨닫고 당황해 거리를 두었다. 땀인지 비누인지 이 거리에선 토리코의 좋은 냄새가 확실하게 느껴졌다.

바닥에 쓰러진 제4종을 바라보면서 난 생각했다.

이 녀석의 모습은 어떤 괴담이 유래가 된 걸까? 구체적인 모티프는 바로 떠오르지 않았다. 여우에게 홀린 인간의 눈이 세로가 될 때까지 매달려 있었다, 와 같은 괴담은 어딘가에서 읽은 것 같지만, 그래도 딱히 관계없을지도 모른다. 지금까지 본 제4종은 반드시 내가 알고 있는 괴담과 관련이 있는 건 아닌 것 같았으니까.

자칫 잘못했으면 나랑 토리코도 이런 괴물이 됐을까? 이렇게 인간을 습격하고 정체를 알 수 없는 괴물로……

시신 운반용 부대를 갖고 와, 라고 사사즈카가 지시하는 목소리를 들으면서 난 가로누운 〈5번〉에서 눈을 뗄 수 없었다.

7

우리는 안전이 확인된 거주동을 나와 다시 공격 자세를 취했다. 뛰어내린 남자에게 당할 뻔한 마커스를 시작으로 한 몇 명의 오퍼레이터는 백업 요원과 교대해 베이스로 돌아갔다.

마지막으로 남은 건물은 '외양간'이었다. 이제 사교 집단의 제4종 생존자는 그걸로 전부겠지만 다들 긴장해 말수가 적어졌다.

외양간 1층에는 나무 철책으로 칸막이를 한 콘크리트 울타리가 몇 개나 있었다. 하지만 사용한 흔적은 전혀 없었다. 울타리 중 하나 안에 계단이 있었고 위층과 이어져 있었다.

2층은 거주동과 비슷했고 복도와 마주한 방은 이세계 접촉용으로 개조되어 있었다. 이상한 몇 개의 남성용 소변기가 늘어서 있는 화장실, 몸통 조각이 방치된 부엌, 빨간 페인트로 '살려줘'라고 쓰여 있는 아이들 방――. 다시 한번 오른쪽 눈으로 바라보자 의외로 게이트는 하나도 열려 있지 않았다. 여기 있는 건 완성도가 낮은 '초기 작품'이던지 혹은 지금부터 만들 예정이었던 걸지도 모른다.

헛되게 뒤얽힌 루트를 통해 이번에는 지하로 내려갔다. 어둠고 고요한 지하 통로에는 천장에 띄엄띄엄 배치된 형광등의 희미한 소리만이 울려 퍼지고 있었다.

내가 갇혔던 감옥, 제4종이 수용되어 있던 방, 전부 다 텅 비어 있었다. 그렇지 않으면 곤란했지만. 사전에 미기와가 확인한 것도 있고, 생각보다 순조롭게 체크가 진행되었다. 역시 따로 게이트는 발견되지 않았다. 거주동이 이세계와의 접촉용으로 특화된 건물이었던 걸지도 모른다.

하지만 이 외양간에는 가장 큰 게이트가 있다는 걸 알고 있었다. 〈지하의 둥근 구멍〉이었다.

지하 통로 막다른 곳에 있는 화장실 가장 안쪽 칸에 더욱더 아래로 내려가는 계단이 숨겨져 있었다. 남자 화장실에서 내려가든 여자 화장실에서 내려가든 계단은 층계참에서 합류되었고 더욱더 깊이 내려갔다. 막다른 곳의 양쪽으로 열리는 문은 열려 있었다. 넓고 살풍경한 콘크리트 방에 거대한 철제 바퀴가 설치되어 있었다. 딱 비눗방울의 액체 표면처럼 바퀴 안쪽에 막을 펼치고 있는 은색 후광은 나의 오른쪽 눈으로밖에 보이지 않았다.

〈지하의 둥근 구멍〉──우루미 루나가 DS 연구소 습격에 사용한 대형 게이트였다.

외양간 건물은 이 방에서 더 이상 나아갈 수 없게 되어 있었다. 여기까지 적이 나타나지 않았으니 드디어 안심하는 분위기가 흘러 퍼졌다.

"카미코시 씨, 여긴 아직 DS 연구소와 이어져 있습니까?"

"글쎄요……열어볼까요?"

"가능하다면 부탁드립니다."

난 토리코를 돌아보았다.

"괜찮겠어?"

"오케이."

토리코가 왼손 장갑을 벗고 〈둥근 구멍〉으로 다가갔다. 벌써 몇 번이나 했기 때문에 익숙한 모양이었다. 투명한 그 손이 후광을 붙잡고 잽싸게 흔들자 펑 하고 공기가 울리며 바퀴 안으로 다른 장소가 나타났다. DS 연구소 지하 주차장이었다.

오오, 지켜보고 있던 오퍼레이터들이 술렁거렸다.

"열었어요."

내가 돌아보자 사사즈카도 파고들듯이 열린 게이트를 바라보고 있었다.

"이건 직접 연결되어 있는 건가요? 타메이케산노의 DS 연구소 건물과?"

"그런 것 같아요. 현실 세계와 이세계를 잇는 게이트는 많든 적든 중간 영역을 통과하지만 여긴 거의 감지할 수 없을 정도로 중간 영역이 짧은 것 같아요."

"그런 게 가능해?"

"루나의 사교 집단 일원 중 한 명, 게이트를 여는 담당 같은 제4종이 있었어요. 그 녀석이라면 가능한 걸지도."

이세계에서 우루마 사츠키에게 당한, 머리가 비대한 제4종. 머리 전부를 사용해 게이트를 열었지만 지금 생각해보면 그 녀석은 나의 눈과 토리코의 손을 합친 것 같은 능력을 갖고 있었던 걸지도 모른다.

"무시무시하군요. 이건…….."

사사즈카가 중얼거렸다.

"이런 이동 수단을 파괴적인 사교 집단이 마음대로 사용하고 있었다는 뜻이죠? 저지하지 못했다면 어떻게 됐을지, 오싹하네요."

"이 게이트를 원하는 인간은 많겠죠. 도저히 가격을 매길 수 있을 만한 게 아닙니다. 아시겠지만 아무쪼록——."

"터무니없는 일에 휘말렸군요. 너무 무서워서 절대로 입 밖으로 낼 수 없을 것 같습니다."

경련이 난 미소를 띠며 사사즈카가 미기와에게 답했다.

"언제까지 열어둬야 해, 이건?"

토리코가 그렇게 물었기 때문에 미기와가 깜짝 놀란 듯한 얼굴을 했다.

"일단 닫으셔도 상관없습니다. 감사합니다."

토리코가 손을 놓자 공간에 열렸던 구멍이 딱 닫혔고 바람이 살랑 불었다.

미기와와 사사즈카가 이 시설을 어떻게 할지 의논하기 시작했다. 나와 토리코는 무료함에

그들에게 다가가 귀를 기울였다.

"여기서 DS 연구소를 오갈 수 있다면 안성맞춤이죠. 밖으로 향하는 수단은 불편하니까."

"그렇죠, 모처럼 DS 연구소의 지하 주차장과 연결되어 있으니까 차를 타고 게이트를 통과할 수 있다면——."

"사교 집단 인간들이 그걸 떠올리지 않았을 거라고는 생각할 수 없습니다. 전날 조사하러 왔을 때, 마침 이 건물 뒤편에 크레인으로 파던 커다란 구멍이 있었습니다. 추측이지만 밖에서 경사로를 만들어 이 방과 이은 후 차량을 타고 〈둥근 구멍〉으로 들어갈 수 있게 할 생각이었던 건 아닐까요?"

"아아, 과연. 그럼 그 공사를 속행하실 건가요?"

"그것도 한 가지 방법이라고 생각합니다. 다만, 이 시설에 어디까지 투자할 수 있을지는 생각해볼 부분이죠. 정기적인 체크가 필요한 건 틀림없는 것 같지만 그렇다면 차라리 전부 헐어버리는 편이 안전할지도 모릅니다."

아, 이런. 망가뜨리는 건 곤란해──.

대화를 들으면서 초조해하고 있었더니 토리코가 얼굴을 가까이 가져다 댔다. 아까 안겼을 때 맡았던 토리코의 냄새가 또 코를 간지럽혀 난 동요해버렸다.

"무슨 생각해?"

"그……그냥."

정신을 차리고 난 목소리를 높았다.

"미기와 씨. 잠깐 상담하고 싶은 게 있는데요──."

"네?"

"이 〈목장〉을 저에게 주시겠어요?"

뭐? 명백하게 당황한 분위기가 흐르는 걸 알 수 있었다.

"달라……는 건?"

미기와의 표정이 의아스럽게 어두워졌고 난 초조하게 설명을 시작했다.

"여긴 평범한 인간들이 감당할 수 있는 장소가 아니에요. 〈목장〉 전체는 이세계와의 경계가 얇아져 있는 것 같아요. 일단 눈에 띄는 장소는 전부 대처했지만 못 보고 넘어간 장소가 있을지도 모르고 갑자기 다른 게이트가 열릴지도 몰라요. 제 눈과 토리코의 손이라면 그걸 복원시킬 수 있지만 보지 못하는 사람, 만지지 못하는 사람은 여기 있기만 해도 위험하죠."

"네에."

"부동산 권리가 필요한 건 아니에요. 아, 물론 준다면 받겠지만, 그게 아니라, 제가 여기 관리인으로 일할게요!"

나의 날카로운 목소리가 〈둥근 구멍〉이 설치된 텅 빈 방 천장에 메아리쳤다.

"분명 그게 더 나을 거예요. 이렇게 위험한 장소를 다른 사람에게 맡길 수는 없으니까. 관리인으로서 고용해주세요. 아, 그리고 월급도 주시고요."

땀투성이로 열변하는 날 토리코가 수상쩍은 눈으로 바라보았다.

미기와는 잠시 생각한 후 말했다.

"여기가 등기상 어떻게 취급되고 있는지 아직 불확실한 부분이 있으니 잠정적인 대답이 되겠지만—— 카미코시 씨와 니시나 씨가 DS 연구소에서 업무 위탁하는 형태로 〈목장〉을 관리하는 건 가능할 겁니다."

"정말요?!"

단단히 벼른 날 가만히 바라보다 미기와가 말했다.

"참고로 여쭤보고 싶습니다만 관리인으로서 뭘 하실 생각이십니까?"

"네? 그게, 그러니까, 글쎄요, 일단 돈이 필요하니까."

"그래서 일로 〈목장〉 감시를 하고 싶다고?"

"아──, 저기, 맞아요. 그리고 이 건물, 중간 영역과 접촉하고 있기 때문에 이세계의 인공물도 찾을 수 있을 것 같아요. 그걸 발견해서 회수하고 싶어요. 그런 의미에서도 볼 수 없는 사람이 있으면 위험하니까 저에게 맡겨주셨으면 좋겠어요."

즉석에서 떠오른 이유가 입에서 술술 나왔다.

미기와가 복잡한 얼굴로 말했다.

"아까도 화제에 나왔습니다만, 이 게이트의 잠재적인 가치는 저울질할 수 없습니다. 사교 집단 이외에도 이걸 손에 넣으려고 하는 자가 찾아올지 모릅니다. 그런 의미에서도 위험한 장소죠, 이곳은."

"그럼 더더욱 이 게이트를 저랑 토리코 이상으로 바르게 다룰 수 있는 인간은 없겠군요. 여기엔 제가 필요해요."

미기와가 잠시 생각한 후 말했다.

"과연……. 확실히 말씀한 대로일지도 모릅니다. 알겠습니다. 그런 방향으로 검토해보죠."

"감사합니다!"

토리코의 수상쩍은 시선은 모른 척하면서 난 분발해서 인사를 건넸다.

8

〈목장〉의 위협이 전부 제거됐다고 보고 우리는 철수 작전에 돌입했다.

몇 명은 〈지하 둥근 구멍〉을 통해 직접 DS 연구소로 돌아가게 되었다. 모두에게서 회수한 총기나 장비, 부상자, 게다가 지퍼가 닫힌 시체 봉투 2개까지 토리코가 연 게이트를 통해 차례차례 지하 주차장으로 옮겨졌다.

오퍼레이터 중 거의 반 정도는 게이트를 통과해 돌아가게 되었다.

여기 한노산 안에서 도심까지의 몇십 킬로를 단숨에 이동할 수 있기 때문에 편리하겠지만 오퍼레이터들은 내키지 않는 얼굴이었다. 원리도 모르고 정체가 알려지지 않은 기술을 사용한다고 생각하면 내키지 않는 건 이해할 수 없는 것도 아니었다.

"그럼 부탁드립니다."

〈둥근 구멍〉 맞은편으로 간 오퍼레이터들이 손을 흔들었다.

내가 토리코를 향해 고개를 끄덕이자 투명한 왼손이 펼쳐졌고 원형 게이트가 탁 닫혔다.

지하 주차장의 광경이 사라졌다. 사람들의 기척과 소리가 사라져 갑자기 조용해졌다.

바로 사사즈카의 휴대폰이 울렸다. 전화를 받은 사사즈카는 한두 마디 대화를 나누고 끊었다.

"저쪽은 괜찮은 것 같습니다."

미기와가 고개를 끄덕였다.

"그럼 이쪽도 철수할까요?"

우리는 〈둥근 구멍〉이 있는 방을 나와 계단을 올라갔다. 멀리 돌아가는 구조의 통로를 빠져나와 텅 빈 외양간을 지나쳐 밖으로 나왔다. 부피가 큰 장비를 게이트로 먼저 보내 몸이 가벼워졌기 때문에 나머지는 차에 올라타서 돌아가기만 하면 되는 것이었다.

남은 오퍼레이터들이 두 대의 차에 각자 올라타는 것을 둘이 지켜보고 있자 미기와가 재촉했다.

"두 사람도 어서 타시죠."

"아, 아뇨, 저희는 조금 더 둘러보고 돌아갈게요."

응? 이라는 얼굴로 토리코가 날 돌아보았다. 미기와도 눈살을 찌푸렸다.

"두 분이서요? 그건 좀——."

"제 눈은 주변에 사람이 있으면 위험해서 제대로 쓸 수가 없거든요. 오늘 둘러봤지만 만약을 위해 한 번 더 점검해두고 싶어요. 토리코, 같이 있어 줄 거지?"

"……응. 알았어."

"그러니까 먼저 가셔도 돼요. 그렇다고 해도 〈둥근 구멍〉을 통해 돌아갈 거니까 저희가 먼저 도착할 수도 있겠지만요."

"……알겠습니다. 부지 주변도 체크했으니 제4종이나 사교 집단의 잔당이 나타날 걱정은 없겠지만 아무쪼록——."

"조심할게요. 그럼 나중에 봬요."

양쪽으로 풀이 우거진 좁은 길을 2대의 차가 내려가는 걸 나와 토리코는 배웅했다.

엔진 소리가 들리지 않게 되자 난 나도 모르게 한숨을 내쉬었다.

"하아……."

사람이 많이 있으면 피곤하다…….

긴장이 풀려 안심하는 나에게 토리코가 다가와 살며시 팔을 감았다.

"――드디어 둘만 남았네, 소라오."

"뭐?"

토리코가 내 어깨에 머리를 기댔다. 상대가 더 키가 크기 때문에 자세에 약간 무리가 있었다. 구체적으로는 토리코의 체중이 전부 내 왼팔에 실렸다.

"으에엑, 하지 마, 팔이 빠지겠어."

"뭘 꾸미고 있는지 알려주면 그만둘게."

"무슨 말인지――."

"저기, 소라오, 난 너와 같은 눈은 없지만 뭔가 숨기고 있다는 것 정도는 보면 알아."

……눈치 빠른 녀석.

우루마 사츠키의 모습이 보였는데도 계속 아무 말 하지 않았던 걸 역시 꽁하게 생각하고 있는 것 같았다.

팔에 매달린 토리코와 아주 가까운 거리에서 눈이 마주쳤고 난 동요했다.

"아니, 오늘 왠지 거리가 좀 가깝지 않아?"

"그래? 평범한 것 같은데."

나의 의문을 깔끔하게 넘기며 토리코가 팔을 풀었다.

아니, 분명 가깝다니까.

루나의 DS 연구소 습격 이후, 토리코와 나의 거리가 왠지 좁혀진 것 같았다. 물리적인 거리 말이다. 이전에는 이렇게까지 빈번하게 손을 잡지 않았는데…….

"뭐라고 좀 해봐, 소라오."

"응? 응. 뭐가?"

"그거 거짓말이지? 감시한다는 거 말이야."

"거짓말한 적 없어. 그냥 말 안 한 건 있지만."

"이거 봐, 역시."

난 발길을 돌려 뒤를 돌아 걸었다. 토리코가 뒤를 따라왔다.

"어디 가?"

"거주동. 손을 좀 빌려줬으면 좋겠는데."

"그래, 그래, 이제 뭐든 만져줄게."

될 대로 되라는 말투로 토리코가 말했다. 역시 화가 난 것 같았다.

거주동 입구에서 우리는 가방에서 자신들의 총을 꺼내 장비했다. 익숙한 마카로프의 무게에 겨우 좀 안심했다.

"됐어? 소라오."

"오케이."

"그럼 따라와."

"뭐? 응?"

토리코가 자신의 총을 한 손에 들고 내 앞에 서서 거주동 문을 열었다.

"아까 전부 정리했으니까 괜찮겠지만 떨어지지 마."

"으응."

난 건성으로 대답하며 토리코의 뒷모습을 바라보다가 계속 느꼈던 위화감을 입 밖으로 내뱉었다.

"토리코, 왠지 오늘 좀 이상한 것 같아."

"뭐?"

놀란 얼굴로 토리코가 돌아보았다.

"이상해? 어디가?"

"아니, 평소랑 비교해서 거리감이 다르달까…… 항상 그런 텐션은 아니잖아? 오늘은 한층 더 기합이 들어갔달까, 겉돈달까."

"겉돈다고……."

토리코가 말문이 막힌 채 굳어버렸기 때문에 난 보충 설명을 위해 알맞은 말을 찾았다.

"아니, 왠지 오늘 토리코가 날 계속 지키려고 하는 것 같은데?"

"뭐? 그건 항상 그렇게 하려고 하는데…… 소라오보다는 익숙하다고 생각하니까…… 총이나 여러 가지로……."

"응, 하지만 뭐랄까, 오늘은 평소랑 달리……."

적절한 표현을 찾으려고 난 머릿속을 뒤졌다. 그 상냥하게 지켜보는 듯한 묘한 미소……. 마치……보디가드? 아니야. 보호자? 아니…….

"……아, 그래! 마치 남자친구같이!"

토리코가 입을 떡 벌렸다.

"남자친구 같다고……?"

"토리코, 묘하게 에스코트 같은 걸 하려고 했잖아, 오늘. 그래서 위화감을 느꼈어."

"……."

"우린 그런 느낌이 아니었잖아."

"뭐……? 아…….."

딱 맞는 표현을 찾아내서 납득을 한 나와 대조적으로 토리코는 뭔가 깜짝 놀란 것 같았다.

"왜 그래? 괜찮아?"

"으, 응. 그런 느낌이 아니었지, 아마도."

뭐야? 진짜 괜찮은 거 맞아?

"아 유 오케이?"

"이츠 오케이……메이비."

괜찮지 않잖아, 이거. 지금까지 봐온 모습 중에서 가장 동요하고 있는 것 같은데.

난 걱정이 돼서 축 늘어져 있는 토리코의 손을 잡았다.

"저기, 마음은 기쁘지만. 지금까지처럼만 해도 난 괜찮아. 굳이 애쓰지 않아도 돼."

"지금까지처럼만…….."

"자, 가자."

난 토리코의 손을 잡고 이끌었다.

"앗."

토리코가 앞으로 꼬꾸라질 뻔하며 발을 앞으로 내밀었다. 손을 잡은 채 난 걷기 시작했고 거주동 안으로 들어갔다.

"소라오, '지금까지처럼'이라는 게 대체—— 무슨 뜻이야?"

불안한 듯 토리코가 물었다.

"아니, 토리코, 오늘은 따로 사람이 잔뜩 있어서 그런지 꽤 긴장한 것 같던데."

"맞아, 그럴지도. 난 낯가림이 심하니까 주변에 사람이 많으면 긴장해……."

"그렇지. 이해해."

난 토리코의 손을 놓고 걸어가면서 크게 기지개를 폈다.

"아~~. 정말 드디어 둘만 남았네. 총을 가진 아군이 많은 건 든든하지만 그렇게 사람이 많으면 상태가 이상해진다니까."

"응."

"위험한 일이 생겼을 때 모두 나랑 토리코가 돌봐야 한다고 생각하면 부담도 되고…… 역시 둘이 마음대로 움직이는 게 가장 좋아, 나는."

어느 방 앞에서 난 걸음을 멈췄다. 1층 복도 정중앙 근처, 불투명 유리창이 붙어 있는 간소한 문 앞이었다.

처음 봤을 때는 유리에 물방울이 묻어 있고 다가가면 서늘했지만 게이트를 닫은 이후로는 결로도 마르고 아무런 이상도 보이지 않았다.

문을 열자 방 안에는 너덜너덜한 노 젓는 보트가 뒤집혀 있었다. 아까는 보트 밑에 있는 바닥의 얼룩이 인간 같은 형태로 보여서 기분 나빴지만 지금은 단순한 얼룩으로밖에 보이지 않았다.

"토리코, 여기 게이트 좀 열어줄래?"

"아까 닫았는데?"

"응, 부탁할게."

이상한 듯한 표정의 토리코가 왼손을 사용해 게이트를 열자 실내에 다시 습한 공기가 흘러들어왔다. 게이트 너머로 안개 속에 떠 있는 도로 표식 같은 게 보였다.

"자── 여긴 바로 이세계와 이어져 있어. 가자."

"뭐? 응."

나랑 토리코는 게이트를 통과했다. 도로 표식 같은 건 비스듬하게 선이 그어져 있었기 때문에 무언가를 금지하고 있는 것 같았지만 비스듬한 선 밑에 있는 그림은 물에 빠진 어린아이로도 문어로도 보이는, 뭐가 뭔지 알 수 없는 것이었다.

"닫아도 돼."

"그래도 돼?"

"응, 은색 후광이 보이니까 토리코가 있으면 제대로 돌아갈 수 있을 거야."

"……알았어."

토리코가 손을 놓자 게이트가 닫혔다.

표식을 통과한 후 좀 걷자 발밑이 풀숲으로 바뀌었다.

안개가 걷히자 우리가 어떤 장소로 나온 것인지 알 수 있었다.

"강이네."

토리코가 중얼거렸다.

이세계를 흐르는 강이 눈앞에 가로놓여 있었다. 유속은 느렸고 강폭은 넓었다. 아련한 햇빛을 받아 수면이 희미하게 빛나고 있었다.

뒤를 돌아보니 끝없는 초원이 펼쳐져 있었다. 낯익은 랜드 마크는 보이지 않았다. 즉, 이곳은 이세계 중 아직 우리가 모르는 장소였다.

"거주동 게이트를 닫을 때, 쓸 만한 장소가 몇 군데 있었어. 중간 영역이 얇고 이세계로 바로 들어갈 만한 게이트. 기분이 너무 나빠서 더 이상 다가가고 싶지 않은 방은 제외했지만, 역시."

"그 자리에서는 말하지 않았잖아."

"말할 리가 없잖아. 여긴 나랑 토리코만의 세계니까 다른 사람은 절대로 들이고 싶지 않은걸."

토리코가 눈을 똥그랗게 뜨고 말똥말똥 내 얼굴을 바라보았다.

"……왜?"

시선의 압력을 견디지 못하고 물어보니 토리코가 싱긋 미소 지으며 말했다.

"소라오, 좋아해."

"——아, 그래?"

"정말 좋아해."

"그래, 그래, 고마워."

갑작스러운 말에 동요해서 난 작은 목소리로 대답했다. 토리코가 그런 경솔한 느낌의 커뮤니케이션을 하는 건 왠지 신선했다. 그 거리낌 없는 느낌은 좀 기쁘지만 이런 미인이 내뱉는 '좋아해'를 일일이 제대로 받아냈다간 이쪽이 못 버틸 것 같았다. 정신을 다잡고 난 말했다.

"그, 그럼……돌아갈까?"

"뭐? 여긴 이제 됐어?"

"응. 본격적인 탐험은 제대로 준비를 한 다음, 다시 와서 할 거니까."

우리는 왔던 길을 되돌아갔다. 다음 게이트를 시험해보기 위해.

9

1층 통로 안쪽 방에서 열린 게이트를 통해 빠져나가자 그곳은 언덕 중턱에 열린 동굴 출입구였다. 바위 표면에 달라붙은 듯한 나무 발판이 좌우로 뻗어 있었다. 어느 쪽으로든 갈 수 있을 것 같았지만 조금이라도 긴장을 풀면 발을 헛디딜 것 같은 좁은 길이었다. 아래쪽은 울창한 숲이었고 뱀처럼 길고 가느다란 게 나뭇가지 위를 움직이고 있는 게 보였다.

2층 가장 앞쪽 방을 통해서는 폐허가 된 유원지 같은 장소가 나왔다. 관람차 같은 구조물이 있었기 때문에 유원지일 거라 생각했지만 가까이 다가가 보니 철골에 매달린 건 커다란 돌덩어리였다. 주변의 놀이기구 같은 것도 녹이 슬고 너덜너덜했고 혹시 새 기구였을 때가 있었다고 해도 인간이 놀 방법이 없을 것 같은 형태를 띠고 있었다.

나뭇가지를 조합한 허수아비 같은 게 늘어선 숲속 광장도 있었다. 나무숲 안은 아무것도 보이지 않을 정도로 어두웠다. 광장 중앙에는 빽빽하게 흙이 쌓여 있었고 무언가가 묻혀 있는 것인지 그곳에만 하얀 버섯이 빽빽하게 자라나 있었다. 어디선가 강렬한 민트 냄새가 풍겼다.

쓰레기투성이의 암석 지대도 있었다. 햇빛과 바람에 부식된 플라스틱 파편이나 페트병이 지면을 뒤덮고 있었고 거기에 푸른 색을 띠는 바위가 얼굴을 내밀고 있었다. 쓰레기 밑에서는 간헐적으로 윙 윙 소리가 들렸다. 작은 모터 구동음으로도, 벌레 우는 소리로도 들렸지만 신발로 쓰레기를 헤쳐보아도 정체는 파악할 수 없었다.

공원에 있을 법한 공중화장실이 모래 언덕 위에 비스듬히 서 있는 걸 봤다. 에티켓 벨소리로 들리는 물 흐르는 소리가 폭발음처럼 울려 퍼졌고 모래 언덕을 부는 바람과 공명하고 있었다. 입구에서 들여다보니 열려 있는 칸 안, 변기에서 가시나무처럼 가시 있는 관목이 자라나 있는 게 보였다.

불빛이 전혀 없는 케케묵은 어둠으로 들어가는 게이트도 있었다. 손전등을 켜보니 그곳은 좌우 벽에 주르륵 로커가 늘어선 통로였다. 앞뒤로 어디까지 이어져 있는 것인지 확인해보려 하기도 전에 로커 안에서 몇 개의 강한 시선을 느끼고 우리는 당장 도망쳤다.

주문한 것처럼 딱 맞는 사이즈의 모닥불이 방치된 장소도 있었다. 전망 좋은 초원 한가운데에서 불이 피어오르고 있는데 그 주위로는 아무도 없었다. 모닥불 주변은 거미줄 같은 것으로 붙들려 있었고 원래 모습을 판별할 수 없는 작은 동물 뼈가 몇 개나 떨어져 있었다.

아름다운 장소, 이상한 장소, 무시무시한 장소……. 우리는 유망해 보이는 게이트를 한 번 더 열고 차례차례 이세계의 단편을 들여다보았다. 탐험 후보지 구경, 미지의 세계의 아이쇼핑이었다. 언뜻 보기에 알고 있는 장소와 가까운 게이트는 거의 없었기 때문에 지금까지 우리가 탐험한 장소와는 전부 다 떨어져 있는 것 같았지만 자세히 확인해보지 않으면 사실은 알 수 없었다. 최종적으로 쓸 만한 게이트는 6개 정도 있었다. 우루미 루나의 사교 집단은 변변찮은 녀석들만 모여 있었지만 결과적으로 좋은 일을 해줬다고 말할 수 있을지도 모르겠다.

마지막으로 시험해본 게이트는 산속 호수 부근과 이어져 있었다. 이때쯤은 해도 꽤 저문 상태라 희미한 무지갯빛을 띠는 해질 녘의 하늘이 아름다웠다.

잔물결이 고요하게 밀려오는 강가에는 아주 많은 새하얀 유목이 뒤얽힌 듯 어지러이 서 있었다. 호수 표면을 둘이 바라보면서 난 깨달았다. 토리코의 뒤를 따라가는 것도 토리코를 끌고 다니는 것도 아닌, 이렇게 둘이 어깨를 나란히 하고 다양한 장소를 탐험하는 게 나로서도 즐거웠다. 그러니까 그런 식으로 남자친구처럼(?) 굴면 불편해지는 것이었다.

잇따라 많은 장소를 돌아보는 사이에 토리코도 평소의 모습을 되찾겠지. 지금은 온화한 표정으로 하늘색이 바뀌는 걸 바라보고 있었다. 호수를 건너온 바람에 금색 머리칼이 흩날리는 모습을 넋을 잃고 바라보자 시선을 느낀 토리코가 나에게로 눈을 돌렸다.

"왜에?"

"아니, 그냥——."

일단은 고개를 가로저었지만, 다시 생각하고 난 말했다.

"난 말이지, 하고 싶은 일이 심플해서 이세계를 탐험할 수 있으면 그걸로 좋아. 토리코와 둘이서만, 다른 사람들에게 방해받지 않고. 처음부터 계속 그랬어. 그런데 토리코는 어때?"

"뭐가?"

"토리코는……애초에 사람을 찾기 위해 이세계로 들어온 거잖아. 하지만 그 사람은 이제, 좀 무리인 것 같은 느낌이 드니까."

이세계 심층부에서 해후한 우루마 사츠키는 이미 완전한 괴물로 변해 있었다. 끌려갈 뻔한 토리코가 깜짝 놀라며 물러날 정도였으니 그 상태는 상당했다.

"원래의 목표가 사라진 게 되잖아. 그럼 토리코는 앞으로 무엇을 위해 이세계에 들어갈 거야?"

물어보면서 스스로 놀랐다. 얼마 전까지라면 물어보기 무서운 질문이었을 것이다. 하지만 왜인지 이번에는 아주 쉽게 입에서 흘러나왔다.

토리코는 잠시 침묵을 지켰다.

짓궂은 질문이었을까? 내가 그렇게 생각할 때쯤, 겨우 토리코는 입을 열었다.

"소라오는 나랑 함께 이세계를 탐험하고 싶다고 생각하는구나."

"응."

"나도 똑같아. 나도 소라오랑 함께 있고 싶어. 둘이서 계속 어디까지나 가보고 싶어."

"……그게 토리코가 하고 싶은 일이야?"

"응."

토리코가 고개를 끄덕였다. 난 안심했고, 갑자기 부끄러워졌다. 고개를 돌린 채 난 중얼중얼 말했다.

"그래? 그럼 앞으로도 잘 부탁해, 토리코."

"나야말로 잘 부탁해, 소라오."

어떤 얼굴을 하고 있는지는 보이지 않았지만 굉장히 부드러운 목소리였다.

10

어두워지기 전에 우리는 이세계에서 돌아와 거주동을 나왔다. 역시 해가 저문 이후로는 이런 장소에 있고 싶지 않았다.

서둘러 〈둥근 구멍〉을 통해 돌아가 밥을 먹고, 샤워도 하고 싶다며 시시한 이야기를 나누고 있던 우리는 외양간 입구까지 와서는 깜짝 놀라 걸음을 멈추었다.

──냄새가 나.

방금까지 아무런 냄새도 나지 않았던 외양간 안에서 배설물과

피 냄새가 풍겨왔다. 거기에 섞여 있는 이건 짐승 냄새……라고 말하면 될까?

우리의 코에 도달한 건 단적으로 말하면 너무나도 「외양간」 같은 악취였다.

둘이서 시선을 교환하고 마카로프를 꺼냈다. 외양간 입구로 신중하게 다가가 안을 들여다보았다.

기울어진 태양 빛이 외양간 안을 비추고 있었다. 그 빛과 그림자의 경계에서 무언가가 꿈틀거리고 있었다.

"……소?"

토리코가 중얼거렸다.

나에게도 그렇게 보였다. 송아지 같았다. 바닥에 가로누워서 일어나려는 듯 발버둥치고 있었다. 막 태어난 것처럼 흠뻑 젖어 있었고 몸의 표면에 검은 보풀이 일어나 있었다.

오른쪽 눈으로 봐도 모습은 변하지 않았다. 우리는 마카로프를 들이민 채 천천히 다가갔다.

정면으로 돌아 들어간 우리를 눈치챈 것인지 송아지의 얼굴이 솟아올랐다.

"우엑……?!"

"으앗?!"

무심코 두 사람 모두 비명을 질렀다. 송아지는 인간의 얼굴을 하고 있었다. 흐릿하고 초점이 안 맞는 눈을 한 남자의 얼굴. 우리 쪽으로 솟아오른 그 얼굴이 비틀비틀 흔들렸다. 울음소리 하나 흘러나오지 않았다.

"소라오, 이게 뭐야?!"

잠시 말을 잃고 있던 내 입에서 간신히 단어가 흘러나왔다.

"쿠……쿠단?!"

사람의 얼굴을 가진 소—— 쿠단. 인터넷 괴담보다 훨씬 전, 에도에서 옛날부터 전해져오던 존재였다. 태어난 후 며칠 만에 죽지만 그사이에 인간의 말로 예언을 한다는 이상한 짐승——.

내가 동요한 건 괴물을 눈앞에서 목격했다는 것만이 이유는 아니었다.

쿠단의 얼굴이 왠지 낯익은 것 같았기 때문이었다.

얼빠진, 죽은 사람처럼 맥이 빠진 이 녀석의 얼굴은……?

쿠단이 입을 열었고 가냘픈 목소리가 들렸다.

"붉은 사람이 올 거야."

그렇게 들렸다.

"빨간 사람이 올 거야, 돌아올 거야, 소라오."

"이 녀석, 무슨 소리를……앗."

토리코가 날카로운 소리를 질렀다. 한순간도 눈을 떼지 않았는데 쿠단의 모습이 바뀌었다. 검은 옷을 입은 여자가 콘크리트 위에 정좌하고 있었다. 옷소매를 통해 보이는 손은 거칠고 울퉁불퉁했고 주름진 노파의 손이었다. 어깨부터 위쪽은 짧은 뿔이 자란 와규의 얼굴이었고 웬일인지, 역시 어딘가 낯이 익었다.

"불길한 여자야, 소라오."

쿠단—— 아니, 우녀가 말을 하자 침이 길게 실처럼 늘어지며 떨어졌고 무릎을 적혔다. 그 목소리도 들은 적 있는 것 같았다.

"불길한 여자, 재앙의 씨앗이야, 넌 엄마랑 닮았어——."

난 절규하며 마카로프 방아쇠를 당겼다.

외양간 안에 총소리가 메아리쳤다. 정신을 차려보니 탄창에 있던 모든 총알을 다 쏴 슬라이드가 뒤로 물러나 있었다.

"소라오! 괜찮아?!"

나의 손을 붙잡고 토리코가 외쳤다. 대답을 할 수 없었다. 우녀가 있던 장소에는 이미 그 모습은 보이지 않았고 그저 바닥에 엷은 피와 같은 축축한 체액이 튀어있을 뿐이었다.

낯이 익을 수밖에 없었다.

그건 아버지랑 할머니였다.

남자의 얼굴은 나의 죽은 아버지의 얼굴. 소의 목에서 나온 목소리는 나의 죽은 할머니의 것이었다.

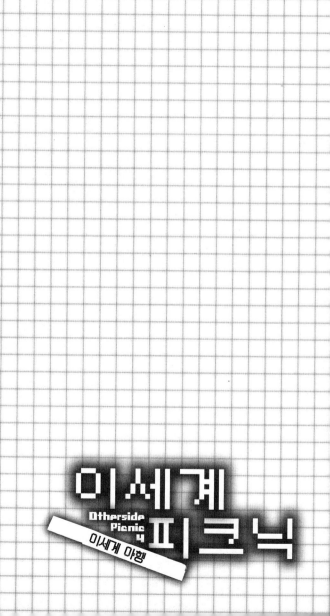

이세계 피크닉
Otherside
Picnic
4
이세계 야행

파일
13

옆집의 판도라

1

"오라이, 오라이, 오라이, 그대로, 오라이…… 자── 스톱."

이치카와 나츠미의 가이드에 따라 트럭 짐받이에서 내려온 AP—1의 엔진을 끄고 난 휴우 한숨을 내쉬었다. 아무런 사양 없이 차를 몰고 다닐 수 있는 이세계와 달리 이쪽에서는 물체와 부딪히지는 않을지 신경 써야 했기 때문에 피곤했다.

오늘은 이세계에 주차해둔 AP—1을 코자쿠라 저택 현관 앞 게이트를 통해 이쪽으로 가져와 나츠미가 운전해온 트럭에 실어 옮겼다. 친하지도 않은 나츠미와 둘이서 트럭에 올라타는 건 내키지 않았기 때문에 난 혼자 지하철을 타고 샤쿠지이 공원에서 사이타마의 미나미요노까지 찾아왔다──랄까, 집에서 가장 가까운 역이었으니 돌아왔다고 해도 좋겠지.

내가 AP—1에서 내리자 트럭을 운전하고 있던 나츠미도 운전석에서 내려 문을 탁 닫고 다가왔다.

"수고하셨습니다. 그럼 열쇠는 제가 맡아둘게요."

"아, 응."

열쇠를 건넨 후 뒤를 돌아보았다. 나츠미의 집── 이치카와 자동차 정비 공장 차고에 늘어선 몇 대의 차와 섞여 있으니 지붕도 문도 없는 농업 기계인 AP—1이 굉장히 어울리지 않게 느껴졌다.

작업복 차림의 나츠미가 클립보드에 끼워둔 용지에 볼펜으로 재빠르게 써내려갔다.

"그럼 엔진 교체와 전체적인 점검이면 될까요?"

"응. 부품 같은 건 잘 모르니까 맡길게."

"보통 차 개조를 부탁하는 손님들은 다소 고집하는 게 있는데…… 뭐, 됐어요, 저희가 맡을게요."

나츠미의 집에서 발생한 〈산누키카노〉 사건을 해결한 사례의 뜻으로 내가 부탁한 게 AP—1의 개조였다.

이시가키 섬에 갔을 때 술김에 사버린 이 농기계는 나와 토리코의 이세계 탐험의 믿음직한 파트너였다. 짐도 실을 수 있고 오프로드도 달릴 수 있고, 둘이서만 이세계를 탐험하고 싶다는 나의 목적에는 딱 맞는 기계였지만……역시 최고 속도가 시속 3킬로는 너무 느렸다.

그래도 편리하긴 편리했고 애착도 샘솟았기 때문에, 앞으로도 계속 사용하기 위해 엔진을 바꿔 파워 업을 노린다는 게 나의 계획이었다. 〈산누키카노〉 일로 아카리가 성가신 일을 갖고 왔을 때는 어떻게 할지 고민했지만 자동차 정비공인 나츠미와 알게 됐으니 결과적으로는 다행이었다. 개조 비용도 공짜고.

그렇게 생각하면서 싱글거리고 있자 나츠미가 내 얼굴을 의심스럽게 바라보며 말했다.

"얼마 전 일에 대한 보답이니까 비용은 기본적으로 저희 쪽에서 내겠지만……."

"미안——."

"솔직히 말해서 어느 정도 초과해도 되는 건가요?"

"뭐?"

"이건 단순히 엔진 교환만 하면 불편해질 거예요. 커다란 엔진으로 교체하면 차체 밸런스가 바뀌어서 바퀴 부분이 망가지기 쉬워지거든요. 소리도 시끄러워져서 분명 소음기도 바꾸고 싶어질 거고. 저한테 맡기신다고 해도 어느 정도로 맡기실 건가요?"

"……어느 정도 추가 예산이 나와도 되느냐고 묻는 거야?"

"맞아요. 저희 쪽 인건비는 포함하지 않을게요. 부품이 예상 이상으로 필요해졌을 경우의 경비에 대해 묻는 거죠."

"그럼……그건 몇만 단위? 아니면 몇십만?"

"아——그럼 대충 10만, 20만, 50만 코스가 있다고 하면, 어디까지 내실 수 있나요?"

"10, 10만."

"아, 알겠습니다. OK."

나츠미는 시원스럽게 고개를 끄덕였다.

"2주 정도 걸릴 거예요. 그럼 끝나면 연락드릴게요. 감사합니다."

——공짜가 아니었어?

대충 배웅을 받으며 이치카와 자동차 정비 공장을 나온 나는 분명 이해할 수 없는 얼굴을 하고 있는 게 틀림없었다.

2

아니, 뭐.

자, 자. 어쩔 수 없지. 속은 것 같은 기분이었지만 딱히 그런 건 아닐 거야. 분명.

돌아가는 길에 슈퍼에서 저녁용 반찬을 구입하고, 저물어가는 하늘 아래 집을 향해 걷기 시작할 무렵에 난 꽤 새로운 기분으로 바뀌어 있었다.

그야 그렇지. 아무리 사례의 뜻이라 해도 부담할 수 있는 금액에는 한도가 있었다. 무책임하게 맡긴다면 나츠미도 곤란하겠지. 사전에 말해준 만큼 친절하다는 뜻일 거야.

응.

하지만 왠지…….

뭐지? 공짜라고 굳게 믿고 있었던 만큼 반발이 컸던 걸지도 모른다. 10만, 20만, 50만 엔의 선택지 중 순간적으로 가장 싼 10만 코스를 선택해버린 것도 마음에 걸렸다. 확실히 나에겐 거금이지만 위험한 이세계에서 목숨을 걸 수 있는 도구에 이제 와서 인색해도 괜찮은 걸까?

인간이 덜된 거 아니야? 나…….

끙끙대면서 걸어가는 사이에 내가 사는 아파트에 도착했다.

집은 1층에 늘어선 세 집 중 한가운데, 102호실이었다. 가방 속 열쇠를 손으로 더듬으면서 1층 통로로 들어갔을 때, 깜빡거리는 형광등 밑에 인영이 서 있는 게 눈에 들어왔다. 안쪽에 위치한 103호실 문을 열려고 하고 있었다.

으윽, 난 속으로 혀를 내밀었다. 지금까지 한 번도 마주친 적 없는데.

내가 너무 신경을 쓰는 것뿐인 걸까? 현관 앞에서 옆집 사람과 우연히 마주치는 건 아무래도 거북했다. 그렇다 해도 갑자기 멈춰서면 필요 이상으로 경계심이 전해질 테니까…….

얼른 집으로 들어가지 않을까 생각하면서 난 발걸음을 늦추며 다가갔다. 그런 바람이 무색하게도 옆집 사람이 드디어 문을 열었을 쯤에는 나도 우리 집 문 앞까지 도착해버린 상태였다.

어쩔 수 없이 힐끔 상대를 보며 가볍게 인사하려고 한 나는 묘한 사실을 깨달았다.

옆집 사람이 문에 뻗은 그 손── 소맷부리로 엿본 손목부터 앞쪽이 굉장히…… 납작했다.

응? 하고 고개를 들었던 그때는 이미 옆집 사람이 문 안으로 미끄러져 들어가 이미 모습을 감춘 후였다. 문이 희미한 소리와 함께 닫혔고 난 혼자 어두컴컴한 통로에 남겨졌다.

"으응……?"

난 잠시 옆집 문을 응시했다. 재차 문손잡이가 돌아가는 일은 없었고 아무런 소리도 들리지 않았다.

뭔가 이상한 걸 본 것 같은데…….

고개를 갸웃거리며 난 우리 집 문을 열고 안으로 들어가 문을 닫았다.

자물쇠를 잠그고 체인도 걸었다.

신발을 벗으면서 불을 켜고 부엌을 지나 방으로 들어갔다.

갓이 붙은 형광등이 비추고 있는 낯익은 다다미 여섯 장짜리 방.

침대에 가방을 집어던지고 좌식 테이블에 슈퍼 봉지를 올려둔

후 파카를 벗어 커튼레일이 걸린 행거에 매달았다. 양말을 벗어 세탁기에 던져 넣고 싱크대에서 손을 씻었다.

수도꼭지에서 흐르는 물을 잠그고 귀를 기울였다…….

옆집에서는 아무것도 들리지 않았다.

"응……?"

방으로 돌아와 좌식 테이블 앞에 앉아 슈퍼 봉투 안에서 구입한 반찬을 꺼냈다. 전갱이 튀김 초간장 절임, 노란 강낭콩 두부 무침, 밤밥. 테팔 전기 포트로 물을 끓여 그릇에 인스턴트 된장국을 녹인 후 먹기 시작했다.

토리코랑 밖에서 먹으면 지갑이 가벼워지는 만큼 혼자 먹을 때는 대부분 슈퍼의 할인된 반찬으로 끝냈다. 엥겔 계수의 대미지 컨트롤이었다. 전자레인지는 있으니 데워먹어도 되겠지만 그냥 차가운 반찬에 익숙해져서 그대로 먹는 일이 많았다. 이건 고등학교 시절의 버릇이 남아있는 것뿐일지도 모른다.

묵묵히 다 먹어치우고 용기를 싱크대로 가지고 갔다. 가볍게 헹구고 플라스틱 쓰레기봉투에 넣고 젓가락과 그릇을 씻어 엎어놓은 후 물을 끄고── 다시 귀를 기울였다.

역시 소리가 들리지 않았다.

"……."

방으로 돌아와 책상에 앉아 노트북을 열어 대학 웹사이트를 체크했다. 내일은 월요일이라 평소처럼 강의가 있었고 제출 기한이 내일인 리포트도 있었다. 가끔은 현실감이 떨어지지만 나도, 토리코도 대학생으로서 나름대로 공부는 해야 했다.

솔직히 말해, 이세계와 관련된 일이 원인이 되어 우리의 학생의 본분은 꽤 압박을 받고 있었다. 그냥 포기해버려도 되지 않을까, 생각한 적도 자주 있었다. 그럴 마음만 있으면 이세계에서 주운 것을 돈으로 바꿔 살아갈 수 있을 것 같고.

그렇게 생각하면서도 지금 당장 관둘 정도로 공부가 싫은 것도 아니었고 학비도 내버렸으니 이러니저러니 해도 대학에는 계속 다니고 있었다.

도중까지 쓰던 리포트를 열고 잠시 동안 키보드를 두들겼다. 발리섬의 「전설적인」 댄스가 어떻게 관광 예능으로서 새롭게 만들어졌는지를 정리한 문화인류학 개설Ⅱ에서 나온 과제였다. 강의에서 본 케챠크 댄스 동영상 속 오로지 챳 챳 챳 노래가 계속되는 가락을 떠올리자 정신이 산만해졌다.

……아니, 산만해진 원인은 케챠크 때문만은 아니야. 몇 번씩이나 머릿속을 스쳐 가는 것은 옆집 사람의 그 손이었다.

키보드 위에서 손가락이 멈췄다.

"……역시, 이상했어."

난 중얼거리며 눈을 감았고 그 한순간에 눈에 들어온 것을 확실하게 떠올리려고 했다.

소맷부리에서 뻗어 나온 팔랑거리던 손목. 광택이 있고 얄팍하고 거무스름한 금속 소재감. 적당히 징이 박힌 난잡한 구조는 의수라기에는 너무나도 위화감이 있었다…….

오싹오싹 등골이 떨렸고 난 눈을 떴다.

아니……어라? 뭐지? 뭘 본 거야, 나는?

지금 생각해보면 복장이 확실하지 않았던 것도 기묘했다. 떠올리려고 해도 그냥 여성스러웠다, 정도의 이미지밖에 남아 있지 않았다. 옆에 어떤 사람이 살고 있는지 전혀 관심이 없었다 해도 역시 인상에 너무 남지 않은 것 같았다.

그러고 보니 여기 살기 시작한 이후, 옆집에서 소리를 들은 적이 한 번도 없었다. 난 아파트에서 혼자 사는 게 처음이라 나름대로 조심했기 때문에 옆집은 굉장히 조용하다고 생각하고 있었다. 반대편인 101호실에서는 평범하게 TV 소리나 식기 소리가 들렸는데.

집중력 부족으로 장황해진 리포트를 어떻게든 끝내고 노트북을 닫은 후, 난 다시 한번 귀를 기울였다.

역시 소리가 들리지 않아.

잠시 망설이다 난 부엌에 서서 컵을 갖고 왔다. 벽에 컵을 대고 귀를 가까이 가져갔다…….

내가 생각해봐도 변명이 필요 없는 짓을 하고 있다는 건 알지만 단순히 엄청 조용한 사람이라는 걸 알게 되면 그걸로 좋았다. 문제는 그렇지 않았을 경우였다. 아무래도 이러한 시추에이션에 대한 기억이 있는 것 같았다. 문을 여는 옆집 사람의 손이 묘했다는 체험담을 어딘가에서 읽은 적이 있는데…….

컵 바닥에 귀를 대고 숨을 죽였다.

처음에는 내 귀 안에서 울려 퍼지는 혈류 소리밖에 들리지 않았지만 눈을 감고 집중하는 사이 물 밑에서 떠오르듯 흐릿한 목소리가 들려왔다.

(……없어.)

(끌고……하면)

(……누가……)

(벽……이야)

뭐지? 이상하다고 생각했다. 내용은 전혀 판별할 수 없었지만 몇 명이 대화하고 있는 것처럼 들렸기 때문이다.

목소리 뒤로 단단한 물체가 스치는 소리가 났다. 나무 서랍 같은 걸 열고 닫는 소리였다. 머지않아 소리가 점점 확실해졌다.

(어디서 그 여자를 지시해 구타한 거야?)

(밤중에 우는 건 마음속에 밥공기야)

(속죄는 소가 해야 해)

(안 하면)

(황해투성이의 날, 또는 뚫어댈까?)

무슨 뜻인지 알 수가 없었다. 무언가가 결정적으로 어긋난 다른 세계의 일본어 같았다.

이런 말을 난 들은 적이 있었다. 키사라기역에서 헤매기 전 중간 영역으로 변해가는 선술집 점원이 딱 이런 말을——.

목소리가 페이드아웃되며 더 이상 들리지 않았다. 그저 입을 다물게 된 것뿐인지, 아니면 작은 소리로 대화를 계속 나누고 있는 것인지 몰라 난 더욱더 강하게 컵에 귀를 꽉 눌렀다.

그때였다.

갑자기 확실하게 벽 너머에서 목소리가 들렸다.

──이게 그 여자야?

──그 여자야.

──카미코시

──소라오.

"히익······!"
난 벽에서 튕기듯 몸을 뗐고 기세가 지나쳐 철퍼덕 엉덩방아를 찧었다. 컵이 다다미 위를 굴렀다.
밤의 적막함 속 방금 그 소리는 아파트 안에 울려 퍼졌겠지. 하지만 그런 걸 신경 쓸 여유가 없었다.
아까 그 한 마디는 분명 벽에 입을 가까이 대고 확실하게 날 향해 한 것이었다.
──똑똑.
노크 소리가 들렸다.
난 현관을 돌아보았다.
부엌 형광등에 비쳐 문이 하얗게 떠오르는 것처럼 보였다.
──똑똑.
또 노크 소리.
누구지?
이런 시간에 갑자기 문을 두드릴 인간에게 제대로 된 용건이 있을 리가 없어. 급한 일이면 소리를 지르며 불렀겠지.

즉── 열어선 안 되는 상대야.

체인을 걸어두길 잘했어……라고 생각하다 문에 설치된 신문 구멍이 강렬하게 신경 쓰이기 시작했다. 이런── 저걸 열어서 엿보는 건 진짜 싫은데. 막아둘 걸 그랬어…….

난 신중하게 몸을 일으켰다. 언제든 일어날 수 있게, 쭈그린 자세까지 잡았다. 침대 위에 놓인 가방으로 손을 뻗어 최대한 조용히 마카로프를 잡았다. 문 너머에 있는 상대가 기척을 느끼게 하고 싶지 않아서 그 상태에서 상황을 살폈다.

가만히 10분 정도 기다렸을까. 문 너머에서도 103호에서도 그 이상 아무런 기척도 느낄 수 없었다.

갑자기 바깥 통로에서 발소리가 들렸다.

철컥철컥 문이 돌아가는 소리가 들린 것 같더니 다른 집 문이 열렸다 닫혔다. 다다미를 성큼성큼 밟는 발소리에 이어 흐릿한 TV 음성. 101호 주민이 돌아온 것이었다.

"후우……."

난 겨우 숨을 내쉬면서 일어섰다.

소리로 판단하는 한, 101호 주민은 특별히 동요하진 않는 것 같았다. 우리 집 문을 노크한 게 누구든 명백하게 이상한 무언가가 밖에 있는 건 아니라고 봐도 좋겠지.

하지만 문을 열고 확인할 생각은 없었다.

그 녀석은 내 이름을 불렀다.

틀림없어. 103호실 주민과 문을 노크한 누군가는 이세계의 간

섭이었다.

"제길……."

난 신음하며 깊게 한숨을 내쉬었다.

여기까지 온 거야? 우리 집까지——.

현관 앞에 게이트가 출현한 코자쿠라 저택이나 이세계와 이어지고만 토리코의 집을 봐왔기 때문에 있을 수 있는 일이라고 각오는 하고 있었지만—— 실제로 나에게 이런 일이 닥치고 보니 엄청 싫었다.

얼굴을 찡그리며 현관문을 바라보았다.

"……막아둘까? 일단."

싱크대 위쪽 선반에 놓여있던 천 테이프를 들고 문 앞까지 다가가 신문 구멍을 종이로 봉해 열리지 않게 했다.

방의 불을 끄고 침대로 올라갔다. 101호 쪽 벽에 등을 대고 앉았고, 으스스 추웠기 때문에 모포를 뒤집어썼다.

103호 벽을 향해 마카로프를 조준하고 그대로 잠시 생각했다.

벽 하나를 사이에 둔 너머에서 무슨 일이 일어나고 있는 거지?

혹시 이곳에서 내가 발포하면 무슨 일이 일어날까?

……경찰을 부르게 되겠지, 보통은…….

난 포기하고 총을 내렸다.

새까만 방 안, 오른쪽 눈으로 아무리 벽을 응시해도 그 너머에 있는 건 보이지 않았다.

3

"앗, 선배! 좋은 아침이에요!"

다음 날 대낮, 학교 식당에서 츠키미 산채 메밀국수를 후루룩 먹고 있는데 세토 아카리가 재빨리 말을 걸어왔다.

"좋은 아침."

내가 다운된 채 대답하자 아카리는 당연한 듯 맞은편 자리에 앉았다.

"낫츤한테 들었어요, 농업 기계 개조를 부탁했다고."

"아, 그래?"

"어디에 쓰실 건데요? 역시 그, 이세계에서 뭔가 하시려는 거예요?"

"목소리가 너무 커……."

"아, 죄송해요!"

이세계의 존재를 아카리에게는 가르쳐주고 싶지 않았지만 〈고양이 닌자〉, 〈산누키카노〉까지 연속해서 이상한 체험을 함께 했으니 다소는 말하지 않을 수 없었다. 나와 토리코, 코자쿠라의 대화를 듣고 있으면 아무래도 정보는 새어나가게 된다. 다만 중간 영역 너머로는 데리고 간 적이 없기 때문에 아카리는 중간 영역을 「이세계」라고 생각하고 있었다. 그곳에서 나와 토리코가 「전문가」로서 무언가 연구를 하고 있다고…….

애매하고 부정확한 인식을 일부러 정정할 생각은 없었다. 난 어쨌든 쓸데없는 인간을 그 세계에 데려가고 싶지 않았다. 그래서 흥미진진해 하는 아카리를 향해서는 항상 불친절하게 대했다. 그런데 이 후배는, 전혀 굴하지 않고 말을 걸어왔다.

아카리의 말에 건성으로 대답하면서 메밀국수를 먹다가 그녀가 찬찬히 내 얼굴을 들여다보고 있다는 사실을 깨달았다.

"……왜?"

눈이 마주치자 아카리가 테이블 위에 쑤욱 몸을 내밀었다. 무심코 뒤로 물러나는 날 외면하지 않은 채 아카리가 말했다.

"저기, 선배, 왠지 좀 여윈 것 같아요."

"그……그래?"

"눈 밑에 다크서클이 심각해요. 잠은 제대로 주무세요?"

난 고개를 가로저었다.

"못 잤어. 전혀."

실제로 어젯밤에는 밖이 밝아올 때까지 한숨도 자지 못했다. 아침 5시를 넘어 커튼을 친 창밖이 환해지자 겨우 긴장을 풀고 침대에 쓰러질 수 있었다. 3, 4교시 강의까지 몇 시간은 잤지만 단순히 밤늦게까지 자지 않은 것과는 달리 계속 총을 손에 쥔 채 지키고 있었기 때문에 굉장히 체력 소모가 컸다. 집을 나올 때도 우왕좌왕했기 때문에 상당히 피곤한 얼굴을 하고 있을 것이다.

아카리는 나의 대답에 어두운 표정을 지었다.

"그러면 몸에 안 좋아요, 선배. 많이 바빠도 밤에는 제대로 주무세요."

"굳이 말 안 해도 잘 수만 있으면 잘 거야……. 어젯밤에는 초대하지 않은 손님이 와서 좀 그랬지."

"네? G가 찾아온 거예요?"

G*? 라고 한 순간 당황했다가 살짝 웃고 말았다. 우리 집에서 조우한 괴이 현상은 분명 바퀴벌레랑 비슷할지도 모른다. 말도 통하지 않고, 뭘 하러 온 건지도 알 수 없었으니까. 눈앞에서 모습이 사라져도 퇴치할 때까지는 안전을 확신할 수 없고 계속 망을 보지 않으면 안 된다. 생각해보니 딱 맞았다.

"아니, 아니야. 벌레 같은 게 아니었어."

"네? 그럼……수상한 사람이었어요? 스토커?!"

의욕에 불탄 아카리가 말을 이었다.

"저기, 필요하면 제가 갈게요! 가라테도 하고 있으니까!"

"……마음만 고맙게 받을게."

내가 알고 있는 사람들 중에서 스토커에 가장 가까운 건 날 계속 따라다니는 넌데.

아니, 하지만……난 살짝 반성했다.

난 아카리에게 너무 차가운 걸지도 모른다. 예전에 토리코가 한 말대로 날 좋아해주는 후배는 이 세상에 아카리 한 명밖에 없었다. 이세계의 일은 제쳐두고라도 조금 더 정중하게 대해야 하는 걸지도 모른다.

내가 입 다물고 있는 걸 어떻게 받아들인 것인지 아카리가 드디어 걱정스러운 표정을 지었다. 갑자기 냉정해진 것처럼 쑥 내밀었던 몸을 뒤로 물리며 말했다.

"정말 괜찮은 거 맞아요? 선배. 안 물어보는 게 좋으면 깊게 물어보진 않겠지만……저기, 우린 집도 가까우니까 혹시 괜찮으시면 우리 집에 자러 오실래요?"

---

*바퀴벌레를 의미하는 은어.

"뭐?"

예상 밖의 말에 난 당황했다.

"아카리네 집에 자러 오라고?"

"평범한 원룸이라 좁긴 하지만 그래도 괜찮으시면······."

난 일종의 문화 충격을 받았다.

그래······. 이 세상 사람들은 그렇게 쉽게 다른 사람을 집에 초대하는구나. 나에게는 전혀 그런 발상이 없었다. 우리 집은 나만의 영역이었고 그곳에 누군가를 재우는 건 절대로 싫었다.

"저기, 선배?"

"뭐? 응?"

"오실래요? 우리 집에."

그렇게 말해주는 건 고맙게 생각해야겠지.

그렇다 해도 그렇게 어리광을 부릴 수는 없었다. 다른 사람의 집에 머물면서 편히 쉴 생각도 없고. 후배니까······.

난 고개를 가로저었다.

"괜찮아. 고마워."

"그래요? 하지만······."

"미안, 슬슬 가봐야겠어."

5, 6교시 전에 도서관에 들르고 싶었기 때문에 난 자리에서 일어났다. 학교 식당 그릇 반환구에 쟁반을 건네주러 가는 내 뒤를 아카리의 목소리가 뒤따랐다.

"선배, 정말, 언제든 괜찮으니까! 사양하지 마시고 말씀해주세요!"

4

5, 6교시 강의가 끝나고 난 대학을 나왔다. 예전에는 지금부터 편의점 알바를 하러 갔었다. 지금은 이세계 덕분에 돈을 벌 수 있게 됐기 때문에 알바는 하지 않고 지냈다. 그동안 편해져서 다행이라고밖에 생각하지 않았지만 우리 집이 더 이상 안주의 땅이 아니게 되자 밖에서 기분을 달랠 장소가 없는 건 좀 난처했다. 집에서 긴장을 풀지 못하는 건 역시 힘들었다. 하룻밤 만에 이렇게 녹초가 됐으니 어젯밤 일로 난 꽤 충격을 입었다는 뜻이겠지.

이세계에 탐험을 하러 가기에는 시간이 늦었고, 토리코도 이번 주는 바쁘다고 했다. 어쨌든 대학을 너무 빠져서 여러 가지로 할 일이 쌓여 있다고 했던가. 정말 빈틈이 없는 미인이라는 느낌으로밖에 보이지 않는 토리코가, 그렇게 칠칠치 못하고 대충 행동한다는 건 뭐랄까, 좀 안심이 된다고나 할까. 그쪽은 그쪽대로 리포트니 뭐니 울고 있을 거라고 생각하면 웃음이 나왔다. 힘내라, 토리코.

아니, 토리코는 됐어. 그것보다 지금부터 어떻게 하지?

도보 10분 거리, 아파트로 향하는 나의 발걸음은 무거웠다.

정말 싫다──. 집에 가기 싫어──.

정확하게는 가고 싶지만, 옆집이 싫어──.

차라리 내가 먼저 공격해볼까?

어떻게? 총을 빼 들고 선제 공격을?

"아니, 아니, 아니⋯⋯."

난 혼자 고개를 저었다.

할 수 있을 리가 없었다. 옆집에 뭐가 살고 있다 해도, 오른쪽 눈과 마카로프로 처리할 수 있다고 해도, 총소리 때문에 신고당하는 건 확실했으니.

총을 쓸 수 없다면 차라리 정말 아카리에게 와달라고 할까? 그래서 또다시 내 오른쪽 눈으로 미치게 만들어 카라테 몬스터로서 싸우게 할까?

아무리 그래도 그건 너무 비인도적이었다. 난 그렇게까지 인간의 마음을 잃지 않았어.

DS 연구소와 의논해서 사람을 보내달라고 할까? 토치라이트 사의 오퍼레이터라든가?

아니――, 정말 어쩔 수 없게 된다면 그렇게 해야 할지도 모르지만, 전혀 내키지 않았다. DS 연구소와는 사무적인 관계로 지내고 싶었다. 개인적으로 곤란한 일이 생겼다고 해서 심부름센터처럼 불러도 되는 사람들도 아니었고, 솔직히 말해서 이세계와 얽힌 일에 관해서 나와 토리코 이상으로 경험을 쌓은 「전문가」도 아니었다.

"하아――정말. 싫다⋯⋯."

마음은 무거웠지만 역시 직접 어떻게든 할 수밖에 없는 것인가?

혼자 사는 인간은 바퀴벌레가 집에 나타났을 때, 직접 대처하지 않으면 별 도리가 없었다.

아파트에 도착해 1층 통로를 쭈뼛쭈뼛 엿보았다.

아무도 없네.

우리 집 문 앞부터 103호실 문을 노려보았다.

뭐가 뭔지 모르겠지만 저기 있는 건가?

남의 안식의 땅을 방해하다니. 두고 보자…….

집에 들어가 당장 문을 잠그고 체인을 걸었다. 쿵쾅쿵쾅 발소리를 내면서 다다미 위를 걸었고 가방을 내려놓고 팔짱을 낀 채 103호 쪽 벽으로 시선을 돌렸다.

자, 어떻게 할까?

어제는 엿들으며 살금살금 몰래 한 행위에 치우쳤기 때문에 뒤처졌다고 생각한다. 이건 나의 지론이지만 괴이 현상이라는 건 악의를 가진 인간처럼 이쪽이 수동적으로 바뀐 순간 공격적으로 나오는 경향이 있었다. 거기에 휘둘리지 않기 위해선 이쪽이 먼저 공격하지 않으면 안 된다. 상대의 태도를 기다리고 있다가는 그쪽이 바라는 대로 된다. 주도권을 잡지 않으면 안 되는 것이다.

"하지만 총은 쓸 수가 없고──."

총을 쏘는 게 곤란하다면 좀 더 원만한 방식을 시험해볼까? 예를 들어 벽치기라든가. 맨손으로 힘껏 벽을 쾅쾅 쳐보면 어떤 반응이 돌아올까?

응, 그래, 엄청 민폐인 이웃으로서 대접하겠지. 생각하다 보니 점점 재미있어졌다.

"좋아……."

난 천천히 손을 치켜들고 103호 쪽 벽을 두들겼다.

쾅!

"으앗."

생각보다 큰 소리가 나서 깜짝 놀랐다.

아니, 겁먹고 있을 때가 아니야. 난 정신을 가다듬고 또 손을 치켜들었다.

쾅, 쾅, 쾅! 계속해서 몇 번이나 두들겼다. 좀 상쾌했다. 아파트 안에 울릴지도 모르지만 아직 대낮이니 봐주겠지. 이쪽은 진심이니까.

손바닥이 욱신거려서 두들기는 걸 멈추고 귀를 기울였다.

아무것도 들리지 않았다. 집에 없는 척할 생각인가?

오케이, 그렇다면 문이라도 두들겨보자. 세 명의 아줌마처럼 이번에는 내가 해주는 거야.

괜히 텐션이 올라간 난 밖으로 나가려고 발길을 돌렸다.

그때였다.

──딩동.

벨이 울렸다.

난 그 자리에 얼어붙었다.

──딩……동…….

또 울렸다. 이번에는 굉장히 김빠진 소리였다.

난 가방에서 마카로프를 꺼냈다. 쏘지 않을 거라는 건 알고 있었다. 부적 같은 것이었다.

심호흡을 하고 난 고개를 들었다.

──좋아.

겁먹을 순 없지. 여긴 우리 집이야.

결심하고 난 움직였다. 발소리를 죽이고 부엌을 돌파해 문 앞으로.

냉정하게 생각해보면 전부 나의 착각일 가능성도 있었다. 어제 103호는 확실히 중간 영역으로 변한 것 같지만 평소에는 평범하게 사람이 살고 있을지도. 그리고 민폐 이웃(나)이 갑자기 벽을 쾅쾅 두들겨서 화가 나 항의하러 온 걸지도. 어라? 그쪽이 훨씬 더 있을 법한 일이잖아.

난 살며시 문구멍에 오른쪽 눈을 가져다 댔다.

어안 렌즈의 시야에 노을 색으로 물든 바깥 광경이 비쳤다.

그곳에 키가 크고 빨간 사람이.

정신을 차려보니 난 냉장고에 기대려는 듯 부엌 바닥에 가로 누워 있었다.

"응⋯⋯?"

눈을 깜빡거리며 몸을 일으켰다. 머리가 아팠다. 부딪힌 건 아니었고 눈을 혹사했을 때처럼 목 뒤에서 오는 통증.

머리를 만져보니 젖어 있었기 때문에 다친 줄 알고 깜짝 놀랐다. 피는 아니었다. 눈물이었다. 오른쪽 눈에서 꽤 많은 양의 눈물이 흐른 듯, 얼굴에서 목덜미가 끈적거렸고 가슴 부근 근처까지 번져 있었다.

시계를 보니 오후 6시 정도였다. 1시간 가까이 의식이 없었다는 것이 된다.

이건⋯⋯안 돼. 말이 안 돼.

뭘 상대하려고 해도 혼자 있는 건 위험했다.

신중하게 일어나 싱크대에서 얼굴을 씻고 난 스마트폰을 손에 들고 등록된 얼마 없는 연락처 중에서 하나를 선택해 전화를 걸었다.

"⋯⋯아, 저기, 아카리? 갑자기 미안, 있잖아──, 오늘, 자러 오지 않겠냐고 말했었지? 응. 응, 응. 그거, 아직 유효해⋯⋯?"

5

"선배! 와주셔서 기뻐요!"

그렇게 말하면서 현관 앞에서 날 맞이해준 아카리가, 본인이 말한 대로 정말 기뻐 보였기 때문에 난 안심했다.

아카리는 티셔츠에 가로줄 무늬의 반바지 차림이었고 화장도 지워버려 완전한 휴식 모드였다. 그녀의 제안을 사양 않고 와버렸지만 정말 괜찮은 걸까?

"미안해, 정말."

"전혀요! 어서 들어오세요!"

아카리의 집은 우리 집에서 걸어서 15분 정도 거리에 위치했고 이치카와 자동차 정비공장에서 그리 멀지 않은 아파트 1층이었다. 그러고 보니 나츠미와는 소꿉친구라고 했었지?

초대해준 대로 집으로 들어갔다. 비슷한 배치였지만 우리 아파트보다는 신축인 듯했다. 현관 앞에 늘어서 있는 신발 숫자나 종류가 여성스러운 게 인상적이었다.

"아카리는 이 지역 출신 아니었어? 본가에서 사는 거 아니야?"

"원래 그랬는데 부모님이 일 때문에 이사를 가게 됐을 때 저만 남았어요. 대학도 이 지역에서 다니는 게 편하고 초등학교 때부터 배운 선생님의 도장에서 가라테를 계속 하고 싶었거든요."

"우리 집도 그렇지만 아파트 1층은 무섭지 않아? 방범적인 의미에서."

"아니, 정말 피하는 게 좋았을 것 같아요. 이것 좀 보세요, 저런 느낌이라니까요."

아카리가 가리키는 곳을 보니 창틀 유리 아래쪽에 가늘게 긁힌 상처가 무수히 남아있었다.

"저건……."

"고양이 닌자가 남긴 흔적이에요. 그때는 진짜 2층으로 갈 걸 그랬다고 생각했다니까요."

그러고 보니 커튼 무늬나 창 쪽의 TV 배치가 낯이 익었다. 고양이 닌자 일로 아카리가 보내준 동영상에 찍혀있었으니까.

"아, 이건……일단 선물인데."

내가 내민 편의점 봉투를 받아들고 아카리가 소리를 높였다.

"네? 그런 건 안 사 오셔도 되는데! 감사합니다!"

"아니, 진짜 별것 아니니까……."

실제로 정말 대단한 물건은 들어있지 않았고 페트병에 담긴 녹차랑 포테이토칩 정도였다. 빈손으로 갈 순 없다는 것까지는 나의 사회성이 기능했지만 뭘 갖고 가야 좋을지 짐작도 가지 않아, 무난해 보이는 걸 사기 위해 편의점에 들렀다. 하지만 다시 생각해보면 코자쿠라 저택에 왔을 때, 아카리는 양갱이나 단팥빵 등 나름대로 제대로 된 선물을 갖고 왔었다. 명백하게 나보다 아카리가 더 뛰어난 사회성을 갖고 있었다. 부끄러워졌다. 포테이토칩이 뭐야? 친구 집에 놀러 가는 초등학생이냐? 빈손으로 오는 게 더 나았던 거 아닐까?

그런 생각을 하고 있는데 아카리가 싱글거리며 말했다.

"왠지 초등학생 때 같아서 즐겁네요, 이런 건."

으윽…….

악의 없는 그 한 마디에 큰 대미지를 입은 나에게 어서 앉아서 편하게 쉬라고 전한 후, 아카리는 부엌으로 향했다. 난 다시 정신을 차리고 좌식 테이블 앞에 앉았다. 둥글고 작아서 우리 집

좌식 테이블보다 귀여웠다. 아카리는 바로 식기를 갖고 와 녹차와 포테이토칩을 꺼내주었다.

"여기요, 선배."

"아아, 고마워. 신경 안 써도 되는데."

그렇게 말하면서 직접 사 온 것인데도 아무런 생각 없이 손을 뻗어 파삭파삭 먹고 있자 아카리가 말했다.

"무슨 일이 있었던 건지 물어봐도 돼요?"

"아니, 그냥 집에 있기 싫어서."

"무슨 인간관계와 관련된 트러블인가요? 아니면…….''

걱정스럽게 물어보는 아카리의 눈은 반짝반짝 빛나고 있었다. 나의 「전문」 분야 쪽 트러블인지 어떤지가 신경 쓰여서 참을 수 없는 거겠지.

뭐, 됐어. 가끔은 서비스해줘야지. 자게 해준 은혜도 있고.

"아카리가 체험한 고양이 닌자와 비슷한 상황이 벌어져서. 어떻게 할지 고민 중이야."

"역시나! 그럼 제가 돕게 해주세요! 마구 때려줄게요!"

예상대로 텐션이 올라간 아카리를 난 손을 들어 달랬다.

"진정해. 우리 집에서 날뛰면 곤란하니까."

"네에? 그런가요……? 하지만…….''

"아카리가 강하다는 건 잘 알아. 하지만 기세가 지나쳐 벽에 구멍이라도 내면 보증금을 돌려받을 수 없게 돼. 아카리는 흥분하면 좀 과해지잖아."

"네에? 그런가요?"

뭐, 그건 아카리를 오른쪽 눈으로 보고 있었던 내 탓이기도 하지만⋯⋯.

좀 실망한 모습의 아카리와 따로 무슨 이야기를 해야 좋을지 몰라 난 집 안을 둘러보았다. 침대, 작은 책장, 책상, 컬러 박스. 우리 집과 구성 요소는 별로 다르지 않았는데 왜 이렇게 분위기가 다른 거지? 화장품 숫자 차이인 걸까?

그러는 사이 내 배에서 꼬르륵 소리가 울렸다.

"선배, 밥 먹었어요?"

그러고 보니 낮부터 아무것도 못 먹었네.

"아니⋯⋯."

"그럼 마침 잘됐네요. 제가 뭔가 만들게요."

"뭐?! 됐어, 미안하게."

"전혀 그렇지 않거든요. 저도 저녁은 아직이니까요! 마침 밥이 다 됐거든요!"

그런 말까지 듣고는 거절하는 것도 미안해 우물쭈물하는 사이에 아카리는 냉장고에서 식재료를 꺼내 요리를 시작해버렸다.

이 아이는 직접 요리를 해 먹는구나, 대단하네⋯⋯.

프라이팬에서 채소와 고기를 볶는 소리가 참기름 향과 함께 날 공격했다. 일단 의식해버리자 점점 배가 고파졌다. 무료한 채로 기다리고 있는데 책상 위에 놓인 아카리의 스마트폰이 울리기 시작했다.

"전화 왔어."

"누가 했는지 봐주시겠어요?"

난 일어나 책상 위를 들여다보았다. 발신자는 '이치카와 나츠미'로 되어 있었다.

"이치카와래."

"아, 그럼 대신 좀 받아주실래요? 지금 손을 놓을 수가 없거든요."

"으응? 뭐, 난 괜찮은데."

계속 울리는 아카리의 스마트폰을 들어 난 수신 버튼을 눌렀다.

"여보세요, 세토 대리인입니다."

〈〈응? 누구야?〉〉

수상쩍은 목소리가 말했다. 갑자기 그렇게까지 시비조로 말 안 해도 되잖아?

"나야. 카미코시 소라오."

〈〈네? 카미코시 선배? 왜 아카리의 휴대폰을 받은 거예요?〉〉

"지금 세토네 집에 실례를 좀 하고 있는데, 오늘은 자고 가게 됐거든——."

〈〈네에?!〉〉

"선배, 스피커폰으로 해주실래요?"

시키는 대로 스피커폰으로 설정하자 아카리는 요리에서 손을 놓지 않은 채 큰 소리로 말했다.

"낫츤! 지금 선배가 집에 놀러 왔어! 낫츤도 밥 먹으러 올래?"

〈〈갈래!!〉〉

나츠미는 그렇게 외쳤고 전화가 끊겼다.

대체 뭐지? 라고 생각하고 있는데 3분 정도 후 벨이 울렸다.

집에서의 일이 있었기 때문에 순간 경계했지만 아카리는 마음 편하게 누구세요? 라고 말하며 문을 열어버렸다.

숨을 헐떡이며 이치카와 나츠미가 익숙한 모습으로 샌들을 벗어던지고는 성큼성큼 집 안으로 들어왔다.

"왜 여기 있어요? 아카리네 집에."

"왜냐니——."

대답하기 전에 아카리가 끼어들었다.

"내가 오라고 했어."

"아카리가?"

"응. 선배가 지금 트러블 때문에 집에 갈 수 없거든. 그래서 우리 집에서 자고 가라고 했어."

"……어떻게 된 거죠? 카미코시 선배."

"어떻게 된 거냐니, 방금 말한 그대로야."

"……그래요?"

털썩 나츠미가 주저앉았다. 공장에 있을 때 입고 있던 회색 작업복이 아니라 상하의 모두 운동복 차림이었고 안에는 화려한 빨간색 티셔츠를 입고 있었다. 염색물이 빠지기 시작한 붉은 머리를 재미없는 얼굴로 쓰다듬으며 소곤소곤 말했다.

"자고 갈 거예요?"

"그렇게 하려고."

"그래요?"

뭐야? 이 녀석.

아카리가 고기와 채소 볶음을 접시에 담아 갖고 왔다. 불이 붙은 화로 위에는 된장국 냄비가 올라가 있었다.

"낫츤, 좀 도와줘."

"응."

나츠미가 고분고분 일어나 찬장에 있는 접시를 꺼내러 갔다.

"저기, 선배는 나무젓가락을 쓰셔야 하는데——."

"아무런 문제없어."

"죄송해요. 손님용 식기를 준비해둘 걸 그랬네요."

테이블 위에 메인 요리, 밑반찬(냉장고에서 꺼낸 잘게 썬 마른 무), 된장국과 방금 한 밥이 놓였고, 생각한 것 이상으로 제대로 된 저녁 식사였다.

나의 식기는 아카리와 나츠미의 것과는 형태가 달랐고 아무리 봐도 임시변통 같았지만 맛에 손색은 없었다.

"아카리, 요리 잘하는구나."

"아뇨, 그냥 볶은 것뿐인데요, 이런 건."

"하지만 맛있어, 아카리."

"잠깐, 둘이서 칭찬하면 부끄럽잖아요."

쑥스러워하는 아카리. 웬일인지 자랑스러운 시선을 나에게 보내는 나츠미.

이게 뭐야?

"아, 맞다. 이치카와, AP—1의 추가 비용에 대해 물어보고 싶은데."

"네, 뭔가요?"

"순간적으로 10만 엔까지라고 말하긴 했지만 그걸 실제로 어떤 식으로 생각하면 돼? 시세 같은 걸 전혀 모르거든."

"아──. 그건 괜찮아요. 저도 괜히 더 받고 싶어서 말한 건
아니니까요. 농기계는 만져본 적 없으니까 솔직히 어림잡은 것
도 있어요. 평범한 차 부품보다는 싸게 끝나겠지만 부담액이 많
아지면 우리도 좀 힘들어서 어느 정도까지 의논할 수 있는지 알
고 싶었던 것뿐이에요."

"알았어. 그 이상 들 것 같으면 말해줘. 검토해볼게."

"알겠습니다. 그럼 저도 한 가지 물어봐도 될까요? 그걸 어디
서 달리게 할 생각이세요? 공공도로는 아니죠?"

"응, 오프로드. 기복이 있거나 진흙투성이인 곳에서."

"오프로드 수단이면 된다는 뜻이죠? 알겠습니다."

나츠미는 아카리보다도 이세계의 존재를 모르기 때문에 내가
AP─1로 어딘가 산이나 모래밭이라도 달리려는 것이라고 생각
하고 있겠지. 상당한 괴짜로 보일지도.

그렇게 생각하고 있는데 아카리가 날 향해 의미심장한 눈짓을
보냈다.

'이세계에 대해선 제대로 비밀로 하고 있어요☆' 같은 말을 전
하고 싶었던 걸지도 모르지만 아니나 다를까 시선을 눈치챈 나
츠미가 노려보았다.

"뭐야, 아카리? 뭔가 있는 거야?"

"아니, 아무것도 아니야."

"거짓말, 뭔가 지금 말하려고 했잖아."

"아무것도 아니라니까."

말싸움에 말려드는 건 딱 질색이었기 때문에 난 일부러 큰 소리로 손을 두들겼다.

"잘 먹었습니다."

"아, 별말씀을요!"

"그릇은 어떻게 하면 돼?"

"그대로 놔두세요, 선배는 손님이니까."

"고마워. 뻔뻔한 김에 부탁이 하나 더 있는데, 샤워 좀 해도 될까? 수건 같은 건 전부 갖고 왔거든."

"네! 물론이죠, 마음껏 쓰세요!"

난 외박 도구가 든 가방을 들고 세면대로 들어갔다. 우리 아파트랑 달리 아카리의 집은 욕실과 화장실이 나뉘어 있었다. 이건 좀 부럽네. 변기와 욕조가 일체화된 것보다 훨씬 좋았다.

옷을 거침없이 벗어 던지고 샤워를 시작했다. 다른 사람 집 욕실에 있었지만 혼자가 되자 좀 안심이 되었다. 아무래도 나츠미는 소꿉친구인 아카리가 날 잘 따라서 질투하고 있는 것 같은데 내 입장에선 귀찮기 짝이 없었다. 싸우든 화해하든 어느 쪽이든 자리를 벗어난 사이에 끝내줬으면 좋겠다. 날 휘말리게 하지 말아줘.

샤워를 끝내고 잠옷용 티셔츠와 짧은 바지로 갈아입고 돌아와 보니 좌식 테이블은 정리되어 있었고 마루에 이불이 깔려 있었다. 아카리와 나츠미는 이불 위에 책상다리를 하고 앉아 부드럽게 이야기하고 있었다. 거리가 아까보다 가까운 걸 보니 아무래도 싸움이 아니라 화해 쪽을 선택한 것 같았다.

"욕실 잘 썼어. 이불까지 준비해주고 하나부터 열까지 정말 미안해."

"아뇨——. 선배는 수면 부족인 것 같으니 얼른 자고 싶을 것 같아서요."

"뭐? 아직 10시잖아. 역시 내가 마루에 누우면 방해가 되지 않겠어?"

"아, 아뇨, 아뇨. 선배는 침대를 쓰세요. 저랑 낫츤은 이쪽 이불 위에서 자려고요."

"뭐? 그래도 되겠어?"

"물론이죠!"

무슨 불만 있냐는 눈으로 나츠미가 날 쳐다보았다. 정말 대체 뭐야? 이 녀석.

"아, 그래……? 그럼 사양 않고……."

여러 가지로 귀찮아져서 난 고마운 마음으로 침대를 쓰기로 했다.

시트는 새것을 꺼내준 것 같았고 피부에 닿는 느낌이 좋았다. 이불 속으로 들어가 두 사람에게서 등을 돌린 나는 불도 끄지 않았는데 눈 깜짝할 사이에 잠에 빠지고 말았다.

등 뒤에서 들려오는 아카리와 나츠미의 속삭임이나 친밀하게 쿡쿡 웃는 소리가 꿈속까지 따라다녔다.

6

"……아, 코자쿠라 씨. 저기, 부탁이 있는데요. 네? 아니에요. 돈이 아니라요. 아니라니까요. 좀 들어주세요. 저기…… 오늘 밤, 좀 재워주시면 안 될까요?"

7

"가…… 감사합니다."

웬일로 날 현관에서 맞이한 코자쿠라는 평소보다 훨씬 더 무뚝뚝한 얼굴을 하고 있었다.

"우리 집은 민박집 같은 곳이 아니거든?"

"죄송해요, 정말."

"소라오가 곤란해하고 있다기에 특별히 허락하는 거야."

"정말 죄송해요."

굽실거리며 난 코자쿠라 저택으로 들어갔다.

"미리 말해두겠지만 특별하게 돌봐주고 그러진 않을 거야."

"정말 괜찮아요. 잠자는 장소랑 욕실만 빌려주시면 그걸로."

아카리의 집은 하루 만에 나왔다. 아카리 본인은 둘째 치고 나츠미가 명백하게 경계하고 있었기 때문에 더 이상 눌러앉아 있을 생각이 들지 않았다. 환대와 불편함의 하이브리드라고 말할 수밖에 없는 공간이었다.

애초에 원룸에서 집주인을 밀어내고 며칠이나 신세 지고 싶진 않았다. 어제는 수면 부족이기도 해서 눈 깜짝할 사이에 잠들어 버렸지만 그렇지 않았으면 불편해서 잘 수 없었겠지. 그런 점에서 코자쿠라 저택은 방이 몇 개나 있으니까 사태를 수습할 때까지 머무르게 해달라고 부탁해도…… 괜찮지 않을까? 전에도 코자쿠라가 먼저 혼자는 무서우니까 자고 가라는 말을 한 적도 있었고.

"하지만 어디서 잘래? 내 침실에는 침대가 하나뿐인데."

코자쿠라가 복잡한 얼굴로 신음했다.

"아, 소파 같은 곳에서 자도 진짜 괜찮아요."

"소파에서 자면 당장 몸이 아플 텐데."

"전 바닥에서도 잘 자요."

"뭐, 소라오가 괜찮다면 그걸로 됐지."

저녁에는 피자를 먹기로 했다. 내가 대접하는 것이었다. 어중간한 선물보다 이렇게 배달을 시키면 훨씬 기뻐할 것 같았다. 작전은 아무래도 예상이 들어맞은 듯, 가을 한정 콰트로 치즈 멜트를 입 안에 가득 넣은 코자쿠라는 그럭저럭 기분이 좋아 보였다.

코자쿠라 가의 다이닝 키친에는 처음으로 들어와 봤다. 하얀 목재로 만든 큰 테이블에 의자가 4개. 둘이 마주 앉아 바삭한 도우에 뜨거운 치즈가 올라간 피자를 손을 더럽히면서 서로 나누었다.

"설마 여기서 손님을 맞이할 줄이야."

감회가 깊은 듯 코자쿠라가 중얼거렸다.

다이닝 키친은 세련된 구조였지만 큰 냉장고가 있을 뿐, 썰렁했다. 빈 콜라 페트병이 대량으로 가득 담긴 쓰레기봉투가 몇 개나 부엌 한쪽 구석에 쌓여 있었다.

"역시 처치 곤란이겠네요, 이만큼 크면."

"맞아…… 혼자 있기엔 너무 커, 이 집이."

"네? 아, 그게 아니라 피자 말이에요. L 사이즈를 2개나 주문한 건 좀 과했던 것 같아요."

코자쿠라가 날 노려보며 말했다.

"기분 나쁜 녀석."

"그게 무슨 말이에요?!"

"시끄러워. 얼른 먹고 자."

"아직 9시도 안 됐거든요!!"

"어린이는 빨리 자야하는 거야."

"대학생이거든요?! 게다가 다소는 리포트도 써야 하고……."

코자쿠라가 의외인 듯 눈썹을 치켜들었다.

"흐음, 착실하게 학생으로 살고 있구나. 그럼 깨어 있어도 돼."

"그거 감사하네요."

난 무뚝뚝하게 인사를 건넸다.

"어때? 현역 대학생. 요즘은 꽤 힘들다고 들었는데."

토마토소스로 더럽혀진 손가락을 핥으면서 코자쿠라가 가볍게 질문을 던졌다.

"뭐, 나름대로 힘들다고 생각해요. 본가가 든든한 사람은 보내주는 학비랑 생활비로 살 수 있겠지만 그렇지 않은 경우엔 알바를 하지 않으면 속수무책이니까요. 그렇다고 과제 마감일이 미뤄지는 것도 아니고."

"소라오도 알바해?"

"전에는 했어요, 편의점 같은 곳에서. 지금은 안 해도 되니까 그만큼 꽤 편해졌죠. 코자쿠라 씨 덕분이에요."

"으음……."

치켜세워줄 생각이었는데 코자쿠라의 얼굴은 떨떠름한 표정으로 바뀌었다.

"뭐……그걸로 공부에 집중할 수 있다면 잘된 건가?"

"하지만 솔직히, 이제 대학은 관둬도 되지 않을까 생각하고 있어요."

"뭐?"

"민속학이나 인류학에 흥미가 있어서 대학에 들어갔는데 전 이세계 탐험을 할 수 있다면 그걸로 만족하니까. 그쪽에서 손에 넣은 물품들로 돈을 벌면 생활도 할 수 있고——."

"그런 생각은 관둬."

"네?"

반쯤 농담이었던 말을 강한 어조로 가로막아서 난 당황했다.

코자쿠라가 평소보다 더 엄격한 눈빛으로 말했다.

"그런 식으로 이쪽 세계에 미련이 없어지면 정말 돌아올 수 없게 돼."

"아니, 그런 건——."

"아슬아슬한 국면에서 생사를 가르는 건 살아서 돌아갈 곳에 대한 집착이야. 친밀한 사람이 있으면 그게 마지막 주자가 되겠지만 너나 토리코의 경우, 두 사람 다 비슷한 녀석들이고 이쪽보다 저쪽에 대한 집착이 더 강해. 이쪽 생활을 버리면 둘이 세트로 행방불명되는 결말을 맞이하게 될 거야."

코자쿠라는 눈을 내리깔고 괴로운 듯한 목소리로 말을 이었다.

"내가 그 마지막 주자가 됐으면 좋겠지만 그렇지 않다는 건 알고 있어. 그러니까 적어도 일상생활을 소홀히 하지 마."

"……."

코자쿠라가 고개를 들어 날카롭게 날 노려보았다.

"알겠어?!"

"아…… 네에."

"그럼 됐어."

나직이 중얼거리자 코자쿠라는 불쾌한 얼굴로 피자를 덥석 물었다.

코자쿠라에게 이런 식으로 혼난 건 처음이었기 때문에 당황하고 말았다.

하지만 뭐…… 만일의 경우 생존 확률이 낮은 건 확실히 싫었다.

"땡땡이 안 칠게요."

"그렇게 해."

"될 수 있는 한."

"똑바로 해. 신중하게 살아."

이해하기 힘든 마음으로 살풍경인 다이닝 키친을 둘러보았다. 그렇게 말하는 코자쿠라도 제대로 된 생활을 안 하면서…….

그렇다 해도 그걸 말하지 않을 지각은 나에게도 있었다.

저녁 식사를 끝내고 코자쿠라는 방에 틀어박혔고 난 서둘러 욕실을 빌렸다. 코자쿠라 가의 욕실엔 복고풍 타일이 붙어 있어 이 저택이 지어진 시대의 분위기가 남아있었다. 70년대쯤일까? 사교 집단의 습격 흔적은 전부 사라지고 없었다. 수도꼭지와 샤워기는 최근의 것으로 교체되어 정말이지 쇼와 느낌인 욕실에서 그 부분과 샴푸 상표만이 튀어 보였다.

오랜만에 욕조에 몸을 담그고 미장이의 잔재주 흔적이 파도 모양으로 남아있는 천정을 올려다보았다. 나도 혼자는 좋았지만 이 넓은 집에 혼자 있으면 확실히 처치 곤란할지도 모르겠다. 2층도 있는데 거의 헛간으로밖에 쓰지 않는 것 같고.

욕실에서 나와 부엌에 눌러앉아, 갖고 온 노트북으로 과제를 하고 있는데 코자쿠라가 찾아왔다.

"소라오, 슬슬 잘까?"

"아, 글쎄요. 조금만 더 하고요."

"내 침실 써도 돼."

"네? 하지만……."

"난 아침까지 일을 할 거니까. 소라오가 나가고 나면 교대로 자면 돼."

"그래요? 그럼 쓰도록 할게요."

"그래, 자다가 실례하지 말고."

"절 뭐라고 생각하시는 거예요?"

코자쿠라의 침대는 넓었다. 퀸 사이즈? 라고 말할 수 있을까? 끝에서 끝까지 2번이나 몸을 굴러도 떨어지지 않았다. 이렇게 큰 침대는 이시가키섬 리조트 호텔 이후 처음이었다. 시트는 바꾸지 않았는지 코자쿠라의 냄새가 났다.

잠시 스마트폰으로 동영상을 보면서 시간을 보냈지만 고요했기 때문에 서둘러 잠들고 말았다. 12시 전에 이미 난 잠에 빠져 있었다.

눈을 뜬 난 옆으로 누운 등이 굉장히 따뜻하다는 걸 깨달았다. 목을 비틀어 돌아보니 코자쿠라가 나에게 달라붙은 자세로 숨소리를 내며 자고 있었다.

으응……?

예상도 못 한 광경에 경직되고 말았다.

뭐 하는 거야? 이 사람……?

"저기…… 코자쿠라 씨?"

"헉!!"

말을 걸자 코자쿠라는 벌떡 몸을 일으켜 두리번두리번 주변을 돌아보았다.

"어, 어떻게 된 거예요?"

쭈뼛쭈뼛 묻자 코자쿠라는 홱 나에게로 고개를 돌렸다.

"소라오 말이야!"

"아, 네?"

"부탁이니까! 우리 집에 이상한 걸 데리고 오지 말아줄래?!"

"네?"

죽을 만큼 겁먹은 코자쿠라의 이야기에 의하면 아무래도 내가 잠든 이후에 여러 가지 일이 일어난 모양이었다.

코자쿠라 왈, 심야까지 일을 하고 있는데 집 주변을 돌아다니는 발소리가 잘그락잘그락 들렸고, 적외선 센서로 움직임에 반응하는 현관 앞 라이트가 몇 번이나 켜졌다고 한다. 카메라로 바깥 상황을 확인하니 아무도 없었고. 용기를 쥐어짜 현관 문단속을 확인했더니 이번에는 삐걱삐걱 집이 울리기 시작했다. 머지않아 사용하지 않는 2층에서 소곤소곤 말소리가 들려왔다고 한다.

여기까지 이르자 코자쿠라도 상대가 인간은 아니라는 걸 깨닫고 말았다. 너무 무서워서 혼자 있는 게 무리라 생각해 내가 잠든 침대로 도망쳐 덜덜 떠는 사이에 정신을 잃었다고…….

"이건 분명 소라오 탓이야!! 내가 들어와도 전혀 깨질 않고! 마음 편하게 쿨쿨 자기나 하고!!"

"괘, 괜찮아요, 이제 아침이니까."

"밤에는 괜찮지 않았어!!"

"지, 진정하시고…….."

"진정할 수 있겠어? 이 멍청아!"

"……어라? 지금 무슨 소리 안 들렸어요?"

"화제를 딴 데로 돌리지 마!"

"아니, 정말이라니까요——."

침실 문이 갑자기 열린 건 그때였다.

"히익."

코자쿠라가 비명을 지르며 나에게 달려들었다.

깜짝 놀라 출입구 쪽으로 눈을 돌리자……토리코가 서 있었다. 침대 위에서 코자쿠라가 나에게 끌어안겨 있는 광경을 보고 그녀의 눈이 크게 떠졌다.

"……둘이 뭐 하는 거야?"

난 안심한 탓인지 몸에서 힘이 빠졌다.

"토리코…… 하아──, 깜짝 놀랐잖아."

"응? 토리코……?"

코자쿠라가 기진맥진한 듯 나에게서 바로 떨어져 시트 위에 폭 엎드렸다.

"노…… 놀라게 좀 하지 마, 바보야……."

"대체 둘이 뭐 하고 있었어?"

"아무것도 안 했어. 그것보다 이번에는 틀림없이 문을 잠갔는데. 어떻게 들어온 거야? 너."

"난 열쇠를 갖고 있으니까."

"어째서?!"

"토리코, 이렇게 아침 일찍부터 왜 코자쿠라 씨 집에 있는 거야?"

"아카리가 가르쳐줬어."

"뭐?"

"집에 무슨 트러블이 있었다며? 그저께는 아카리 집에서 자고 어제는 코자쿠라 집에서 잤다고…… 들었어."

별로 들은 적 없는 단조로운 말투였다.

"그, 그래?"

"──근데 왜 나에게만 안 가르쳐준 거야?"

낮은 목소리로 토리코가 말했다.

아무래도 토리코는 나름대로 화를 내고 있는 것 같았다.

8

"미안하다니까……."

"……."

"토리코가 이번 주는 바쁘다고 했잖아. 방해하지 않으려고 한
거야."

"……."

"숨기거나 그럴 생각은 아니었다니까."

"……."

토리코는 대답을 하지 않은 채 지하철 안에서 흔들리고 있었
다. 아침 10시, 통근 러시 이후라고 해도 세이부 이케부쿠로선
급행열차는 아직 혼잡했고 나랑 토리코는 문 근처에 둘이 끼어
있었다. 주변을 배려해서 작은 목소리로 이야기하는 나의 말이
들리지 않는 듯, 토리코는 대각선 위쪽으로 고개를 든 채 치치
부, 나가토로 2박 3일 온천 여행 광고판에서 눈을 떼지 않았다.

귀찮은 녀석이라니까, 정말…….

그 이후 나랑 토리코는 자신을 말려들게 하지 말라며 화내는
코자쿠라에게 쫓겨나 어색한 분위기로 샤쿠자이 공원에서 지하
철을 탔다. 난 사이쿄선, 토리코는 야마노테선이라 이케부쿠로

까지 함께 가는 건 평소와 다름없었다. 그렇다 해도 이렇게까지 기분이 상한 토리코는 처음이라 나도 어떻게 해야 좋을지 알 수가 없었다.

이 정도 미인이면 기분 나쁜 얼굴을 하고 있는 것만으로도 상당한 위압감이 있었고, 그동안 꽤 익숙해진 나조차 무서웠다. 아니, 거짓말. 전혀 익숙하지 않았다. 미인은 뭘 하든 그림이 됐고 그때마다 시선을 빼앗기게 됐다.

분명 결과적으로 동료를 따돌리는 형태로 만든 건 내 잘못이지만…… 그래도 그렇다고 이렇게 아침부터 밀어닥친다고? 남의 집에……?

"난 나대로 힘들었어. 옆집이 아무래도 위험한 것 같고, 이세계랄까, 중간 영역 같아서."

목소리를 낮춰 그렇게 말하자 토리코가 드디어 내 쪽을 돌아보았다.

"그럼 더더욱 제일 먼저 말을 해줬어야지. 게이트가 있다면 내 손으로 간단하게 해결했을지도 모르잖아. 〈목장〉에서 그만큼 열고 닫았으니까 소라오가 그걸 생각 못 했을 리 없어."

"……뭐, 그렇긴 하지만 토리코에게 상담하기 전에 아카리가 자러 오라고 말해줘서……."

"아카리에게 선수를 빼앗겼다고 나에게 상담 못 했다는 건 이상하지 않아?"

재빨리 끼어들어서 난 허둥댔다.

"아, 아니, 그러니까 그건 토리코가 바쁠 것 같아서 그랬다니까."

토리코는 차가운 눈으로 날 내려다보며 아무 말도 하지 않았다.

무…… 무서워.

무서워, 하지만 질 순 없지……!

대항심에 불이 붙은 나는 가진 기운을 짜내서 토리코와 눈을 마주 보려고 했다.

하지만 그 순간, 토리코는 홱 고개를 돌렸고 창문 밖으로 눈을 돌려버렸다.

"——평소라면 뭐든 이야기해주잖아."

불쑥 말을 꺼낸 목소리가 애처롭게 들려서 순간, 방금 전 대항심은 무산되었고 난 갑자기 어떻게 해야 좋을지 알 수 없게 되었다.

토리코에게 도움을 요청하지 않은 사실에 깊은 이유가 있는 건 아니었다고……생각한다. 단순히 마음을 정리할 시간이 필요했을 뿐이었다.

한노의 〈목장〉에서 게이트를 통해 돌아오려고 했을 때 우리는 외양간 안에서 묘한 것과 조우했다.

사람의 얼굴을 한 소, 또는 소의 얼굴을 한 사람—— 쿠단.

그건 죽은 아버지의 얼굴을 갖고 있었다.

그건 죽은 할머니 목소리로 말을 했다.

그것만으로도 난 굉장히 동요했다. 괴물이 사라진 이후로도 오랫동안 제대로 말을 할 수 없을 정도였다.

이상한 사교 집단에 빠져서 전부 다 포기한 끝에 산속에서 목숨을 잃은 예전의 가족—— 과거에 떨쳐버린 상대가 갑자기 눈앞에 나타난다는 건, 이세계 괴물과의 조우와는 전혀 다른 종류의 충격이었다.

이세계에 있는 누군가가 우리를 개체로 식별하고 살피려는 듯 접근하려고 한 적은 이전에도 있었다. 그중에서도 이건 나의 개인적인 부분에 가장 깊게 파고든 것이었다.

죽은 사람에 대해선 잊고 지냈는데.

그 이후—— 토리코는 걱정되는지 여러 가질 물었다. 난 대답하지 못했다. 설명하려고 해도 말이 잘 나오지 않았다. 왜냐하면, 죽은 가족의 일 같은 건 말해봤자 별수 없었으니까. 그래서 개인적인 일일 뿐이라고만 말하며 끝내려고 했는데 토리코는 납득하지 못했던 모양인지 약간 어색해지고 말았다.

그 타이밍에 토리코가 아주 바빠진 건 나에게는 딱 안성맞춤이었다. 쿠단과의 조우로 흐트러진 마음을 진정시키기 위해 혼자만의 시간이 필요했다.

하지만 결국 마음 정리 같은 건 전혀 할 수 없었다. 토리코와 만나지 않는 동안 난 그저 안 좋은 일들을 생각하지 않으려고만 했다.

지하철이 종점인 이케부쿠로에 접근하자 속도가 떨어졌다. 브레이크 관성에 따라 인파가 흔들렸고 난 토리코에게 눌리고 말았다.

"……미안."

어색한 마음으로 쳐다보자 토리코가 가만히 날 바라보고 있었다. 골똘히 생각하고 있었던 것 같은 표정에 의표를 찔렸다.

"소라오, 있잖아……."

"왜?"

"집에 있기 싫으면……."

그렇게 말하다가 또 시선이 나에게서 벗어났다. 말이 어중간
하게 끊어졌고 반쯤 열린 입이 닫히면서 혀가 살짝 나와 입술
표면을 적셨다.

"아, 아카리의 집에도 코자쿠라의 집에도 못 가니까 더 이상
지낼 곳이 없다면 저기……."

토리코가 무슨 말을 하려다 막힌 것인지 난 그때 갑자기 이해
하고 말았다.

지낼 곳이 없다면 자신의 집에 오지 않겠냐고── 그렇게 말
하려다 토리코는 주저하고 있는 것이었다.

코자쿠라는 나와 토리코는 비슷한 성향의 사람들이라고 했다.
자신의 집에 다른 사람을 들이고 싶지 않은 것도, 분명 똑같을
것이다. 그걸 깨닫고 점점 더 미안해졌다. 토리코에게는 그런
식으로 배려를 받고 싶지 않았다.

난 그녀의 말을 덮어씌우듯 말했다.

"됐다니까. 난 괜찮아."

"뭐? 하지만……."

"신경 쓰지 마. 고마워."

토리코가 아직 뭔가 말하고 싶은 것 같아 농담처럼 난 말했다.

"그럼 차라리 토리코가 우리 집에 자러 올래? 아하하──."

"갈게."

"뭐?"

마치 기다렸다는 듯 내뱉은 한 마디에 놀라 난 눈을 깜박거렸다. 토리코는 게다가 힘차게, 선언하듯이 말을 이었다.

"갈게. 소라오네 집에서 잘래."

"뭐……?"

깜짝 놀라 어쩔 줄 몰라 하는 사이에 지하철이 홈으로 미끄러져 들어가 멈췄다. 반대편 문이 열리고 인파가 우르르 빠져나갔다. 억눌려있던 몸이 해방돼서 난 토리코에게서 한 걸음 뒤로 물러났다.

토리코는 그 자리에서 움직이지 않았고 나에게서 눈을 떼지 않은 채 한 번 더 말했다.

"갈 거야."

"으……응."

기세에 눌려 나도 모르게 고개를 끄덕이고 만 내 옆에서 끼이익 금속 스치는 소리를 내며 이쪽 문이 열렸다.

9

토리코를 데리고 우리 집과 가장 가까운 역에서 내리는 게 처음은 아니었다. 산누키카노 일로 나츠미의 집에 갔을 때도 오늘처럼 사이쿄선 미나미요노에서 버스를 탔다. 하지만 그날은 돌아가는 길에 역 앞까지 배웅한 후 밥을 먹고 해산했었고 우리 집에 간다는 이야기는 어느 쪽에서도 나오지 않았다.

오늘은 이치카와 자동차 정비 공장 근처 버스 정류소를 지나쳐 더욱더 앞으로. 비좁은 버스 좌석에 토리코는 당연한 얼굴로 나와 이웃해 앉아 있었다. 왠지 이상한 느낌이 들었다.

집과 가까워지자 점점 긴장이 되었다.

"우리 집에서 자는 건 뭐, 좋은데…… 갈아입을 옷 같은 건 어떻게 할 거야?"

"갖고 있어."

"어째서???"

"항상 가방에 넣고 다니니까. 소라오도 그렇잖아?"

"아, 그런가……?"

언제 이세계로 들어갈지 알 수 없었기 때문에 우리는 최소한의 갈아입을 옷 정도는 갖고 다니게 되었다. 거기에 수건까지 있으면 1박 정도는 어떻게든 가능했다. 어제랑 그저께 아카리와 코자쿠라 집에서 머물렀던 난 외박 세트를 자그마한 여행용 가방에 넣어 갔기 때문에 평소보다 짐이 좀 많았다.

대학 근처 버스 정류장에서 내려 주택가를 천천히 걸었다. 역시 이상한 느낌이었다. 늘 거니는 길을 토리코와 어깨를 나란히 하고 걸어가고 있다는 게 이상해서 견딜 수 없었다.

토리코는 별말 없이 주변을 관찰하며 걷고 있는 듯했다. 길모퉁이를 돌아갈 때마다 뒤를 돌아보았다. 이세계에서 새로운 곳을 찾아갈 때의 거동과 똑같았다. 길을 외우려 하고 있어…….

마지막 모퉁이를 돌아 아파트 앞에서 멈춰 섰다. 오전 중 햇빛 아래에서 우리 집을 보는 건 신선했다. 그곳에 토리코와 함께

서 있다는 시추에이션까지 더해지자 비일상적이라 좀 들뜬 기분
이 들었다.

"여기야?"

"응."

"집은?"

"102호."

"상태가 이상하다고 한 곳은 어느 쪽이야?"

"안쪽. 103호."

토리코가 고개를 끄덕이며 가방에 손을 집어넣었다.

"저기, 잠깐만. 갑자기 쏘지 마. 여기서 살 수 없게 되니까."

"알아. 만일을 위한 거야."

"만일을 위해서?"

통로로 들어가 우리 집 앞까지 걸었다. 토리코는 빤히 103호
실 문에 시선을 고정하고 있었다.

"일단…… 우리 집으로 들어가도 되지?"

"알았어."

열쇠를 돌리고 우리 집 문을 열려고 했더니 이번에는 토리코
가 당황한 듯 날 말렸다.

"잠깐만, 너무 부주의해."

"뭐?"

"매복하고 기다릴지도 모르잖아."

"괘, 괜찮을 것 같은데."

"옆집까지 왔는데?"

"……확실히 맞는 말이야."

듣고 보니 그 말이 맞았다. 우리 집은 안전한 장소로 있었으면 좋겠다는 마음이 너무 강해서 냉정한 판단을 할 수 없었던 걸지도 모른다.

하지만 만약 무슨 일이 생기면 난 어떻게 하면 좋지? 안전한 장소가 사라지면 어디로 가야 하는지 모르겠어…….

입을 다물고 있던 날 토리코가 걱정스러운 듯 들여다보았다.

"괜찮아? 집 안을 대신 내가 봐줄까?"

순간 망설였지만 난 고개를 끄덕였다. 어차피 집에 들어갈 거였다.

"부탁해도 될까?"

"오케이. 누가 오진 않는지 잘 지켜봐."

"오케이."

토리코는 싱긋 웃으며 가방에서 마카로프를 꺼내 가슴 앞에 품듯이 자세를 취했다.

"저기, 잠깐만."

"만일을 위해서 라니까."

"진짜 부탁 좀 할게."

"응. 열어줘."

난 손잡이를 돌리고 문을 크게 열었다.

토리코가 출입구에서 살짝 안쪽을 들여다보고 재빨리 물러나 총을 가슴 앞에서 짧게 장전하고 다시 실내로 들어갔다.

문에서 들어오는 빛이 부엌 바닥을 비추고 있었다. 다다미 여섯 장짜리 안쪽 방은 커튼이 닫혀 있어서 어두컴컴했다.

토리코가 신발을 벗지 않은 채 부엌으로 들어갔다.

"아아……."

내가 당황하는 사이, 토리코는 붙박이 욕실 불을 켜고 문을 열어 안쪽을 들여다보았다. 그 이후 곧장 안쪽으로 들어가 커튼을 열어젖혔다. 바깥의 햇빛이 들어와 실내를 비추었다.

토리코가 시야에서 사라지더니 벽장 맹장지를 여는 소리가 계속 들렸다. 오오…… 꽤 가차 없이 확인하는구나, 토리코. 들켜서 곤란한 건 아마 없겠지만…….

총을 가방에 다시 집어넣으며 토리코가 돌아왔다.

"안전한 것 같아. 신발을 신고 들어가서 미안해."

"아니, 괜찮아."

토리코와 둘이 신발을 벗고 다시 집으로 들어갔다. 100엔 숍에서 사 온 빗자루와 쓰레받기로 신발에 묻었던 모래 먼지를 쓸어 밖에다 버렸다. 현관을 닫고 돌아오자 토리코는 집 한가운데에서 좀 어이없는 듯한 얼굴로 서 있었다.

"왜 그래?"

"……굉장하네, 이거."

토리코의 시선 끝에 있는 건 나의 책장이었다. 대학에서 사용하고 있는 교과서나 산리오 캐릭터 잡지 같은 소수의 예외를 제외하면 위쪽부터 아래쪽까지 대부분 실화 괴담에 관한 책으로 꽉 차 있었다. 미디어 팩토리, 카도카와 호러 문고, 야마토케이코쿠사…… 유명한 책부터 헌책방에서 고생해서 찾은 마이너 책까지 다양했다. 가장 면적이 많은 게 타케쇼보 호러 문고의 하얀 책 표지였다. 몇백 권이나 있었고 전부 다 타이틀에 「공포」 「저주」 「괴이」 「숭배」 「장례」 「기묘」등 음산한 글자가 들쭉날쭉, 주르륵 늘어선 모습을 다시 한번 보니 굉장히 불길했다.

"이 책장 옆에서 자면 악몽 안 꿔?"

"안 꿔. 익숙하니까."

"난 소라오가 어떤 책장을 갖고 있는지 엄청 기대하고 있었는데……."

"예상대로였어?"

"이렇게까지는 생각 못 했어."

토리코는 질문하고 싶은 듯 내 얼굴을 바라보았다.

"왜?"

"이제 와서 말이지만, 집을 보여주는 게 싫지 않았어?"

정말 새삼스러운 질문이네, 라고 생각하면서도 난 답했다.

"여러 가질 생각해봤는데…… 뭐, 토리코라면 괜찮아."

"나라면?"

"다른 사람은 절대 싫어."

"왜? 이 책장을 보여주고 싶지 않아서?"

그러고 보니 꽤 기분 나빠하고 있는 거 같은데?

"그런 문제가 아니라. 이곳이 나에게는 나만이 안심할 수 있는 장소였으면 좋겠어. 내 집 안에서 다른 사람을 신경 쓰고 싶지 않아."

"난 있어도 괜찮다는 뜻이야?"

"있어도 견딜 수 있다는 거지."

후훗, 토리코는 긴장이 풀린 듯 미소를 지었다.

"어떻게 받아들여야 할지 어렵네, 그건."

"나에게는 상당히 높은 평가야."

"그럼 기뻐할게."

난 아직까지 어깨에 메고 있었던 여행 가방을 침대 위에 내려놓았다.

"토리코도 짐을 내려놔."

"응."

──그럼.

우린 동시에 103호실 쪽 벽으로 시선을 옮겼다.

"어떻게 하면 좋을까?"

내가 묻자 토리코는 가방에서 다시 총을 꺼냈다.

"그러니까."

"알았어. 총은 안 되는 거지?"

"총은 안 돼."

"하지만 옆집으로 갈 거잖아. 그쪽에서 오길 기다리는 건 소라오의 성격에 안 맞으니까."

잘 알고 있었구나.

확실히 난 이쪽에서 먼저 103호로 가볼 생각이었다. 문을 열고 들어가 줄 생각이었다. 엉망진창으로 만들어 줄 생각이었다.

"……뭐, 문이 열려 있을지 어떨지조차 모르지만."

"그래. 못 들어가면…… 일단 나와서 점심이라도 먹으러 가

자. 아침도 아직이잖아."

"오케이……그럼 갈까?"

10

——딩동…….

——딩동…….

——디디디디딩동딩동딩동…….

아무리 벨을 눌러도 103호에서 반응은 없었다.

"토리코, 너무 누르면 다른 집 사람들이 나올 거야."

"뭐? 이게 다른 집에도 들려?"

"보이는 대로 낡은 아파트니까."

토리코가 손을 내리고 손잡이를 잡았다. 장갑에 감싸인 손이 천천히——돌아갔다.

"열려 있어."

토리코가 움직임을 멈추고 뒤를 돌아보았다.

내가 고개를 끄덕이자 토리코는 신중하게 돌린 손잡이를 당겼다.

"으윽…….'

나랑 토리코의 입에서 동시에 신음소리가 흘러나왔다.

문틈으로 강렬한 악취가 풍겼다.

"이게 뭐야……? 누가 죽었어?"

"아니, 이건 썩은 냄새가 아니야……."

난 이것과 같은 악취를 맡은 적이 있었다. 그것도 얼마 전에.

그 사실을 떠올릴 때까지 시간은 별로 걸리지 않았다.

"……⟨목장⟩이야."

분뇨와 물때 냄새가 뒤섞인 코를 찌르는 짐승 냄새.

⟨목장⟩ 외양간에서 맡았던 그 악취였다.

문이 크게 열렸다. 어두운 집 안으로 바깥의 햇빛이 쏟아져 바닥 구석에 쌓여 있던 먼지와 거미집을 비추고 있었다.

"누구 있어?"

토리코가 안쪽을 향해 말을 걸었다. 반응은 없었다. 실제로 빈 집처럼 보였다. 부엌에는 식기는커녕 가스화로도 없었다. 휑한 집 안에서 그저 짐승 냄새만이 풍겼다. 부엌과 안쪽 방을 나누는 불투명 유리문도 닫혀 있었고 그 너머도 어두웠다.

토리코가 걱정스럽게 날 바라보고 있다는 걸 깨달았다.

"소라오, 괜찮아?"

"……뭐가?"

"안색이, 안 좋아서."

냄새로 되살아난 쿠단과 우녀의 기억을 뿌리치려고 난 절레절레 고개를 저었다.

"소라오——."

"괜……괜찮아. 냄새가 나서 그러는 것뿐이야."

"정말?"

"응. 들어가자."

지금까지는 오른쪽 눈 시야에 묘한 건 보이지 않았다.

난 토리코를 재촉하며 103호로 들어갔다.

이번에는 나도 주저 없이 신발을 신고 들어갔다. 붙박이 화장실 문을 슬며시 열었다. 전기 스위치는 시험해봤지만 전기가 통하지 않는 것인지, 불은 켜지지 않았다. 항상 갖고 다니는 회중전등으로 비춰보니 욕조 안에 얇은 금속판이 몇 개나 방치되어 있는 게 보였다. 작은 나사가 빽빽하게 박힌 그것은 103호실 「주민」이 문을 열려고 했을 때 문틈으로 살짝 보였던 얇은 손목과 아주 비슷했다.

어두컴컴한 집 한가운데에 사람이 앉아 있는 것처럼 보였다. 등 돌린 사람의 후두부부터 긴 머리칼이 거칠게 드리워져 있었다——.

"누, 누구——?!"

정체가 무엇이든 냉정하게 생각해보면 이쪽이 불법 침입이었지만 순간적으로 나온 말은 그것이었다.

인영은 앉은 채 움직이지 않았다. 손전등을 그쪽으로 향해 응시하는 사이에 드디어 잘못을 깨달았다.

"소라오, 비켜."

내 앞을 막아서려는 토리코를 난 손으로 제지했다.

"토리코, 사람이 아니야."

"뭐?"

"머리카락뿐이야, 이거."

앉아 있는 사람이라는 건 잘못 본 것이었다. 나무 지지대 같은 게 서 있었고 그곳에 긴 머리 가발 같은 게 매달려 있었다.

그 앞에는 낡은 경대가 세팅되어 있었다. 집 안에 있는 건 그 것뿐이었다.

"앗, 이거——!"

곧바로 난 깨닫고 말았다.

이 도구들은 〈판도라〉 혹은 〈금후〉라고 불리는 인터넷 괴담에서 읽은 것이었다.

〈판도라〉는 시골 빈집에 들어간 아이들이 조우한 공포에 얽힌 체험담이었다. 그 빈집에 놓인 경대 서랍을 열어 안에 있는 걸 본 자는 제정신을 잃고 두 번 다시 원래대로 돌아가지 못한다. 그 원인은 어떤 집안에 전해지는 손톱이나 치아, 머리카락을 매개로 한 특수한 의식으로 그게 저주가 되어 일족뿐만 아니라 주변 주민들에게도 해를 가하는 것이었다.

〈금후〉는 그 머리카락 주인의 이름이라고 알려져 있지만 그 글자를 읽는 방법은 특수해서 은닉되어 있다고 한다——.

"토리코, 이 서랍은 열지 마. 절대로, 쓸데없는 일이 일어날 거야."

"……오케이."

난 오른쪽 눈으로 경대를 봤다. 거울 표면에 걸린 천 밑에서 은색 후광이 새어나오고 있었다.

"역시, 이거야."

천을 신중하게 젖히자 후광이 주변으로 희미하게 퍼졌다. 노출된 거울 표면이 그대로 게이트가 되었다. 사람이 빠져나갈 수 없는 사이즈의, 이세계와 통하는 창문.

난 거울 안쪽을 들여다보았다. 오른쪽 눈 시야에 집중하자 거울에 비친 내 모습이 흐려지고 게이트 너머가 확실하게 보였다.

집이 있었다. 논이 길게 이어지는 길에 오도카니 건물 한 채가 서 있었다. 2층짜리로 굉장히 낡은 집이었다.

집 주변을 빙그르르 둘러보았다. 현관이 아무데도 없었다.

1층 유리창 문이 산산조각이 나 있었고 그곳을 통해 안으로 들어갈 수 있었다. 가구가 놓이지 않은 그저 넓은 거실에서 어두컴컴한 복도로 나왔다. 오른쪽에는 2층으로 올라가는 계단이 있었다. 왼쪽으로 눈을 돌리니 복도에 경대가 놓여있었고 그 앞에 여자가 앉아 있었다. 이쪽으로는 등을 보인 채, 양손으로 얼굴을 감싸고 있었다. 여자는 끊임없이 오열하듯 목소리를 높였고 손에 든 대량의 검은 머리카락을 오로지 입에 밀어 넣고 있었다.

경대 앞 복도에는 몇 명의 어린아이들이 서 있었고 말없이 여자에게 시선을 고정시키고 있었다. 다들 배낭을 짊어지고 소풍이라도 나온 것 같은 차림이었다.

울컥 짐승 냄새가 났다. 돌아보니 계단을 올라가는 누군가의 뒷모습이 보였다. 그걸 쫓아 2층으로 올라가보니 문 2개 중 하나가 열려 있었다. 방 안에는 또 경대가 있었다. 그 옆에 빨간 사람이 서 있었다. 머리가 천장에 닿을 정도로 키가 컸다.

빨간 사람이 경대를 가리켰다. 거울 밑에 서랍이 3단으로 겹쳐져 있었다.

첫 번째 서랍을 열었다. 안에는 종이가 한 장—— 읽는 법을 알 수 없는 문자가 적혀 있었다.

두 번째 서랍을 열었다. 안에는 종이가 한 장——.

빨간 사람이 지켜보고 있었다.

자비심 있게. 인내심 강하게.

엄마처럼.

종이에 적힌 문자가 사람의 이름이라는 건 알 수 있었다.

여자 이름이었다.

3번째 서랍을 열어보면 읽는 법을 알 수 있을 것이다.

그곳에는 또 종이가 한 장 들어있었으니까.

그곳에 기입되어 있던 건 숨겨진 이름을 읽는 법이었다.

금지된 이름을 읽는 법.

진짜 이름을——.

그게 내 이름이었다.

그 이름을 받은 여자의 영혼은 이 세상을 뒤로 한 채 영원의 낙원을 맞이할 수 있었다.

이거 봐. 고개를 들어보니 똑같이 진짜 이름을 알게 된 여자들이 이쪽을 보고 있었다. 온화하게, 행복하게, 미소를 지으며 일제히 입을 크게 벌리고 모오오오, 모오오오오, 대속물(代贖物)인 소가 주술 문장을 읽듯이 소리 내서,

"소라오!!"

눈앞의 광경이 갑자기 일그러지더니 휴지처럼 구겨졌다.

토리코의 왼손이 거울 표면의 게이트를 덥석 움켜쥐고 잡아 찢으려 하고 있었다. 은색 후광이 주위에 흩날렸다. 투명한 5개

의 손가락은 게이트뿐만 아니라 거울 유리에도 구멍을 쑤시고 있었다. 꽉 쥔 주먹 안에서 유리가 깨졌고 물보라 같은 소리를 내며 산산조각이 났다.

"소라오! 알겠어? 내가 누군지 알아보겠어?"

안색이 변해 내 어깨를 흔드는 토리코를 난 앉아서 멍하니 올려다봤다.

"……뭐."

목소리를 내려고 난 헛기침을 했다. 목이 바싹 말라 있었다. 마치 입을 크게 벌린 채 계속 외치고 있었던 것처럼.

"뭐야? 무슨 일이야?"

어떻게든 목소리를 되찾고 묻자 토리코가 그 자리에 털썩 주저앉았다.

"하아……."

"응, 왜? 뭔데?"

토리코의 모습으로 봐선 상당히 무시무시한 사태가 일어난 것 같았다. 그런데 떠올리려고 해도 잠에서 깰 때 꿨던 꿈처럼, 게이트 너머에서 본 광경에 대한 기억이 점점 희미해졌다. 이제 거의 생각도 나지 않았다.

"소라오가 거울을 보고는 움직이지 않았어. 뭔가 굉장히 좋지 않은 걸 본 것 같아서 난……."

토리코가 꽉 쥔 왼손을 펼치자 남은 유리 파편이 떨어지며 바닥에서 잘그락잘그락 맑은 소리를 냈다.

"깨버렸는데…… 괜찮지?"

그 말을 듣고 난 방 안 분위기가 바뀌었다는 걸 깨달았다. 짐승 냄새는 사라졌고 전혀 느껴지지 않았다. 경대가 있던 장소에는 폐자재와 거울 파편이 낮은 산을 만들고 있었다.

난 오른쪽 눈으로 실내를 둘러보면서 답했다.

"괜찮을 거야."

"그럼……해결했다는 뜻이야? 이 집은 안전해?"

난 고개를 끄덕였다.

"아마도. 여기 열려 있던 게이트가 완전히 파괴됐으니까."

아마도 게이트를 여는 매개가 되는 장치를 망가뜨렸기 때문이겠지. 우루미 루나의 사교 집단이 〈목장〉에서 행했던 게 괴담 속 도구를 설치해 인공적으로 이세계로의 게이트를 열었던 거라면 매개체를 파괴해 게이트를 망가뜨리는 것도 방법일 것이다.

"다행이다……."

정말 안심한 듯 토리코가 말했다. 그 왼손에 빨간 물방울이 맺혀 있는 걸 깨닫고 난 눈을 크게 떴다.

"토리코, 피!"

"……아아."

토리코는 지금 깨달은 듯 투명한 왼손을 내려다보았다.

거울 파편에 베인 것이었다.

날 구하려다.

뭔가 생각하기 전에 난 그 손을 잡았다.

투명한 피부 위에서 떨리는 새빨간 물방울.

아름다웠다.

"······피는 빨갛구나."

"투명하지 않아서 다행이야. 안 그러면 피를 흘려도 눈치 못 챌 테니까."

나의 중얼거림에 토리코는 조용히 답했다.

토리코는 가만히 내가 쥐고 있던 손을 빼내서 입가로 가져갔다. 손바닥 피를 빨아들이는 입술이 비쳐 보이는 모습에 난 매혹되어 올려보았다.

토리코는 손을 내리고 쑥스럽게 말했다.

"일어날 수 있겠어?"

난 정신을 차리고 겨우 일어났다.

"상처, 많이 아파? 깊어?"

"별 것 아니야. 좀 베인 것뿐이야."

"돌아가서 씻자. 파편이 남았을지도 몰라."

그렇게 말하며 돌아본 난 열린 출입구를 통해 쏟아지는 빛에 위화감을 느끼고 움직임을 멈췄다.

그건 명백하게 노르스름한 저녁노을 빛이었다.

"토리코······ 우리 몇 시간이나 여기 있었지?"

"뭐? 몇 시간이라니, 10분도 안 지났을······텐데······?"

토리코도 위화감을 느낀 듯 어미가 애매하게 끊어졌다.

103호에서 나온 우리를 맞이한 건 틀림없이 해질녘의 광경이었다. 시계를 보니 오후 5시. 집에 들어갔을 때는 아직 오전 중이었는데.

설명이 되지 않는 현상에 서로 얼굴을 마주하고 있는데 내 배에서 큰 소리가 났다.

잠깐의 침묵 후, 토리코가 중얼거렸다.

"……점심을 못 먹었네."

"이미 저녁이야."

"뭐 먹으러 안 갈래? 난 술 한잔하고 싶은데."

"이 근처에는 가게가 별로 없어."

"그럼……음식을 사 와서 집에서 마실까?"

집에서 마시자고……? 토리코의 뒤풀이 시리즈의 새로운 시도였다.

"평범한 슈퍼도 괜찮아?"

"물론이지."

가을 해는 짧았다. 토리코의 손에 난 상처를 씻고 반창고를 붙인 후 밖으로 나올 무렵에는 이미 눈 깜짝할 사이에 어두워진 후였다.

슈퍼를 목표로 가로등이 켜진 주택가를 둘이 걸어가면서——갑자기 난 어떠한 사실이 신경 쓰이기 시작했다.

토리코와 같은 방에서 잠들었던 적은 전에도 있었다. 나하의 '뉴욕 스타일' 펜션과 이시가키섬 리조트 호텔에서. 우리 집에 토리코를 재운다고 했을 때 내가 돌연 떠올린 건 그때의 잠옷이었다. 리조트 호텔에서는 비치된 목욕 가운을 입었지만 가장 처음, 펜션에서의 토리코는 알몸이었다. 그때의 기분으로 전라로 잤다는 장난스러운 말을 했던 걸 확실하게 기억하고 있었다.

그리고 우리 집에 목욕 가운 같은 건 없었다.

갈아입을 옷은 있다고 했지만 아마 그건 내일 입을 옷을 말한 거고 잠옷은 아닐 것이다.

"왜 그래?"

입을 앙다문 내 얼굴을 토리코가 걱정스러운 듯 들여다보았다.

난 아무 말 없이 그 얼굴을 마주 보았다. 도저히 물어볼 순 없잖아―― '토리코, 오늘은 옷 벗고 잘 거야?'라고.

온천으로의 초대

1

"할 말이 좀 있는데 내일 올 수 있어?"

이런 코자쿠라의 전화를 받은 건 가을도 깊어진 11월 중순이었는데, 별일이랄까 처음 있는 일이었기 때문에 난 꽤나 놀랐다.

"무슨 일 있어요? 정색하고."

"아니, 별일 아니야."

"전화로 하면 안 돼요?"

"직접 말 안 하면 안 돼."

"네에……? 좀 무서운데요."

"시끄러워, 불평 말고 와."

그렇게 말하고 끊어버렸다. 난 잠시 고개를 갸웃거린 후 토리코에게 전화를 걸었다.

"──그렇게 들었는데, 어떻게 생각해?"

"으──음? 뭐지?"

"토리코는 지금까지 그런 말을 들은 적이 있어?"

"없어, 없어."

"혹시 화가 난 건가? 전혀 짐작 가는 게 없는데."

"모르겠어. 뭔가 주려는 걸지도?"

"설마."

그런 경위로 나와 토리코는 다음 날 저녁, 대학 강의가 끝난 후 만나 코자쿠라의 집으로 향했다.

찾아간 우리를 보며 코자쿠라는 눈살을 찌푸렸다.

"일부러 둘이 온 거야?"

"무슨 이야긴지 알 수가 없어서 무서웠거든요……."

"같이 오면 안 돼?"

기를 쓰고 경계하고 있는 나에게 코자쿠라가 어이없는 듯한 시선을 보냈다.

"딱히 별일 아니라고 했잖아. 자, 이거."

그렇게 말하며 코자쿠라는 나에게 한 통의 봉투를 내밀었다. 순간 돈인 줄 알았지만 얇았다.

"이게 뭐예요? 봐도 돼요?"

"얼른 열어봐."

봉투에서 꺼낸 종이를 나와 토리코는 들여다보았다.

〈전국 온천 여행 페어 숙박권〉이라고 적혀 있었다.

"너희한테 줄게."

"네?"

영문을 몰라 돌아보니 코자쿠라가 굉장히 깊숙하게 고개를 숙인 채 말했다.

"별말씀을."

"아, 감사합니다?"

난 손안에 든 숙박권에 한 번 더 시선을 옮겼다.

"저기, 이게 뭐예요?"

"소라오, 드디어 글자도 못 읽게 된 거야?"

"읽을 순 있는데요……왜 저희한테?"

"주주 우대 혜택으로 받은 건데 나 혼자선 쓸 수 없으니까. 너희 둘이라면 딱 좋잖아."

"그래도 돼?! 고마워!"

토리코가 천진난만하게 소리를 지르며 내 어깨에 팔을 둘렀다.

"잘됐다, 소라오."

"으, 응."

난 여전히 당황한 채 숙박권을 바라보았다.

"온천 여행⋯⋯???"

입으로 내뱉어 봐도 아직은 실감이 나지 않았다. 내가 그런 걸 하는 이미지가 전혀 떠오르지 않았다.

게다가 토리코랑 둘이서⋯⋯?

나의 곤혹스러움도 모르는지 토리코가 물었다.

"이거, 어느 온천이든 괜찮아, 코자쿠라?"

"몰라. 그쪽에서 알아봐. 티켓에 제휴처 리스트 안 적혀 있어?"

"아――, 진짜네. 소라오, 어디로 갈지 정하자."

"아, 응⋯⋯."

"수영복도 사야겠다."

"수영복? 그건 왜?"

내가 묻자 토키고는 당연한 듯한 얼굴로 말했다.

"응? 온천에선 수영복이 필요하잖아."

"아니, 대부분은 알몸이잖아."

"⋯⋯뭐? 정말?"

차근차근 물어보니 토리코는 예전에 가본 적 있다는 캐나다

관광시설을 상상하고 있었던 것 같았다. 캐나다에서 온천이라 하면 대부분은 대규모 온수 수영장이고, 수영복과 비치 샌들이 필요하며 남탕과 여탕의 구별도 없다고 했다.

일본의 온천은 그렇지 않으며, 정말 불특정 다수의 인간들이 들어가는 대중탕이라는 말을 듣고 토리코는 갑자기 동요하기 시작했다.

"그, 그렇구나…… 진짜 목욕탕이구나……."

"뭐? 정말 몰랐어?"

"들은 적은 있지만 그런 건 일부 예외적인 거라고 생각했어……."

난 코자쿠라와 얼굴을 마주 보고 말았다.

"뭐, 저기…… 다른 사람과 함께 탕에 들어가는 게 거북하면 무리 안 해도 돼."

말을 꺼낸 이후 이상한 기분이 들었다. 나도 딱히, 다른 사람과 함께 목욕하는 걸 즐기는 건 아닌데.

"일본에도 수영복 입고 들어가는 시설이 있잖아, 그런 곳으로 가지 그래?"

코자쿠라가 그렇게 말하자 토리코는 골똘히 생각한 것 같은 얼굴로 절레절레 고개를 저었다.

"……갈래."

"눈동자가 안 움직이는데. 너, 정말 괜찮아?"

"괜찮아. 갈 거야."

토리코는 휙 고개를 들고 나에게 미소를 지었다.

"같이 온천에 들어가자, 소라오······!"

"으, 으응."

거동이 수상한 토리코를 바라보며 난 주춤거렸다.

이 녀석, 어떻게 된 거지? 내 입으로 말하는 것도 좀 그렇지만 나조차 알아차린 거 보면 상당한 것 같은데.

"그럼 됐어. 나머지는 마음대로 해. 잘 다녀와."

"아, 네."

"선물은 단 걸로 사 오면 돼."

이제 이쪽을 쳐다보지도 않는 코자쿠라가 말했다. 토리코는 돌아가려고 발길을 돌렸지만 내가 움직이지 않았기 때문에 멈춰 섰다.

"소라오? 왜 그래?"

난 결심하고 입을 열었다.

"저기, 코자쿠라 씨."

"응?"

"괜찮으시면 같이 안 가실래요? 온천을 셋이서······."

2

"뭐어어????????"

코자쿠라가 괴상한 소리를 질렀다. 토리코도 눈을 똥그랗게 떴다. 두 사람에게 경악의 시선을 받으며 난 나도 모르게 기가 죽었다.

"소라오, 무슨 소릴 하는 거야?"

"네? 안 돼요?"

"안 된다기 보단, 둘이 갔다 오라는 이야기에 왜 날 끌어들이는 건데?"

"아니, 최근에 코자쿠라 씨에게 신세를 지기만 했잖아요."

"소라오에게 그런 자각이라도 있으니 다행이네."

"그러니까 받기만 하는 건 죄송해서요."

"그렇게 신경 안 써도 돼. 아니, 좀 더 이전 단계에서 극히 일반적인 배려가 필요했는데."

코자쿠라가 일일이 태클을 걸었지만 말대꾸 없이 난 한 번 더 반복했다.

"같이 안 가실래요, 온천?"

"싫어. 귀찮아. 그렇지? 토리코."

"뭐?"

갑자기 공격의 화살을 받은 토리코가 당황한 듯 소리를 높였다.

"토리코도 싫잖아, 내가 따라가면."

"뭐……?"

"그렇지? 소라오, 그렇게 즉흥적인 발상으로 말을 꺼내는 건 좋지 않아. 적어도 사전에 동행자와 제대로 상담한 후에——."

"싫지 않아!"

토리코가 말을 막으며 말했다.

"싫지 않아. 코자쿠라, 같이 가자."

"아앙……?"

미간을 찌푸리며 코자쿠라가 나와 토리코의 얼굴을 번갈아가며 보았다.

"이게 뭐야? 뭔가 꾸미고 있는 거지? 서프라이즈 같은 거면 사양할게."

"아니에요. 이건 코자쿠라 씨가 먼저 꺼낸 이야기잖아요."

"애초에 페어 숙박권이니까 난 자비 부담이잖아. 돈까지 내고 와자지껄한 너희들 옆에서 자라는 거야? 난 싫어."

"그건 제가 낼게요. 평소 도와주신 보답의 뜻으로."

"나도 낼게! 가자! 코자쿠라! 셋이서 가면 분명 즐거울 거야!"

나뿐만 아니라 토리코까지 열심히 설득하기 시작하는 걸 보고 코자쿠라의 미간에 새겨진 주름은 점점 더 깊어졌다.

머지않아 그 눈이 무언가를 깨달은 것처럼 크게 떠졌다.

"아——, ……그런 거였어?"

지긋지긋하다는 듯 천장을 올려다보며 코자쿠라가 말했다.

"그런 게 뭔데요?"

나의 질문에는 답하지 않고, 코자쿠라는 나와 토리코를 빤히 노려보며 나직이 말했다.

"겁쟁이 녀석들."

"어……어째서요?!"

"그……그래! 여행을 같이 가자고 권유한 것뿐이잖아."

제각기 항의하는 우리를 얕보듯이 코자쿠라가 말했다.

"그렇게 보호자 동반이 좋아? 여행지에서까지 너희들을 돌보고 싶진 않은데."

"돌봐주지 않아도 괜찮거든요."

"오히려 우리가 코자쿠라를 돌봐주게 될걸."

"네, 맞아요. 코자쿠라 씨는 아무것도 안 해도 돼요."

"코자쿠라는 같이 있어 주기만 해도 돼."

"밥도 먹여줄게요."

"누굴 바보 취급 하는 거야? 어쨌든 난 안 갈 거니까, 둘이서 잘 보내고 와."

"코자쿠라 씨."

"코자쿠라……."

흥 하고 콧소리를 내며 코자쿠라가 선언했다.

"그런 눈으로 봐도 소용없어. 싫어. 저어얼대로 안 갈 거야. 절대로. 그러니까 이 이야기는 이걸로 끝. 알았어?"

"……"

"알았냐고? 응?"

"……"

"이봐……."

3

그 주 주말, 토요일 아침. 이케부쿠로 역에서 늘 만나기로 약속하는 장소—— 여성향 애니메이션 광고투성이인 니시부 이케부쿠로선 지상개찰구 앞에서 기둥에 등을 기대고 기다리고 있자, 토리코가 계단을 뛰어 올라왔다. 산뜻한 금발머리와 엄청 아름다운 얼굴은 인파 속에서도 단번에 알 수 있었다. 마치 그 곳에만 스포트라이트를 비추고 있는 것 같았다. 그 빛이 날 향해 곧장 돌진하는 모습에 왠지 숨이 막힐 것 같은 박력이 느껴져 이렇게 기다릴 때마다 난 갑자기 라이트에 비춰진 야행성 동물처럼 움직일 수 없게 되고 만다.

내가 토리코를 찾을 수 있는 건 당연한 일이지만 이상한 건 토리코도 북적이는 곳에서 나를 바로 찾아내곤 했다. 토리코와 달리 난 정말 수수했는데. 단순히 키가 커서 잘 보이기 때문일까?

……앗, 아니구나. 이 오른쪽 눈의 색깔 때문이야. 이건 물론 멀리서도 눈에 띄겠지.

내 앞까지 다다른 후 숨을 헐떡이며 토리코가 말했다.

"미안, 많이 기다렸지?!"

오늘 토리코는 오버 사이즈의 회색 파카에 남성용 밀리터리 재킷을 걸치고 있었다. 밑에는 검은색 스키니 팬츠에 캔버스 운동화. 옥색 천에 동물원 정경이 그려진 여행용 가방을 바닥에 내려놓고 토리코는 땀이 맺힌 이마를 닦았다.

"가방 귀엽네."

"뭐? 응, 고마워."

"엄청 무거워 보이는데……. 뭐가 들었어?"

"그냥 갈아입을 옷이랑 여행용품이 들었는데. 너무 많이 챙긴 건가? 실패한 걸지도."

내 가방은 겨자색 등산용 배낭으로 토리코의 여행용 가방보다 2분의 1 정도로 작았다. 토리코가 다시 한번 가방을 짊어졌고 우리는 개찰구를 빠져나갔다.

"특급열차가 아니라도 괜찮지?"

"응, 그냥 급행열차면 돼. 왔으니까 얼른 타자."

줄을 서 있는 특급 열차 승강장을 거들떠보지도 않고 우리는 홈으로 뛰어가 정차 중인 급행열차에 올라탔다. 두 사람 다 그물 선반에 짐을 올려두고 좌석에 앉아 휴우 한숨을 내쉬었다. 이 시간에 하행 방면은 텅텅 비어 있었다. 머지않아 문이 닫혔고 열차가 달리기 시작했다.

"내 짐이 작아서 불안해지는데…… 그렇게 큰 짐은 필요 없겠지? 근처에 편의점도 있을 거고……."

둘이서 결정한 목적지는 치치부 온천 여관이었다. 산속이긴 하지만 문명과 동떨어진 곳은 아니었다.

"소라오랑 여행 가는 건 처음이니까, 뭘 갖고 가면 좋을지 몰라서."

"처음……인가?"

난 고개를 갸웃거렸다. 몇 번이나 이세계로 떠났던 건 확실히 '여행'은 아닐지도 모르지.

"이시가키섬에서 3일이나 함께 보냈잖아."

"그땐 둘 다 반쯤 제정신이 아니었잖아. 가려고 해서 간 것도 아니고 정신을 차려보니 거기에 있었는걸."

"뭐……그때는 그랬지."

이시가키섬에서는 거의 취해 있었고 솔직히 드문드문 기억이 없었다. 직전에 이세계의 해변에서 조우한 공포의 타격도 있어서, 거의 아무 생각 없이 보냈기 때문에 두 사람 다 정신 상태가 좀 이상했다. 취해서 AP—1을 충동 구매하고, 그걸 잊고 있었을 정도로……

"이번에는 제대로 된 여행이고, 가족 이외의 다른 사람과 어딘가로 가는 것도 처음이라 엄청 고민했어."

"뭐? 그랬어?"

"응. 어릴 때 학교 친구들이랑 캠핑을 간 적은 있어. 하지만 경험이라고 해봤자 그 정도니까."

"그렇구나. 흐음."

"응? 왜?"

"아니, 여행은 익숙할 것 같은 이미지가 있었는데 의외라서."

"엄마랑 마마가 여기저기 데리고 가주긴 했지만. 직접 준비하고 떠난 경험은 전혀 없어."

우루마 사츠키도 토리코와 여행을 한 적은 없었던 건가? 그렇게 생각하자 기분이 좀 좋았다. 북적이는 사람들 속에서 검은 옷을 입은 여자의 모습이 보이진 않는지 무의식중에 찾아버린다는 유쾌하지 않은 후유증이 아직 남아있었기 때문에 그 여자를 깜짝 놀라게 할 만한 재료가 생기면 나도 모르게 기분이 좋아졌다.

……나, 그릇이 너무 작은 거 아닌가?

급행열차는 10분 정도 후 샤쿠지이 공원에 도착했다.

우린 열차에서 내려 무거운 가방을 코인 로커에 일단 맡겨두고 익숙한 길을 더듬어 완전히 친숙해진 코자쿠라 저택 벨을 눌렀다.

잠시 후 졸린 얼굴의 코자쿠라가 나왔다.

"진짜 왔어……?"

코자쿠라는 바깥 햇살에 한쪽 눈을 가늘게 뜨고 잠에서 막 깬
쉰 목소리로 말했다.

"준비는 다 하셨어요?"

"일단은."

코자쿠라가 수수한 은색 캐리어를 현관 밖으로 끌고 나왔다.

"엄청 크네……."

감상평을 늘어놓는 토리코를 흘겨보며 코자쿠라가 현관문을
잠갔다.

"그렇게 싫다고 한 날 억지로 끌고 나왔으니까 그 나름의 책
임은 져야 해."

"책임져야지, 당연히."

"물론 책임질게요."

하아── 성대하게 한숨을 내쉬며 코자쿠라가 걷기 시작했다.

"정말 손이 많이 가는 녀석들이야. 티켓을 주지 말 걸 그랬어."

"정말 와주셔서 다행이에요, 그렇지? 토리코."

"그러니까──."

"부탁이니까 제발 소중히 다뤄줘, 안에 컴퓨터가 들었단 말
이야."

토리코가 캐리어를 끌자 바퀴 굴러가는 소리가 데굴데굴 울려
퍼졌다. 마치 이상한 짐승의 신음소리 같았다.

4

코인 로커 속 짐을 회수해 우리는 또다시 열차에 올랐고, 토코로자와에서 특급열차로 갈아탔다. 휴일이라 승차율은 높았지만 마주 본 좌석 공간이 꽤 넓었기 때문에 갑갑한 느낌은 들지 않았다.

그 큰 의자 위에서 코자쿠라는 딱 좋은 자세를 모색하려 잠시 꿈틀거렸다. 최종적으로는 비스듬하게 몸을 돌려 책상다리를 하는 형태로 자리 잡은 듯했다.

"이래서 별로 밖에 나가고 싶지 않다니까. 이 세상 대부분의 의자가 내 체격에 맞지 않거든."

코자쿠라가 불만스러운 듯 말했다.

"그럼, 차라리 어린이용 의자에……."

"죽여버린다."

토리코가 멍청한 코멘트를 끝까지 날리기 전에 코자쿠라가 살의가 담긴 말로 입을 다물게 만들었다.

종점인 세이부치치부까지는 여기서 약 1시간 정도 걸렸다. 기차 도시락을 살지 말지 망설이는 사이에 열차가 달리기 시작하고 말았다. 라뷰라는 이름을 가진 신형 차량으로, 주행음은 생각보다 조용했다. 토리코와 내가 서로 이웃해 앉았고 맞은편 좌석 창가에 오도카니 코자쿠라가 앉아 있었다. 지나가는 광경을 큰 창으로 바라보고 있자, 점점 졸렸다.

크게 하품을 하며 문득 정신을 차려보니 나보다 코자쿠라가 먼저 잠들어 있었다. 책상다리를 하고 앉은 다리 위에 놓인 태블릿 전원이 꺼져 있었다. 옆을 보니 토리코도 팔꿈치를 대고 손으로 턱을 괸 채 잠들어 있었다. 선수를 빼앗겼어—— 두 사람이 잠들었으니 난 일어나 있을 수밖에 없잖아.

무리해서 데리고 온 이유를 코자쿠라는 꿰뚫어 보고 있는 것 같았다. 겁쟁이라는 평가는 분하지만 맞는 말이었다.

솔직히 말해서 난 겁을 먹은 상태였다. 토리코와 단둘이 탕에 들어간다는 생각에.

아니, 좀 더 정확하게 말하면 토리코가 겁먹었다는 사실에 겁먹고 있었다. 나도 딱히 다른 사람과 목욕하는 걸 좋아하는 건 아니지만, 초등학교, 중학교 수학여행에서나 고등학교 시절 도망 생활 중에 이용했던 찜질방에서 경험은 있었다. 그래서 둘이 온천 여행을 다녀오라는 말을 들었을 때 다소 동요는 했지만 토리코와 함께 목욕을 하는 건 뭐, 그런 일도 있을 수 있다, 정도의 기분이었다.

그런데 토리코는 나보다 훨씬 더 동요하고 있었다. 캐나다 출신이라 알몸으로 함께 목욕을 한다는 사실에 동요하는 것뿐이라면 그냥 이해할 수 있었다. 하지만 토리코의 수상한 거동은 그런 레벨이 아니었다. 시선이 나의 얼굴과 목에서 아래쪽까지 왔다 갔다 했고, 그걸 내가 눈치챘다는 걸 안 이후로는 내 눈을 바라본 채로 움직이지 않게 되고 말았다.

——함께 온천에 들어가자, 소라오……!

날 향해 그렇게 말했을 때 토리코의 얼굴을 잊을 수가 없다.

귀까지 새빨개져서는, 지금까지 본 적도 없을 정도로 쑥스러워하고 부끄러워했다.

다른 사람이 부끄러워하면 이쪽까지 부끄러워지는 것처럼 토리코가 쑥스러워한다는 걸 알게 된 순간, 나도 단숨에 쑥스러워지고 말았다. 일단 그렇게 의식해버리자 그 이후로는 엉망이 되었다. 토리코 앞에서 옷을 벗는 게 너무 부끄러웠고, 나하의 '뉴욕 스타일' 펜션에서 맞이한 아침, 잠깐 본 전라로 잠든 그녀의 모습이 뇌리에 되살아나서 속수무책이었다.

너무 부끄러운 나머지 옆에 있는 토리코의 얼굴을 제대로 볼 수가 없어 난 무서워졌다. 지금까지 그런 상태가 된 적이 없었기 때문이다.

이대로라면 위험해. 토리코와 나의 관계가 위험한 코너에 접어들자 나의 사고는 성대하게 불꽃을 흩뜨리면서 공전했다. 그때, 순간적으로 나온 말이 코자쿠라에게 권하는 한 마디였다.

──같이 안 가실래요? 온천, 셋이서…….

어쩐지 이대로 단둘이 떠나면 무언가가 이상질 것 같다는 확신이 있었다. 되돌릴 수 없을 것 같다고나 할까……. 아마 토리코도 같은 감각을 공유하고 있었을 것이다. 아무런 의논도 하지 않았는데도 지원사격을 해줬으니까. 코자쿠라는 꽤 주저했지만 어떻게 해서든 같이 가주지 않으면 곤란했다. 그건 나와 토리코가 코자쿠라에게 보낸 SOS였다.

차비도 숙박비도 식사비도 내고 짐꾼도 되고 선물도 사주겠다고 두 사람이 설득한 결과, 코자쿠라는 결국 끈기에 지고 말았다. 엄청 질린 얼굴에 진심으로 귀찮은 것처럼 보였지만 나랑 토리코는 둘 다 정말 안심했다. 어떠한 위기를 극복한 것은 확실했다. 그 이후, 오늘에 이르기까지 나도 토리코도 그 일에 대해서는 아무런 말도 하지 않았다.

열차는 한노에서 진행 방향이 반대로 바뀌었다. 이게 스위치백이라는 것인가, 주위 승객들은 좌석을 돌려 방향을 바꾸었다. 우리는 처음부터 마주 보고 있었기 때문에 그대로 놔두었다.

토리코의 옆모습을 난 훔쳐보았다. 수없이 본 얼굴인데도 전혀 익숙해지지 않았다. 왜 이렇게 아름다운 아이가 내 옆에 있는 걸까, 항상 생각했다. 앉아서 졸고 있어도 아름답다니, 어떻게 해 볼 도리가 없었다. 내가 토리코처럼 방심하고 잠든다면 입은 벌리고 침을 흘려서 보기만 해도 끔찍한 모습으로 변하겠지.

그때, 시선을 느낀 듯 토리코의 눈꺼풀이 살며시 벌어졌다.

"응…… 깜빡 졸았네, 미안."

눈을 문지르며 토리코가 말했다. 하품을 한 번 하고 아직 멍한 시선을 나랑 창문 밖의 광경으로 옮겼다.

"지금은 어디야?"

"한노를 지났어. 더 자도 돼. 아침에 일찍 일어나서 졸리지? 코자쿠라 씨도 잠들었고."

"응…… 고마워. 짐 챙기느라 거의 못 잤거든……."

왜 그렇게까지 한 거야? 근처에서 2박을 하는 것뿐인데. 난 갈아입을 옷이랑 양치 세트, 최소한의 화장품과 노트북과 케이블 정도밖에 안 가져왔는데.

나머지는 신뢰와 실적의 마카로프. 여행지에서 무슨 일이 일어날지 알 수 없으니까 요즘은 집을 나설 땐 반드시 가방에 넣어두었다. 그리고 만약의 일이 생겼을 때를 대비해 약이나 손전등, 비상식량 같은 걸 채운 최소한의 탐험 세트도 있었다. 마카로프와 함께 아웃도어 용품점에서 산 방수 클러치 백에 정리해 담아두었다.

차창 너머로 보이는 건 단풍이 든 한노 산맥이었다. 저 어딘가에 우리의 〈목장〉이 있다. 미지의 장소로 이어지는 몇 개의 게이트가 사교 집단에 의해 세워진 이상한 시설 안에서 손도 대지 않은 채 잠들어 있었다.

오늘은 안 가겠지만…… 어떤 게이트를 통해 탐험할까? 그런 생각만으로도 두근거렸다.

코자쿠라가 꿈이라도 꾸고 있는 것인지 잠든 채 움찔거리며 튀어 올랐다. 일어나는 줄 알았는데 뭔가 음냐음냐 중얼거리며 다시 조용해졌다.

난 혼자 다음 탐험 계획을 생각하고 있었지만, 가끔 문득 지금부터 토리코와 온천에 가게 된다는 생각이 비집고 들어와 아무래도 집중할 수 없었다.

아니, 온천 따위가 뭐라고 이러는 거야? 코자쿠라도 있고 단둘이 가는 것도 아니고, 걱정할 일이 아니잖아.

괜찮아.

괜찮아?

뭐가 어떻게 괜찮다는 건데????????????

앉은 채 조용히 평정심을 잃은 나를 태운 채 특급열차 라뷰는 종점인 세이부치치부로 힘차게 나아갔다.

5

"어라? 전에도 온 것 같은데, 여기."

세이부치치부 역 앞을 둘러보며 토리코가 이상하다는 듯 말했기 때문에 난 어이가 없었다.

"지금 알았어?! 팔척귀신 때 왔었잖아. 이세계에서 돌아왔을 때 치치부 신사로 나왔으니까."

"아, 그래, 여기였구나! 기억났어. 산길에서 택시를 타고 여기까지 와서⋯⋯역 안에서 돈가스 덮밥을 먹고 돌아갔지? 이름이 화려했는데, 뭐였더라?"

"황금 짚신 돈가스."

"그래, 그거. 아직 소라오랑 만난 지 얼마 되지 않았을 무렵이었지? 그립다."

토리코가 진지하게 말했다. 그립다고 말할 만큼 시간이 많이 흐른 건 아닐 텐데, 이제 와서 생각해보면 이미 먼 옛날 일 같았다. 그 무렵 난 토리코에게 아직 마음을 허락하지 않은 상태였고 토리코도 내가 어떤 사람인지 몰랐을 것이다. 그 이후 반년이 지났고 우리의 관계는 꽤 많이 변했다. 어떻게 변했냐고 묻는다면⋯⋯ 어떻게 됐을까? 지금은 아직 잘 모르겠지만 무척 친해지긴 했다. 그건 틀림없을 것이다.

역사에는 당일치기 온천이나 푸드 코트가 포함된 복합시설이 인접해있어, 앞으로 산을 올라갈 사람들이나 아침 일찍 올라갔다 이미 내려오는 등산객들로 몹시 붐비고 있었다. 마침 점심시간이었지만 이 정도라면 어떤 가게에나 사람들이 잔뜩 있겠지.

"어떻게 하실래요? 배고프세요?"

내가 문자 북적이는 사람들 때문에 이미 진절머리가 난 표정의 코자쿠라가 고개를 가로저었다.

"밥은 나중에 먹어도 돼. 먼저 여관으로 가자."

"알겠습니다. 토리코도 괜찮지?"

"응, 어서 가자."

여관에는 송영 서비스도 있는 것 같았지만 지금 부르면 당분간 기다려야 할 것 같아서 택시를 타고 가기로 했다. 나랑 토리코가 둘이서 부담하면 그렇게까지 비싸진 않겠지…… 아마도.

토리코와 만난 이후 돈 씀씀이가 헤퍼진 것 같다. 옛날이라면 이럴 때 절대로 택시 같은 건 타지 않았을 것이다. 지갑에 여유가 생기자 이렇게 된 것 보면 난 생각보다 자제심이 없는 편일지도 모른다.

역 앞에 정차해 있던 택시를 잡아 코자쿠라의 캐리어를 트렁크에 넣었다. 나랑 토리코가 본인들의 짐을 트렁크에 넣으려고 하지 않았기 때문에 운전기사는 이상한 표정을 지었다. 총이 들어 있어서 손이 닿지 않는 곳에 두고 싶지 않았다.

택시는 역을 떠나 산 쪽으로 향했다. 구불구불 구부러진 산길을 대략 30분 정도. 차가 올라가면서 녹색 나무들이 점점 노랗게 물들었다. 노란색 나무들 중 붉은색의 비율이 30퍼센트 정도가 됐을 때, 나무숲 안에서 커다란 건물이 모습을 드러냈다. 오래된 목조 건축으로, 기와지붕을 덮은 큰 나무가 나뭇가지를 펼치고 있었다. 목적지인 온천 여관이었다.

현관 앞에 멈춘 택시에서 내리자마자 토리코가 킁킁거렸다.

"이게 무슨 냄새야?"

"온천 냄새잖아."

"앗, ……그렇구나."

토리코가 동요한 듯 중얼거렸다. 온천에 왔다는 사실을 잊고 있었던 모양이었다.

입구 대문은 반질반질하고 거무스름했고, 끼여 있는 유리는 좀 뒤틀려 있어서 시대를 느끼게 했다. 드르륵 드르륵 문을 당겨 열자, 붉은 융단이 깔린 로비가 눈앞에 펼쳐졌다. 신발을 벗는 곳이 검은 가죽 구두로 가득 차 있어서 난 깜짝 놀랐다.

"사람이 많구나."

나의 시선을 쫓아온 토리코가 말했다. 난 고개를 끄덕였다.

"샐러리맨 단체 손님인가? 시끄럽지 않았으면 좋겠는데."

현관 구석에서 신발을 벗고 들어가 신발장에 넣었다. 슬리퍼를 신고 터덜터덜 입구를 가로지르는 우리를 곰이나 산새의 박제나, 화려한 기모노를 입은 일본 인형이 빤히 바라보고 있었다.

"왜 여길 선택한 거야?"

공허하게 빛나는 인형 눈알을 어쩐지 기분 나쁘게 바라보면서 코자쿠라가 물었다.

"노포에다 단순히 평판이 좋았던 거랑 음식이 맛있어 보였던 거랑……"

"그리고?"

"그리고, 2인용 티켓 플랜을 3인용으로 변경 가능한 곳이 여기밖에 없었어요."

프런트에서 체크인을 끝내고 우리는 삐걱거리는 마룻바닥을 밟으며 방으로 향했다. 토리코가 로비를 돌아보며 이상한 듯 말했다.

"프런트에서 열쇠를 건네받지 못한 건 처음이야."

"맹장지라서 열쇠 같은 건 없으니까."

문득 복도 창을 통해 밖을 바라보다 지면이 생각보다 아래쪽에 있다는 걸 깨닫고 좀 놀랐다. 계단을 올라간 기억이 없는데 어느샌가 2층에 있었던 것이다. 관내 안내도를 보니 이 여관은 경사면에 위치해 있고, 우리가 들어온 현관 쪽 건물은 한층 높은 부지에 자리하고 있었다. 오랜 세월동안 증축이나 개축을 반복한 듯, 잠깐 걸었는데도 어중간한 각도의 분기점이나 10센티, 20센티 정도의 미묘한 단차가 여기저기 있었다. 100년 이상은 지난 것 같은 거무스름해진 천장 주변으로 아주 새로운 Wi—Fi 루터 케이블이 뻗어있는 게 미스매치였다.

안내받은 곳은 내가 살고 있는 집의 3배 정도는 될 만한 밝은 방이었다. 창문 밖, 한쪽 면이 단풍 든 산맥의 광경으로 펼쳐져 있었다.

토리코가 와아, 하고 소리를 지르며 창문에 달라붙었다.

"굉장하다. 엄청 멋져. 바로 저기 강이 흐르고 있어."

코자쿠라가 날 올려다보며 말했다.

"꽤 좋은 방 아니야, 여기? 괜찮은 거야?"

"코자쿠라 씨의 초대권 덕분이에요."

"그럼 다행이지만……. 내 방은 어디야? 옆방?"

"여기예요."

"뭐?"

"셋이 같은 방이에요."

내가 그렇게 말하자 코자쿠라는 깜짝 놀란 표정을 지었다.

"뭐어? 너희랑 같은 방에서 자라고?! 난 싫어."

"왜요?!"

"왁자지껄 떠드는 너희들 옆에서 자는 건 싫다고 했을 텐데?!
둘이서만 사이좋게 지내. 거기에 내가 끼면 바보 같잖아."

"그렇지 않다니까요."

"그래, 그런 말 하지 마, 코자쿠라."

창가에서 돌아온 토리코가 가세하자 코자쿠라는 화가 난 듯
한숨을 내쉬었다.

"하아——, 정말. 알았어, 제길."

"다행이다. 셋이서 시끌벅적 즐겁게 보내는 거야!"

"시끌벅적하게 보낼 생각 없어."

쌀쌀맞게 코자쿠라가 말했다.

6

"코자쿠라, 캐리어는 어디 둘 거야?"

토리코의 물음에 코자쿠라가 방을 성큼성큼 가로질러 창가에 멈춰 섰다. 미닫이와 창문 사이에 의자와 테이블이 놓인 다다미 한 장 정도 폭의 공간이 있었다. 분명, 이런 곳을 툇마루라고 불렀다.

"여기. 여길 나의 영토로 할게."

코자쿠라가 그렇게 말하며 2개의 의자 중 하나에 앉았다. 잠시 얼굴을 찡그리며 엉덩이를 꼼지락거렸지만 머지않아 만족할 만한 포지션을 찾은 모양이었다.

"여기라면 너희에게 지긋지긋해졌을 때, 언제든 미닫이문을 닫을 수 있으니까."

"이렇게 좁은 공간을 좋아하시는군요. 저도 좋아해요."

"그래? 난 넓은 곳이 더 좋아."

우린 각자 짐을 풀고 잠시 축 늘어져 있었다. 난 딱히 할 일이 없었기 때문에 비치된 전기 포트로 물을 끓여 녹차 티백을 넣고 스마트폰을 보면서 좌식 테이블 위에 놓여있던 과자를 덥석덥석 먹어대고 있었다.

코자쿠라는 캐리어에서 노트북과 태블릿을 꺼내 콘센트에 전원 탭을 꼽고 만전의 충전 태세를 취하고 있었다. 툇마루의 작은 테이블 가득 펼쳐진 전자기기를 보며 토리코가 어이없다는 듯 말했다.

"여기 뭐하러 온 거야, 코자쿠라?"

"그냥 일할 생각으로 왔다니까. 난 신경 쓰지 말고 즐겁게 보내."

한편, 토리코의 큰 짐가방 안에서는 우비나 구두, 물통, 한겨울에 입을 법한 두꺼운 스웨터 등 부피가 큰 물건이 우르르 나왔다.

"혹시 산에 올라갈 생각이었어?"

"아니, 어떤 느낌인지 전혀 알 수가 없었단 말이야!"

입을 삐죽거리며 토리코는 여행용 가방 안에서 수영복을 꺼냈다. 나하의 돈키호테에서 산 낯익은 물건이었다.

"응? 그건 왜 갖고 왔어?"

"입을 거니까……."

"수영복 차림의 입욕은 삼가주십시오, 라고 프런트에 쓰여 있던데."

"응, 봤어……."

아쉬운 듯 말하며 토리코는 수영복을 가방에 다시 넣었다. 기분을 새로이 하려고 후우──하고 한숨을 내쉰 후 나와 코자쿠라를 바라보았다.

"지금부터 어떻게 할 거야?"

"배고파."

코자쿠라가 그렇게 말했기 때문에 나도 고개를 끄덕였다. 이미 점심시간이 훌쩍 지난 후였다. 과자만으로는 만족할 수 없을 정도로 배가 고팠다.

"저녁 식사 시간은 몇 시야?"

"오후 5시예요."

"아직 좀 남았네……여관 안에 식당이 있어?"

"카페가 있는 것 같은데."

방에 있던 관내 시설 안내도를 보면서 토리코가 말했다.

"그럼 거기로 갈까?"

"아, 코자쿠라 씨 몫은 제가 살게요."

"일일이 말 안 해도 돼."

우린 방을 나왔다. 귀중품은 금고에 넣었지만 방에 자물쇠가 없다는 사실에 토리코는 꽤 불안해했다.

로비와 인접한 카페에는 푸드 메뉴 종류가 그렇게 많지 않았다. 의논한 결과, 연한 된장국이 함께 나오는 찐 감자와 이 지역 가게에서 매입한다는 빵을 몇 종류 주문해 함께 먹기로 했다. 저녁을 위해 배를 비워두려고 덮밥 종류나 우동, 메밀국수를 피한 건데 결국 탄수화물이 메인이었고 살찌우기 위한 식사처럼 되어버렸다. 음료수는 코자쿠라가 콜라, 내가 멜론 소다, 토리코는 커피.

우물우물 다 먹고 좀 살 것 같았을 때, 토리코가 말했다.

"이후에는……?"

"밝을 때 목욕하고 오지 그래?"

2번째 콜라를 빨대로 마시면서 코자쿠라가 말했다.

"뭐?!"

"왜 소리치는 거야?"

"이렇게 이른 시간부터 목욕을 하라고?"

"원하는 시간에 몇 번을 해도 상관없어, 온천이니까."

"그런 거야?"

도움을 바라는 듯 토리코가 날 보았다.

"으, 응, 온천이니까."

"온천이라서 몇 번이나 들어간다고?!"

"나도 자세히 아는 건 아니지만, 그런 것 같아, 온천 여관에서 보내는 방법은."

"그, 그렇구나…… 흐――음……."

허둥지둥, 안절부절.

의자의 앉는 부분에 대고 있던 양손을 지렛목 삼아 토리코는 좌우로 몸을 흔들고 있었다. 불안한 시선이 날 지나쳐 벽에 붙은 치치부 밤 축제 포스터에서 멈췄고 엄청 흥미를 끈 것인지 거기서 떨어지질 않았다. 이건 내기해도 좋은데, 아마 한 글자도 읽지 않았을 것이다.

난 머리를 감쌌다.

토리코…….

왜 그렇게…….

왜 그렇게 안절부절못하는 거야……?

이상하잖아…….

고작 목욕이라고!!!

그 상황을 참을 수 없었던 난 결국 일어났다.

"목욕, 하고 오자."

토리코가 고개를 홱 돌려 날 올려다보았다. 그 얼굴을 거의 노려보듯이 난 한 번 더 말했다.

"목욕하자. 어두워지기 전에. 오케이?"

"오……오케이."

"굿."

내가 고개를 끄덕이자 토리코도 끄덕끄덕 수긍했다. 어리둥절
한 얼굴로.

"잘 다녀와."

바보 같다는 얼굴로 손을 흔드는 토리코에게 난 말했다.

"코자쿠라 씨도 같이 가요."

"싫어."

"코자쿠라 씨."

단호하게 고개를 가로저으며 코자쿠라가 말했다.

"나중에 혼자 할 거야. 너희랑 같이 가는 건 싫어."

"코자쿠라 씨."

"코자쿠라."

"저기."

"……"

"……"

"……너희, 진짜 싫다."

7

빨간 포렴을 헤치고 들어간 탈의실은 이 낡은 여관에 어울리

지 않을 정도로 현대식이었고 반짝반짝했다. 여기도 최근 들어 개축한 것 같았다. 방에서 가지고 온 수건과 유카타를 감싸 안은 우리는 각자 열려 있는 코인 로커를 찾아 자리를 차지했다.

탈의실에는 우리뿐만 아니라 손님이 몇 명이나 더 있었고 욕탕과의 경계가 되는 유리문을 열고 부단히 사람들이 출입하고 있었다. 폭넓은 연령의 여성들이 수건만 두른 채 오가는 광경에 토리코가 눈을 동그랗게 떴지만 난 차마 보지 못하고 귓속말을 했다.

"너무 빤히 보면 안 돼."

"히익?"

당황한 토리코가 이상한 소리를 냈기 때문에 웃음이 터질 뻔했다. 잘 생각해보니 점점 재미있어졌다. 정말 자라온 환경이 다르다고 생각한 적은 지금까지 몇 번이나 있었지만 그걸 이렇게 실감한 적은 처음이었다.

"어른이 따라오지 않으면 목욕도 못 한다니, 정말 기가 막힌다니까. 그냥 너희들, 평생 기저귀를 차고 살지 그래?"

코자쿠라가 중얼거리면서 로커에 100엔짜리 동전을 넣었다.

"아, 코자쿠라 씨, 제가 낼 건데요……."

"이 정도는 내가 낼게! 애초에 다시 돌려주는 거잖아, 이건."

한편, 토리코는 로커 문을 연 채 굳어 있었다.

"괜찮아? 토리코."

"응."

"여기서 옷을 벗고 로커 열쇠랑 목욕 세트 파우치랑 작은 수

건만 갖고 들어가면 돼."

"알아."

진짜로……?

본보기를 보여주지 않으면 토리코가 움직이지 않을 것 같아서 난 각오를 굳게 다지고 옷을 벗기 시작했다.

실제로 이때는 이미 최초의 창피함은 꽤 줄어든 상태였다. 탈의실에 들어오면 어디에나 알몸인 사람들이 잔뜩 있고, 그래, 냉정하게 생각해보면 고작 욕탕에 들어가는 것뿐이었다.

하지만.

아아, 토리코.

왜 그렇게 날 뚫어지게 쳐다보는 거야? 너는.

측면에서 아플 정도로 느껴지는 시선을 무시하며 과감하게 옷을 전부 벗은 난 크게 한숨을 쉬며 토리코 쪽으로 다시 돌아섰다.

토리코는 눈을 크게 뜨고, 알몸인 날 쳐다보았다. 자신은 하나도 벗지 않은 채.

빨리 벗어…….

"토리코."

내가 말을 걸자 토리코가 마치 꿈에서 깬 것처럼 눈을 깜빡거렸다.

"먼저 갈게."

"아, 응……."

나처럼 코자쿠라도 서둘러 옷을 벗었다. 등 뒤로 토리코의 시선이 쫓아오고 있다는 걸 느끼면서 무거운 유리문을 열고 나랑 코자쿠라는 목욕탕 안으로 들어갔다.

유황 냄새가 강해지고 시야가 수증기 때문에 흐려졌다.

물을 몸에 끼얹은 후 몸을 씻는 공간에 비치된 플라스틱 의자에 걸터앉아 파우치에서 샴푸를 꺼내 머리를 감았다. 거품을 씻어 내리고 있을 때, 탈의실 문이 열렸고, 불안한 표정의 토리코가 간신히 수건으로 앞을 가린 채 슬금슬금 걸어왔다.

각오는 하고 있었지만 나하의 펜션 이후 토리코의 알몸을 처음 본 난 숨이 멎을 것 같은 기분에 휩싸였다.

어떻게 저렇게……아름다울까?

전부 다 아름다웠다. 미술품 같다고 생각했다. 게다가 살아서 움직이고 있어…….

넋을 잃고 바라보는 내 옆에서 코자쿠라가 나직이 중얼거렸다.

"——보티첼리냐?"

"……네? 뭐라고요?"

"『비너스의 탄생』 같지 않아? 저 녀석."

그녀가 한 말의 의미를 겨우 깨닫고 나도 모르게 웃음을 터뜨렸다. 어딘가에서 본 적 있는 비너스의 탄생이라는 그림과 지금의 토리코는 확실히 비슷했다. 앞을 가린 차림도, 어찌할 바를 모르는 표정도.

실컷 웃은 덕분에 묘한 마음가짐이 일시적으로 어딘가 날아가 버리고 말았다.

"토리코, 이쪽."

손을 들어 부르자 태어난 모습 그대로인 비너스가 안심한 표정으로 다가왔다.

"어떻게 하면 돼?"

"탕에 들어가기 전에 몸을 씻어야 해."

"뭐? 매번?"

"그렇게 더럽지 않을 때는 물만 끼얹어도 돼. 들어와서 바로 오른쪽에 뜨거운 물이 흐르는 곳이 있지? 그걸 손잡이가 달린 통으로 떠서 땀을 씻어낸 후 탕에 들어가는 거야."

난 그럴듯하게 설명했다. 사실 자신이 없었기 때문에 오기 전에 알아봐 두었다.

'온천, 들어가는 방법, 매너'로 검색해서……

"저기, 이건 어떻게 생각해?"

토리코가 소리를 낮추고 수건에 감춰진 왼손을 드러냈다.

"……아."

투명한 왼손을 보고 난 눈을 크게 떴다.

"미안, 완전히 잊고 있었어."

"나도. 그럴 겨를이 없어서."

두 사람 다 온천에 들어간다는 것만으로도 머릿속이 가득 차서 토리코의 왼손이 장갑을 벗으면 꽤 눈에 띈다는 것을 완전히 잊어버리고 있었다. 같이 눈에 띈다고 해도 나의 오른쪽 눈은 그보단 낫지만, 토리코의 왼손은 투명해서 맞은편이 비칠 정도였기 때문에 이상하다는 게 확실하게 드러났다. 자신들의 몸에 일어난 일에 완전히 익숙해진 모양이다……

난 힐끔 주변 상황을 살폈다. 지금은 훤히 다 보이지 않는, 몸을 씻는 곳에 있으니 괜찮지만 욕탕으로 들어가면 문제가 생길지도 모른다. 굳이 호의적으로 보지 않는다 해도 토리코는 아름다우니까 자연스럽게 주목을 받게 될 거고.

"뭐……욕탕 밖에서는 수건으로 가리고 있으면 되지 않을까? 탕에 들어가면 수면 밑은 보기 힘드니까 괜찮을 거야."

약간 어색한 듯 코자쿠라가 말했다. 이 문제를 잊고 있었던 건 아무래도 나랑 토리코뿐만이 아니었던 모양이다.

토리코가 옆에 앉아 흠칫거리며 머리를 감기 시작했다.

"기분이 진짜 이상해. 이런 식으로 다른 사람과 목욕을 하다니."

"괜찮아, 이제 곧 익숙해질 거야."

베테랑의 얼굴로 난 말했다.

일단 마음을 정하고 보니 토리코와 욕탕에 들어가는 건 생각보다 아무렇지도 않았다. 그냥 옆을 보지 않으면 되는 거였다. 냉정하게 생각해서, 옷을 입고 있든 알몸이든 토리코를 보면 너무 아름다워서 동요하게 되고, 직시하지 못한 채 눈을 돌려버리니까 욕탕에서도 평소처럼 있으면 되는 거였다.

토리코는 아직 불안한 모양인지, 몸을 다 씻은 내 쪽을 힐끔힐끔 쳐다보는 시선이 느껴졌다.

괜찮아, 이제 곧 익숙해질 거야…….

샤워기로 거품을 씻어 내리고 우리는 욕탕으로 향했다. 모처럼이니까 실내 욕탕보단 노천온천이 더 나을 것 같았다. 밖으로 나가는 문을 열자, 젖은 몸을 가을의 바깥 공기가 썰렁하게 감쌌다.

"추워!"

토리코가 비명을 질렀다.

코자쿠라, 나, 토리코 순서로 우리는 포장석 위를 후다다닥 빠른 걸음으로 걸어 노천 바위탕에 몸을 담갔다.

"하아……."

차가워진 몸에 느껴지는 물의 뜨거움에 누구부터라고 할 것도 없이 소리가 흘러나왔다.

머리가 긴 코자쿠라를 따라 토리코도 머리를 묶었다. 목덜미 쪽 헤어라인이 보이는 희귀 스타일이라고 생각하고 있는데, 토리코가 내 쪽을 바라봐서 시선이 맞았다. 몸을 움츠리는 나에게 토리코는 불안한 듯 물었다.

"수건을 욕탕에 들고 들어가면 안 되는 거지?"

정신을 다잡고 난 답했다.

"응, 그건 금기. 절대로 용납 안 돼."

"그렇게까지……?"

바위탕 가장자리에 등을 기대고 다리를 쭉 폈다. 셋이 나란히 앉아 오랫동안 멍하니 있었다. 노천탕을 둘러싼 널빤지 위로 단풍이 든 산맥과 찢어진 것 같은 구름이 떠 있는 푸른 하늘이 펼쳐져 있었다.

토리코가 후우——, 하고 한숨을 내쉬며 말했다.

"점점 익숙해지는 것 같아."

"그렇지?"

"하지만 역시 이상해. 평범한 일상생활 속에서 보면 욕실은 개인적인 공간 중에서도 꽤나 개인적인 공간이잖아. 여기에 필적하는 장소는 화장실이나 침대 정도밖에 생각 안 나는데."

"화장실은 그렇다 치지만 침대도?"

별생각 없이 의문을 던졌는데 토리코뿐만 아니라 코자쿠라까지 양쪽에서 말똥말똥 쳐다봐서 난 당황했다.

"뭐⋯⋯뭔가 내가 말을 잘못한 거야?"

코자쿠라가 아무 말 없이 시선을 돌렸다. 토리코도 나의 의문에 대한 설명은 피하기로 한 것 같았다.

뭐야⋯⋯?

불안해진 난 엉덩이를 꿈틀꿈틀 앞으로 움직여 코 아래쪽까지 몸을 물에 담갔다. 나도 몰라. 이제 아무 말도 안 할래.

"소라오는 처음부터 괜찮았어?"

"보글보글."

"응?"

"보글보글보글."

"물에 빠진 거야?"

결국 포기하고 난 수면 위로 올라왔다.

"난⋯⋯ 아직도 느낌이 이상해. 평소에는 다른 사람들 앞에서 알몸이 되면 체포되는데 탈의실 문 하나를 사이에 두고 갑자기 다들 옷을 벗잖아. 그게 당연한 것 같은 얼굴을 하고."

"역시 그래?"

"어쩌면 나 말고 모두는 이런 장소에서 취해야 할 올바른 행동을 알고 있을지도 모르지만⋯⋯난 흠칫거렸어. 주위 사람들이 벗고 나서야 벗어도 되겠다고 판단하고 흉내를 낸 것뿐."

"진짜 제대로 알고 있는 녀석은 아무도 없을걸."

코자쿠라가 애매한 어조로 말했다.

"그런 걸까요?"

"그런 거야."

몸과 마음의 긴장이 뜨거운 물에서 점점 풀렸다. 흘러가는 구름, 새들의 지저귐, 끝없이 흐르는 폭포탕 소리. 달아오른 얼굴에 가을의 산들바람이 기분 좋았다.

토리코가 후우 뜨거운 숨을 내쉬며 얼굴을 닦았다.

"소라오……."

"응──?"

"여기서 몇 분 정도 있어야 해?"

"응──? 딱히 정해진 건 없어, 원하는 만큼……."

그렇게 말하며 옆으로 시선을 돌리니 뜨거운 물 위로 나온 토리코의 얼굴이 새빨갛게 익은 상태였기 때문에 난 당황했다.

"괘, 괜찮아?"

"좀 어지러운 것 같아……."

목덜미 쪽 헤어라인 언저리도, 귀도 상기돼서 핑크색으로 변해 있었다. 원래 피부색이 새하얬기 때문에 괜히 더 눈에 띄었다.

"나가자, 나가. 현기증 나겠어."

"응……."

토리코가 몸을 일으켜 바위 위에 앉았다.

"안에 사우나용 냉탕이 있으니까 몸 좀 식히고 와."

"그래…… 잠시만 다녀올게."

토리코가 일어나는 걸 난 조마조마하게 지켜보았다.

"소라오가 같이 가는 게 좋지 않겠어?"

"그러는 게 좋겠어요."

일어나려는 나에게 토리코가 손바닥을 보였다.

"괜찮아, 괜찮아. 그렇게까지 심한 건 아니니까."

"정말?"

"응, 머리 좀 식히고 올게."

"무리하지 마. 먼저 나가도 돼."

"알았어──."

살짝 휘청거렸지만 토리코는 노천탕에서 안으로 돌아갔다.

"꽤 뜨겁네, 여기."

"전 딱 좋은데요."

"나도."

코자쿠라가 양팔을 들어 기지개를 켰다.

"하아──. 와보니까 온천도 그렇게 나쁘지 않네."

"그럼 다행이에요."

"혼자선 절대로 오지 않을 곳이니까 소라오에게는 고맙다는 인사를 해야겠네……."

"갑자기 왜 그러세요? 그게 무슨 의미인데요?"

"말 그대로의 의미야! 솔직하게 받아들여!"

갑자기는 믿을 수 없었지만 코자쿠라는 정말 기분이 좋아 보였다. 마침 토리코가 자리를 비운 상태였고, 딱 좋은 기회라서 난 전부터 신경 쓰였던 걸 물어보기로 했다.

"얼마 전에 우리 집 옆집에 게이트가 열린 적이 있다고 말했잖아요?"

"아앙?"

"토리코가 와줘서 어떻게든 해결했지만 무슨 일이 있었던 건지 별로 기억나질 않아요. 하지만 그렇게까지 접근한 건 처음이라 역시 기분이 별로 안 좋았어요."

"……으응."

"그 전에 한노의 〈목장〉에서 사람의 얼굴을 한 소가 말을 걸었었는데 그때 엄청 개인적인 정보를 말했었거든요. 저에 대한."

"막힘없이 이상한 이야기로 이행하지 말아 줄래?!"

"이 정도로 밝고 느긋한 장소에서도 안 되는 거예요?"

"그런 문제가 아니잖아!"

일어나서 도망치려는 코자쿠라의 손목을 난 순간적으로 붙잡았다.

"이, 이거 놔."

"무서운 건 여기까지니까요. 코자쿠라 씨에게 물어보고 싶은 건 좀 더 이론적인 이야기예요."

"뭔데?"

"이세계에 있는 무언가는 어떻게 접촉할 상대를 선택하는 걸까요?"

코자쿠라는 얼굴을 찡그리며 날 노려보다 포기하고 물에 몸을 다시 담갔다.

"일단 소라오는 어떻게 생각하는데?"

코자쿠라를 붙잡은 손을 놓고 난 말했다.

"그 녀석들은── 이런 표현이 맞는 건지는 모르겠지만, 우릴 두렵게 하고 공포로 발광하게 만들어서 평소와는 다른 정신 상태로 몰아넣으려고 하잖아요."

"이세계의 존재에게 명확한 의사가 있다고 가정하면 그렇게 말할 수 있을지도 모르지."

"적어도 겉보기에는 그런 방향성이 있는 것 같아요. 그리고 그 목적을 위해 괴담 템플릿이나 디테일을 사용하는 거죠. 우리의 머릿속을 엿보면서."

"그 희생자가 선택되는 기준은?"

"지금까지는 계속 우연한 사고 같은 건 줄 알았어요. 실화 괴담에서는 왜 무서운 일을 당한 것인지 이유에 대한 설명이 없으니까요. 우연히 그 장소에 있었고 우연히 운 없이, 이상한 현상에 직면해버린다. 그 이외의 이유는 없어요. 이세계가 일으키는 현상도 똑같이 실화 괴담의 문맥을 따르고 있다고 생각해왔어요. 하지만……."

확증이 없는 추측을 꺼내놓는 걸 망설이는 날 코자쿠라가 재촉했다.

"하지만?"

"최근에는 명확하게 절 노리고 있는 것 같아서요. 자의식 과잉일지도 모르지만 최근 2번의 사건은 특히 사고가 아니라 공격받은 것 같은 느낌이 들어요."

코자쿠라가 주변을 돌아보았다. 노천탕에는 바위탕 외에도 폭포탕이나 자면서 온천을 즐기는 침탕이 있었지만 목소리가 들릴 정도의 범위에는 아무도 없었다.

"소라오의 '개인 정보'라는 게 구체적으로는?"

"사교 집단에 빠졌던 우리 아버지랑 할머니의 얼굴과 목소리였어요."

"그건 소라오에게 두려운 거였어?"

"그…… 글쎄요. 무서웠어요. 이제 완벽하게 과거가 된 존재가 갑자기 나와서 기습한 것도 있었지만 꽤 겁먹었어요."

"질이 나쁘네."

"진짜요. 반사적으로 쐈으니까요."

"소라오랑 이야기하는 건 정말 싫어."

코자쿠라가 하늘을 올려다보며 신음했다.

"제 이야기는 아무래도 상관없으니까……코자쿠라 씨는 어떻게 생각하세요?"

"한 가지 생각할 만한 거라면── 이세계와의 접촉처럼 보이는 현상은 인간의 집착을 거울처럼 반영하고 있는 것뿐일지도 몰라."

"집착?"

"예를 들어…… 사츠키라든가."

코자쿠라의 어조는 무거웠다. 내가 아무 말 없이 기다리자 코자쿠라는 주저하면서도 이야기를 계속했다.

"토리코는 소라오랑 같이 이세계에 가서 사츠키의 모습을 한 존재와 조우했어. 하지만 나에게 그런 일은 일어나지 않았어. 사츠키가 없어지고 한동안은 나도 꽤 걱정을 했지만 총을 들고 이세계로 찾으러 가지는 않았어. 공포심도 있었고, 사츠키의 파트너로서의 자격을 잃었다는 마음도 있었으니까. 그때 이미 난 사츠키를 포기했었던 거야."

코자쿠라가 자조적으로 말했다. 난 우루마 사츠키에 대한 감상에는 일체 상관하지 않기로 했기 때문에 그 부분을 의식에서 쫓아낸 후 생각했다.

"토리코가 사츠키 씨를 포기하지 않았기 때문에 이세계에서 그 존재와 조우했다는 뜻인가요? 최근 사츠키 씨의 기척을 느끼지 못하게 된 건 그 집착이 줄어들었다는 뜻……?"

그렇다면 그건 바람직한 일이었다.

"눈앞에서 ASMR녀의 턱을 빠지게 만들고 그 모친의 눈을 망가뜨리는 모습을 보여줬으니까. 그러면 역시 정색하게 되겠지. 외양은 사츠키라 해도 그건 완전한 괴물이었어."

부르르 몸을 떨며 코자쿠라가 뜨거운 물에 어깨를 담갔다.

"그쪽의 존재가 인간의 애집(愛執)을 거점으로 해서 이쪽 세계에 접근하려고 한다면 강한 신념을 가진 사츠키를 쫓아간 토리코는 가장 같은 편으로 만들기 쉬운 상대였을 거야. 그 집착이 줄어들었기 때문에 소라오의 집착이 대신 겉으로 들어난 걸지도 몰라."

"그들이 공격의 방향을 토리코에서 저에게로 바꿨다는 뜻인가요?"

"상대에게 의사가 있는지 어떤지는 보류해두는 게 좋아. 아무것도 모르니까."

난 으──음 신음하며 얼굴을 닦았다.

"어렵네요. 상대가 의사가 없는 '현상'이라고 생각하면 분노를 표출할 상대가 없어지니까요."

"화를 낼 필요가 있어?"

"화를 내지 않으면 전 약해지거든요."

코자쿠라가 의미심장한 표정으로 날 바라보았다.

"왜요?"

"소라오는 토리코에겐 보이지 않는 사츠키의 환영을 봤었지?"

"네."

"원래 소라오는 토리코 이외에는 관심이 없잖아."

"그게 무슨……?"

"간헐적인 분노도 집착의 한 가지 형태야. 소라오만이 봤던 사츠키는 소라오, 네 집착의 결과라는 것도 가능하다는 거야. 이세계에서 토리코 앞에 나타난 사츠키와 소라오가 보고 있던 사츠키는 어쩌면 다른 존재일지도 몰라."

그 말을 듣고 뜨끔했다. 경계심에 의한 것이라곤 해도, 나도 모르게 인파 속에서 우루마 사츠키의 모습을 찾고 있는 자신을 깨닫고 괜히 화가 나는 일이 몇 번이나 있었기 때문이다.

"또 사츠키의 모습을 한 무언가가 나타난다면 이번에는 토리코가 아니라 소라오가 원인이 될지도 몰라."

"……별로 기분이 좋진 않네요."

나의 감상에 코자쿠라가 비웃음을 흘렸다.

"전부 다 추측일 수밖에 없지만."

난 양손으로 뜨거운 물을 떠서 얼굴을 씻었다.

"코자쿠라 씨의 추측이 옳다면 저도 과거에 대한 집착을 끊어 버리면 공격받지 않게 된다는……뜻이 되는 걸까요? 하지만 전 과거에 집착할 생각은 없어요. 오히려 잊고 싶었는데."

"그렇게 생각한다고 믿을 뿐, 사실 무의식중에 기억 밑바닥에 봉인되어 있다던가?"

"그런 건 어떤 식으로든 말할 수 있는 거 아닌가요?"

"그럴지도. 어쨌든 소라오의 마음은 소라오밖에 모르니까. 난 카운슬러가 아니야."

내 과거에 대한 집착…….

지금 아직은 느낌이 분명하게 오지 않지만 그런 걸까? 난 내가 특이한 경험을 했다고는 생각하지 않으니까 안 좋은 기억을 잊어버리려고 했다는 자각도 없었다.

하지만 머리가 이상한 사람은 자각이 없다고들 하니까…….

곰곰이 생각하고 있는 날 향해 코자쿠라가 다시 입을 열었다.

"후회나 미련이 많으면 그만큼 파고들 틈은 많아져. 그건 상대가 인간이든, 이세계의 무엇이든 다름없겠지. 지금까지 잊고 있었다 해도 과거의 인연과 결판을 내면 어떤 형태로든 그렇게 나쁜 결과가 나오진 않을 것 같은데."

"과거의 인연과 결판을……."

그럴지도 모른다고 내가 납득하려던 순간 코자쿠라가 고쳐 생각한 듯 말했다.

"아니, 잠깐만. 너희의 경우, 법에 저촉되는 형태로 결판을 지을 가능성이 높으니까. 전언철회. 지금 한 말은 잊어버려."

"네에……?"

바람이 불어 땀이 맺힌 얼굴을 스치고 지나갔다. 하늘은 아직 밝았지만 점점 해질녘이 가까워오고 있다는 걸 알 수 있었다.

"그 녀석이 안 돌아오네."

"먼저 나가도 된다고 했는데……현기증이 나서 쓰러졌을지도 몰라요."

"상태 좀 보고 올까?"

나랑 코자쿠라는 바위탕에서 나와, 차가운 가을바람에 바짝 움츠러든 채 건물 안으로 들어갔다.

8

자판기에서 종이팩 커피 우유를 구입해 마사지 의자에서 마사지를 받고 있던 토리코를 회수한 후 우리는 탈의실을 나왔다.

로비를 지나가자 신발장을 가득 채우고 있던 검은 구두는 나란히 외출한 것인지, 어딘가에 따로 정리된 것인지 깔끔하게 비어 있었다.

막 목욕을 마친 나른한 기분으로 방으로 돌아와 잠시 뒹굴고 있자 오후 7시에 여관 직원이 식사를 갖고 왔다.

좌식 테이블 위에 놓인 연회용 요리는 한 번도 본 적 없을 정도로 호화로웠다.

"성게와 가을 연어, 오크라에 참마를 곁들인 음식입니다."

"루꼴라와 꽈리토마토와 오리로스로 만든 전채 요리입니다."

"석이버섯과 국화에 생강즙을 곁들인 초절임입니다."

"메기와 민물 게 튀김입니다."

"산천어 소금구이입니다."

"연꽃 열매와 두부껍질을 넣은 장국입니다."

잘 모르는 요리가 해설과 함께 한 접시, 한 접시 나오는 것을 토리코가 눈을 반짝거리며 지켜보고 있었다.

어딘가에서 연회라도 하는 것인지, 멀리 떨어진 방에서 시끌벅적한 소리가 들렸다.

"오늘은 좀 손님이 많네요."

"네? 네에, 뭐."

해설 중간에 무심히 이야기를 던졌더니 직원이 애매한 표정으로 답을 해줬기 때문에 난 두 번 다시 모르는 사람과 잡담 따위 나누지 않겠다는 마음을 새로이 먹었다.

조용히 상처 입은 날 제쳐놓고 요리가 테이블 위에 놓였고 직원이 인사를 하며 나갔다.

"편히 드십시오."

연회 요리 코스에 따라온 술은 맥주가 큰 병으로 3병. 마개를 열면서 코자쿠라가 꺼낸 '술은 따를 필요 없어'라는 한 마디에 나와 토리코는 얼굴을 마주 보며 순순히 고개를 끄덕였다. 두 사람 다 술을 따르겠다는 발상은 조금도 없었다.

세 명은 각자 원하는 대로 맥주를 따르고 잔을 부딪쳤다.

"온천 여행을 선물해준 코자쿠라에게, 건배!"

"건배! 코자쿠라 씨, 감사합니다!"

"정말 고마워. 코자쿠라!"

다른 사람들의 눈이 신경 쓰이지 않는 다다미방에서, 목욕을 마치고 긴장이 풀린 상태로 마셨기 때문에 평소보다 빨리 취한 걸지도 모르겠다. 맛있다, 맛있다, 라는 말을 연발하며 식사를 하는 사이에 우리는 점점 더 취했다.

내선으로 맥주 추가 주문을 3번이나 하고, 디저트인 말차 우유 두부까지 다 먹었을 쯤에는 세 사람 다 곤드레만드레가 되었다. 정신을 차리니 토리코와 코자쿠라가 양쪽에서 나의 무릎에 머리를 대고 숨소리를 내며 잠들어 있었고, 나도 반쯤 졸면서 무의식중에 두 사람의 머리를 쓰다듬고 있었다.

왜 이렇게 된 거지? 난 기억을 떠올리려고 하면서 두 사람의 잠든 얼굴을 내려다보았다. 뭔가 행복한 얼굴을 하고 있네, 두 사람 모두…….

머리를 쓰다듬던 손을 멈추고 난 말을 걸었다.

"저기, 그만 일어나."

"으응…….'"

"일어나세요, 좀."

"으──음…… 싫어…….'"

저리는 다리를 치우자 머리가 다다미 위로 떨어졌고 두 사람은 겨우 정신을 차렸다. 좀비처럼 휘청거리는 두 사람을 어떻게든 일으켜 세워 흐트러진 유카타를 다시 입혀준 후 직원을 불러 그릇을 치워달라고 부탁하고, 내 천 자로 깔린 이불로 두 사람을 몰아넣고 마지막으로 나도 시트 위에 쓰러졌다.

난 최선을 다했다. 정말 대단했다고 생각해.

잠시 정신을 잃었다가 문득 눈을 떴다.

방 안은 깜깜했다. 기억은 없지만 쓰러지기 전에 불을 끈 모양이다. 정말 대단해, 난⋯⋯.

방 안도, 바깥도, 고요했다. 스마트폰을 손으로 더듬어 켜보니 눈 부신 화면 때문에 눈이 아팠다. 오전 2시.

"으읏⋯⋯."

옆 이불에서 불빛을 느낀 토리코가 신음했다.

"미안, 내가 깨웠어?"

내가 작은 목소리로 사과하자 토리코가 얼굴을 뒤집은 채 말했다.

"지금 몇 시야?"

"2시 넘었어."

"땀 때문에 끈적끈적해⋯⋯ 술 냄새도 나고⋯⋯."

칭얼거리는 어린애처럼 토리코가 말했다. 아니, 어린애는 술 냄새가 난다고는 말하지 않으려나?

나도 땀에 젖어 있었다. 목욕으로 몸이 따뜻해져 신진대사가 좋아진 탓인지, 유카타가 축축하게 젖어 있었다.

난 몸을 일으키며 말했다.

"저기, 목욕하러 갈래?"

"열려 있어? 이 시간에?"

"여기 온천은 24시간 사용할 수 있을 거야."

"뭐? 굉장하네."

코자쿠라가 으——응 신음하며 몸을 뒤척였다. 우린 대화를 멈추고 스마트폰 불빛 속에서 눈짓을 하며 갈아입을 옷과 수건을 품에 안고 슬며시 장지문을 열고 복도로 나왔다.

발소리를 죽인 채 낡은 여관 복도를 걷던 두 사람은 누가 먼저라 할 것도 없이 쿡쿡 웃음을 흘렸다. 어릴 때로 돌아가 모르는 저택을 탐험하고 있는 것 같은 기분이었다. 옆을 보니 토리코도 장난꾸러기 같은 미소를 짓고 있었다. 나와 비슷한 생각을 하고 있다는 건 굳이 묻지 않아도 알 수 있었다.

아까 지나쳤을 때는 밝았던 로비도 프런트 이외의 조명을 최소한으로 꺼둔 상태였다. 벽 쪽의 어두운 곳에서는 곰 박제나 인형이 유리구슬의 시선을 쏟아내고 있었다. 그곳만 빛나고 있는 카운터 안에는 전통복 차림의 종업원이 한 명 있었지만 우린 숨바꼭질을 하고 있는 것 같은 기분이 들어 등을 돌리고 있는 사이에 몰래 빠져나갔다. 빨간 카펫을 밟는 우리의 발소리가 암흑 속에서 조용히 울렸다. 들켰을까? 글쎄? 조마조마한 가슴으로 우리는 서로 소곤거렸다.

탈의실은 이런 시간에도 변함없이 밝았다. 우리 이외에 손님은 한 명뿐, 목욕 수건을 두르고 세면대 앞에 앉은 여성이 헤어드라이어로 머리를 말리고 있었다.

어디든 마음대로 사용할 수 있었지만 우린 일부러 서로 이웃

한 로커에 동전을 넣었다. 먼저 옷을 벗은 건 이번에는 토리코 쪽이었다. 띠를 풀고 유카타를 털썩 떨어뜨린 후 안에 입은 티 셔츠와 바지를 후다닥 벗었다. 눈을 동그랗게 뜬 나에게 알몸의 토리코가 활짝 웃었다.

"아하하."

나도 모르게 소리 내서 웃어버리고 말았다. 우리의 마음은 이 미 완전히 어린아이로 돌아가 있었다. 유카타를 벗으려다 어느 샌가 단단하게 묶인 띠 때문에 애를 먹고 있자 토리코가 나에게 로 손을 뻗었다. 길고 요령 좋은 손가락이 매듭을 느슨하게 해 당기자 스르륵 띠가 풀리며 유카타 앞쪽이 벌어졌다. 내가 알몸 이 되자 크윽——하고, 토리코가 말이 안 되는 소리를 질렀다. 그저 둘이 알몸이 된 것만으로도 즐거워서 참을 수 없다는 느낌 의 목소리였다. 벗은 옷을 로커에 집어넣는 시간도 애가 탔고, 우리는 몸을 씻는 곳으로 뛰어들었다.

심야임에도 불구하고 큰 욕탕에는 몇 명의 손님이 있었다. 분 명 우리처럼 밤중에 눈을 떠 땀을 씻으러 온 거겠지.

"소라오, 밖으로 나가자!"

"응."

손잡이가 달린 통으로 물을 떠 몸을 씻은 후 우리는 노천탕으 로 나갔다. 밖에는 아무도 없었다. 추위에 비명을 지르면서 다 시 바위탕으로 들어갔다. 뜨거운 물에 몸을 담그고 우리는 "하 아——" 긴 한숨을 내쉬었다.

"재미있어……."

토리코가 진지한 어조로 말했다.

"소라오랑 같이 있는 게 정말 즐거워."

"응, 나도."

솔직한 마음이 스르륵 입에서 흘러나왔다.

"토리코랑 계속 이렇게 지내고 싶어."

"나도!"

"토리코랑 함께라면 어디든 갈 수 있을 것 같아."

"갈 수 있어, 함께 가자."

"응, 그러자!"

그렇게 서로 이야기를 나누다 역시 좀 창피해져서 우리는 껄껄 웃었다.

현기증이 나기 전에 바위탕에서 나와, 둘이 함께 밖에 있는 다양한 종류의 온천을 시험해보았다. 벽에서 작은 폭포처럼 물이 떨어지는 폭포탕, 평평한 바위 위를 뜨거운 물이 흐르고 있는 침탕, 사람이 한 명 정도 들어갈 사이즈의 항아리탕……. 할 수 있는 건 그저 뜨거운 물에 몸을 따뜻하게 하는 것뿐인데 둘이 있으니 전부 다 엄청 재미있어서 마치 유원지에서 놀고 있는 것 같았다.

대충 시험해본 이후 우린 다시 원래 있었던 바위탕으로 돌아왔다. 어깨가 서로 닿을 거리에서 둘이 나란히 밤하늘을 올려다보았다. 목욕탕 조명 때문에 밤하늘의 별이 쏟아질 것처럼 보이는 건 아니었지만 고요한 밤에 올려다보는 가을밤 하늘은 간단히 말해 로맨틱했다.

"아름답다."

내가 중얼거리자 토리코가 내 어깨에 머리를 기댔다.

"응──? 왜 그래?"

내가 묻자 싱긋 웃으며 토리코가 말했다.

"소라오, 좋아해."

"고마워. 나도 토리코를 좋아해."

난 아무 생각 없이 말했다. 평소와 달리 솔직한 마음이었기 때문에 평소라면 쑥스러워서 하지 못할 말이라도 입 밖으로 내뱉는 데에 저항은 없었다.

토리코가 갑자기 숨을 죽였다.

좀 이상해서 옆을 보니, 밤에 봐도 확실히 알 수 있을 정도로 토리코의 얼굴이 새빨개졌다. 남색 눈동자는 글썽거리며 흔들리고 있었다.

앗, 또 현기증이 난 건가──라고 생각한 그 순간, 물속에서 토리코의 오른손이 나의 왼손에 닿았고 더듬거리다 꽉 잡았다.

감전된 것 같은 충격에 난 움직이지 못했다.

"정말?"

토리코의 목소리는 쉬어 있었다.

"정말?"

예고도 없이 갑자기, 우리는 또다시 무시무시하고 위험한 장소로 이동했다.

뛰어내리면 되돌아갈 수 없을 것 같은 심연의 끝에서 둘이 손을 잡고 있는 것 같았다. 그 손이 브레이크가 될지, 서로를 끌어당겨 떨어뜨릴 매개체가 될지조차 알 수 없는 채——.

난 멍하니 토리코의 얼굴을 돌아보았다. 매달리는 듯한 눈을 하고 있었다. 직접 꺼낸 말에 충격을 받고 있는 것처럼 보였다. 다음에 나올 한 마디에 따라 무너져 내리고 말 것 같은 위태로움을 느끼며 내 혀는 얼어붙었다.

토리코의 눈을 바라본 채, 난 신중하게 고개를 끄덕였다.

손을 잡은 힘이 강해졌다. 토리코의 눈이 점점 크게 벌어졌다. 패닉에 빠지기 시작한 것처럼 숨이 얕고 빨라졌다.

시선을 피하지 않고 손을 잡힌 채로 가만히 있자 안심한 것인지 조금씩 토리코의 어깨에서 힘이 빠지는 것이 느껴졌다.

난 안심할 때가 아니었지만 지금은 토리코가 더 위험했다. 진정을 시키려고 난 어떻게든 미소를 지어 보였다.

토리코가 눈을 내리깔았다. 긴 속눈썹에 맺힌 물방울이 반짝반짝 빛났고 나도 모르게 넋을 잃을 정도로 아름다웠다. 그 시선이 나의 얼굴에서 천천히 밑으로 내려갔다. 젖어서 물든 입술에서 한숨 같은 소리가 흘러나왔다.

"가……."

가?

"가슴이 귀엽네…… 소라오……."

세계가 움직임을 멈췄다. 나쁜 의미로.

멍하니 토리코를 돌아보는 사이, 가슴속에서 부글부글 분노가 끓어올랐다.

너…… 이 상황에서…….

달리 할 말도 많을 텐데, 하필이면 그런 말을?!

그리고 보니, 이 녀석, 낮에도 엄청 이쪽을 보고 있었는데, 왠지 계속 가슴을 보는 것 같았어. 기분 탓이 아니었던 거야?

난! 최대한! 안 보려고 했는데!!

너ーーーーーーー!!

토리코와 만난 이후 가장 큰 소리가 나올 뻔한 바로 그때, 나의 시선에 다른 사람의 인영이 들어왔다. 토리코의 어깨너머, 폭포탕 앞에 어느샌가 다른 손님이 서 있었다.

나의 시선을 깨달은 것인지, 토리코도 홱 돌아보았다.

"아…… 사람이 있구나."

겸연쩍은 듯 중얼거리는 옆모습을 난 가슴을 가리면서 강렬하게 노려보았다. 사람이 없으면 어떻게 할 생각이었는데? 이 엉큼한 금발 녀석.

"응? 왠지…… 이상하지 않아?"

토리코가 눈살을 찌푸렸다. 대체 뭐가? 얼버무리려고 하지 마.

"움직이질 않아, 저 사람."

"뭐?"

한 번 더 어깨너머를 쳐다보았다. 토리코가 말한 그대로였다. 알몸이니 손님인 건 틀림없는 것 같은데 어떤 탕에도 들어가질 않고, 걷고 있는 도중인 것처럼 어중간한 자세로 굳어 있었다.

다음 순간, 난 무심코 물에서 일어났다.

"사람이 아니야."

"뭐?"

"마네킹이야."

토리코도 일어섰다. 피부에 느껴지는 차가움이 밤바람 탓인지, 소름이 끼친 탓인지 구별되지 않았다. 납작한 돌 위에 놓여 있는 건 분명 플라스틱 마네킹 인형이었다.

"뭔가 이상해. 나가자."

토리코도 굳은 표정으로 고개를 끄덕였다. 우리는 바위탕에서 나와 물방울을 털면서 빠른 걸음으로 밖에서 건물 내부로 들어갔다.

곤란해. 이건 곤란해. 이 타이밍에 이세계와 접촉하는 건 최악이었다. 어쨌든 두 사람 다 무방비한 상태에 알몸이었으니까. 장난이 아니었다.

"으윽......"

안으로 들어가는 문을 열고 우리는 신음했다.

몸을 씻는 곳이나 욕조에 있던 사람들도 마네킹이 되어 있었다. 머리를 감는 듯한 자세로 플라스틱 의자에 앉아 있는 마네킹. 욕조에서 고개를 젖히고 천장을 보고 있는 마네킹. 아까 봤을 때와 같은 장소, 기억에 남아있는 그 자세 그대로 마네킹이 놓여있었다. 어쩌면 깨닫지 못했을 뿐, 처음부터 그랬던 건 아닐까?

건물 내 목욕탕을 서둘러 빠져나가 탈의실 문을 연 우리를 헤어드라이어 소리가 맞이했다. 세면대 앞에 앉아 머리를 말리던 여성도 같은 자세 그대로였다. 역시 이것도 마네킹이었다. 헤어드라이어의 열기가 똑같은 곳을 계속 머무른 탓인지 머리 측면이 탄 것처럼 변색되어 있었다.

지금이라도 이쪽을 돌아보는 건 아닐까, 겁내면서 로커를 열고 대충 몸을 닦은 후 유카타를 다시 입었다.

"가자!"

"응……!"

탈의실을 나와 쿵쾅쿵쾅 달려서 로비로 돌아왔다. 어둠 속에 프런트가 밝게 빛나고 있는 것을 보고 나도 모르게 안심했다.

그 순간, 그게 틀렸다는 것을 깨달았다. 카운터에서 등을 돌리고 있는 종업원이 시끄럽게 달려온 우리를 돌아보지도 않았다. 마네킹이라는 걸 일부러 확인해볼 생각은 들지 않았다.

방으로 돌아가려다 우리는 멈춰 섰다. 어두운 복도 끝, 비상등의 녹색 불빛을 받으며 인영이 앞을 가로막고 있었다. 남자 마네킹이었다. 몸 옆으로 들어 올린 팔을 굽혀 움츠린 채 W 형태를 하고 이쪽을 똑바로 바라보고 있었다. 운동복을 입고 차양이 있는 모자를 쓰고 있었다.

눈이 어둠에 익숙해진 탓인지 아니면 서서히 가까워지고 있는 것인지. 마네킹 특유의 정돈된 얼굴이 점점 더 확실하게 보였다.

총은 두 사람 다 방에 두고 와버렸다. 돌아가려면 저 마네킹을 향해 갈 수밖에 없는 것인가……?

아니, 잠깐만.

난 관내 도면을 떠올렸다. 증축해서 다소 복잡하긴 하지만 멀리 돌아가면 다른 길로도 갈 수 있을 것이다.

"토리코, 이쪽!"

난 토리코의 손을 잡아끌고 로비부터 이어진 다른 복도로 달려나갔다.

복도는 바로 내려가는 계단으로 이어졌다. 아래층에는 커다란 객실이 늘어져 있는 듯, 긴 복도 양쪽에는 장지문이 끝없이 줄지어 있었다.

모퉁이를 돈 순간, 눈앞에 곰 박제가 서 있었기 때문에 나도 토리코도 펄쩍 뛰어올랐다. 이 녀석, 방금까지 로비에 있었던 녀석 아니야?!

움직이지 않는 박제 옆을 빠져나가자, 가는 곳마다 모퉁이나 장지문 틈에서 산새나 사슴 박제가 엿보고 있었고 그때마다 우리는 간이 철렁했다. 고요한 여관 안에 두 사람의 발소리만이 메아리치고 있었다. 이윽고 다른 계단과 맞닥뜨렸다. 위층에서 들리는 건 몇 사람의 웃음소리, 접시나 컵이 스치는 소리. 연회 소리야!

드디어 사람들이 내는 소리를 듣고 안심하며 서로 얼굴을 마주 보았다. 이런 밤중에 아직도 떠들고 있다니, 평소라면 분노밖에 일지 않았겠지만 이번만은 잘했다고 칭찬해주고 싶은 기분이었다.

계단을 올라가니 슬리퍼가 주르륵 늘어서 있는 게 눈에 들어왔다. 복도는 금방 막다른 곳에 다다랐고 그 끝이 그대로 장지문으로 되어 있었다. 장지문 틈이 열려 있었고 그곳에서 불빛과 소리가 흘러나왔다.

마침 그때, 장지문 틈에서 손이 뻗어 나와 우리 눈앞에서 타악 장지문을 닫아버렸다.

"응? 잠깐만."

토리코가 엉겁결에 말을 건네며 장지문에 손을 댔다. 난 말리지 않았다. 둘 다 제대로 된 인간의 소리에 굶주려 있었으니까. 갑자기 방에 들어가면 수상하게 여길 거라는 건 알고 있었지만 어쨌든 평범한 인간이 먹고 마시며 떠들고 있는 모습을 보고 싶었다.

그런데 토리코가 장지문을 잡아당겨 연 순간, 모든 소리와 불빛이 사라지고 말았다.

"거짓말."

난 멍하니 중얼거렸다.

연회가 열리고 있다고 생각한 객실은 어두웠고 수십 개의 마네킹이 그저 뿔뿔이 우뚝 서 있을 뿐이었다.

"소라오, 뒤에!"

토리코가 방금 온 방향을 손가락으로 가리키며 경고의 말을 건넸다. 뒤를 돌아보니 지금 막 올라온 계단으로 그 모자를 쓴 마네킹의 코부터 위쪽이 언뜻 보였다.

쫓아오고 있어──! 도망치려면 객실로 들어갈 수밖에 없었다. 드문드문 놓인 마네킹 사이를 조마조마한 마음으로 빠져나가자 막다른 벽도 장지문으로 되어 있었다.

그 앞도 어두운 객실이었다. 다다미 위에 마네킹 팔만 몇 개 떨어져 있었다. 뭔가 그 곁에는 잘 접힌 빨래가 쌓여 있었고 여성 마네킹이 엎드린 자세로 쓰러져 있었다. 우린 팔을 발로 차 버리면서 더욱더 앞으로 달려갔다.

다음 장지문을 열자 유카타를 입은 남자의 뒷모습이 보였다. 책상다리를 하고 앉아 반대편을 바라보고 있었다. 남자 앞에는 낡은 브라운관 TV가 있었다. 우리가 들어온 게 신호였던 것처럼 TV 화면이 켜졌다. 깜빡거리는 푸른빛이 미동도 하지 않는 남자와 우리를 비추고 있었다——.

난 순간적으로 오른쪽 눈으로 TV 화면을 보았다. 은색 안개가 껴 있는 걸 확인하고 외쳤다.

"토리코! TV를 만져!"

토리코는 바로 나의 의도를 이해했다. 어둠속에 투명한 왼손이 잔상을 남겼고, 푸른 화면 안으로 들어가 TV를 만졌다. 그 손이 주먹을 쥔 채 끌어당기자 은색 안개가 물보라처럼 흩어졌다.

갑자기 발밑의 다다미가 사라지는 것 같더니 나와 토리코는 떨어졌다. 끝없는 암흑 속에서 손을 잡고 비명을 지르며 우리는 떨어졌다——.

9

"으아아아악?!"

나랑 토리코는 동시에 이불 위에서 벌떡 일어났다.

"으앗, 뭐야?!"

툇마루 의자 위에서 코자쿠라가 깜짝 놀란 얼굴로 우리를 바라보았다.

"어…… 어라?"

아침이었다. 미닫이문이 열려 있었고 밝은 햇살이 방을 비추고 있었다.

"좋은 아침."

코자쿠라가 비아냥거리며 말했다.

"조…… 좋은 아침."

"좋은 아침……이에요."

"두 사람 다 악몽이라도 꿨어?"

나와 토리코는 혼란스러운 얼굴로 얼굴을 마주보았다.

꿈……? 그런 바보 같은. 기억은 완전히 연속하고 있었다. 둘이 밤중에 일어나 목욕을 하러 갔다가 마네킹과 맞닥뜨려 도망치고……. 아니, 아니면 처음부터 꿈이었던 걸까? 밤중에 눈을 떴을 때부터 계속?

혼란스러운 가운데, 문득 나는 토리코의 시선이 향하고 있는 곳을 깨달았다. 시선을 쫓아 흐트러진 나의 앞가슴을 내려다봤을 때, 난 유카타 안에 아무것도 입지 않았다는 것을 떠올렸다. 역시 꿈이 아니야! 탈의실에서 도망쳤을 때, 서두르려고 맨몸에 직접 입었었다.

유카타를 여미며 맨몸을 가린 후 난 토리코를 노려보았다. 토리코가 모르는 척하면서 눈을 돌렸다. 어이, 엉큼한 금발 녀석. 그 최악의 발언을 난 아직 기억하고 있다고.

하지만……꿈이 아니었다면 언제 어떻게 이불로 돌아온 거지,

우리는?

코자쿠라가 하품을 하며 자리에서 일어났다.

"아니——, 오랜만에 푹 잤어. 맥주밖에 없어서 방심했는데 꽤 많이 마신 건가? 언제 이불에 들어갔는지 기억이 안 나."

내 머리를 슥슥 쓰다듬으며 코자쿠라가 말했다.

"두 사람 다 머리가 엉망이잖아. 머리가 젖은 채로 잤어? 마침 잘됐는데 아침 목욕이나 할까?"

"아……네에."

반사적으로 대답을 해버렸지만 아니, 또 목욕을? 체감 상으론 방금 전에 한 것 같은데.

하지만 확실히 몸은 또 땀투성이였고 나도 토리코도 머리가 엄청 흐트러진 상태였다. 평범하게 생각하면 씻고 오는 게 분명 좋을 것이다.

그렇다고 해도…….

우리가 주저하는 걸 모른 채 코자쿠라가 목욕 도구를 정리하면서 기분 좋게 말했다.

"오기 전에는 1박이면 충분할 거라고 생각했는데 2박을 하게 돼서 다행이야. 오늘은 어떻게 할래? 또 온종일 느긋하게 보내는 것도 좋지만 이 근처를 놀러 다니는 것도 나쁘지 않을 것 같은데."

뭐……. 어쨌든 코자쿠라가 행복해 보여서 다행일지도. 나랑 토리코가 경험한 공포를 혼자만 맛보지 않고 끝났으니까. 토리코와 내가 억지를 부려 데리고 왔는데 공포 체험까지 하게 만들면 역시 너무 미안하겠지.

하지만 여길, 그 체험 이후로 하룻밤 더 머무는 거야? 진짜……?

"우와, 이게 뭐야?"

코자쿠라가 장지문을 열고 소리를 높였다. 뒤에서 엿보던 우리는 숨을 삼켰다.

방 밖의 복도에는 마치 밤중에 많은 손님이 있었던 것처럼 몇 개의 슬리퍼가 발끝을 이쪽으로 향한 채 늘어서 있었다.

이세계
Otherside
Picnic 4
피크닉
이세계 야행

이세계 야행

I

11월 말, 시험기간이 끝났을 무렵, 개조가 끝난 AP—1을 겨우 받을 수 있었다.

다시 코자쿠라의 저택에 AP—1을 반입하고 나랑 토리코는 나츠미의 설명을 들었다.

"엔진 스왑만 하는 건 역시 불가능했어요. 그래서 바퀴 부분부터 전부 바꿨어요. 콤바인의 정크 부품을 찾아 크롤러를 통째로 이식하고……힘들었어요, 진짜. 이런 걸 만져본 게 처음이라."

"진짜네, 꽤 거친 느낌으로 변했어. 강해 보여."

AP—1 옆에 웅크리고 앉은 토리코가 두꺼운 고무 무한궤도를 발견하고 감탄한 듯 말했다.

"강해요. 가동 전륜에 지형에 맞춰서 크롤러가 움푹 패여 있기 때문에 오프로드를 달리는 게 꽤 편해졌을 거예요."

작업복 허리 부분에 손을 대고 이치카와 나츠미가 가슴을 폈다. 퉁명스러웠지만 자랑스러운 말투였다.

"전에는 가솔린 엔진이었지만 디젤 엔진으로 바꿨어요. 수랭식 4사이클 3기통이에요. 그래서 연료도 경유로 바뀌었으니까 실수하지 않도록 주의해주세요."

"알았어."

난 고개를 끄덕이며 새롭게 변한 차체를 여기저기 관찰했다. 이전에는 차체 오른쪽 무한궤도 위에 하얀 덮개로 덮여 있었던 엔진이 없어지고 대신 좌우 무한궤도를 잇는 형태로 한결 큰 엔진이 설치되어 있었다. 담배밭의 밭두둑을 뛰어넘을 필요가 없으니 아래쪽 공간을 부수고 엔진을 배치함으로써 중량 밸런스가 한쪽으로 치우치지 않도록 한 것 같았다.

"속도는 어느 정도 나와?"

난 고개를 들고 물었다. 애초에 나츠미에게 개조를 의뢰한 것도, 최고라 해도 시속 3킬로가 한계라는 느린 발을 어떻게든 하고 싶었기 때문이었다.

"통상 속도로 시속 10킬로 정도예요. 최고 속도는 15킬로."

"그 정도뿐이야?"

무심코 되묻자 나츠미는 화가 난 얼굴로 변했다.

"미리 말해두겠지만 10킬로는 충돌하면 여유롭게 앞으로 날아갈 속도라고요. 이 차는 안전벨트도 없고, 이렇게 작은 의자뿐이니까."

"아, 그런가?"

"그래요. 이건 차체가 가벼워서 진짜 스피드를 내고 싶다면 이 엔진으로도 3, 40킬로는 갈 수 있겠지만. 오프로드에서 달리게 하고 싶은 거죠? 그럼 관두는 게 좋아요."

"10킬로가 어느 정도야?"

토리코가 일어나서 물었다.

"쇼핑용 자전거 정도예요."

"아──, 그 정도야?"

"오프로드에서 10킬로라고요."

"아, 그건 굉장하네."

깜짝 놀라 목소리 높이는 토리코. 나츠미는 이제 알았냐고 말하고 싶은 듯 어깨를 으쓱거렸다.

쭈뼛쭈뼛 난 물었다.

"그래서…… 추가 요금은 얼마야?"

얼굴을 찡그리며 잠시 생각한 후 나츠미가 말했다.

"10만 엔이면 돼요. 재료비 정도로."

"뭐……? 그걸로 충분해?"

"뭐, 처음에 그렇게 말했으니까요."

아니, 분명 적자일 거야, 이거. 산누키카노 일에 대한 사례의 뜻으로 인건비를 도외시하고 맡아줬지만 이렇게까지 크게 개조해준 걸 보면 역시 좀 민망했다.

내가 곤란해하고 있자 토리코가 차체 왼쪽 좌석에 앉아 말했다.

"나도 낼게, 소라오랑 똑같이. 2배 정도면 조금은 도움이 되지 않겠어?"

"그러면 솔직히 보탬이 좀 되겠네요."

"그럼 그렇게 해."

"감사합니다."

직접 나츠미에게 말을 꺼냈기 때문에 혼자 돈을 낼 생각이었던 난 당황했다.

"괜찮겠어?"

"물론이지. 우리 두 사람의 차니까."

토리코가 그렇게 말하며 방긋 웃었다.

그때 나츠미가 뚱한 얼굴로 끼어들었다.

"맞아요. 본인들 차니까 직접 정비할 수 있게 제대로 좀 배워 두세요. 완전히 망가지면 저한테 갖고 오면 되겠지만 오프로드에서 몰고 다니려면 잔고장은 꽤 잦을 테니까……."

고장이 났을 경우 처치에 대한 나츠미의 설명을 나와 토리코는 얌전히 들었다. 메모를 하면서 들었지만 현실 세계에서 쓴 글자는 이세계에서는 읽을 수 없기 때문에 최대한 기억해둬야 했다. 우리가 너무나도 진지했기 때문인지 나츠미는 반대로 당황한 것 같았다. 어쨌든 이세계에서 AP—1이 망가지면 경우에 따라서는 목숨에 지장이 생기게 된다.

강의를 끝내고 짐을 내려놓은 나츠미가 트럭 운전석에 올라타면서 이상한 듯 물었다.

"그건 그렇고 이런 말하는 건 좀 그렇지만 이렇게 이상한 차를 주문해서…… 어디에 타고 가실 건데요?"

"좋은 장소가 있어. 사람들이 없어서 폐를 끼치지 않을 만한 장소."

"흐음——, 알려지지 않은 숨은 명소인가요?"

"뭐, 그렇지."

"흐——음. 하지만 조심하세요, 곰이 나타나면 곰이 더 빠를 테니까……."

이치카와 자동차 정비공장 트럭이 달려가는 것을 배웅하면서 난 토리코와 얼굴을 마주했다.

"곰이래."

"곰은 싫어."

"내 눈도 토리코의 손도 의미가 없으니까……."

"소라오의 눈은 시험 해봐도 괜찮지 않을까?"

"효과가 있다고 해도 〈단순한 곰〉이 〈발광한 곰〉으로 버전업하는 것뿐이잖아."

난 AP—1의 오른쪽 좌석에 올라타고 다시 한번 엔진을 켰다.

처음으로 슈우웅 모터가 돌면서 엔진이 덜덜거리더니 흰 연기가 난 후 부르르르르릉…… 경쾌한 소리가 터져 나왔다. 새롭게 소음 장치가 설치되어 있었기 때문에 초기의 가솔린 엔진보단 좀 조용해진 것 같았다.

"그럼 시운전을 좀 해볼까?"

"어서 가자!"

토리코가 연 게이트를 통해 새로워진 AP—1을 이세계로 반입했다.

사람이 오지 않고 민폐를 끼치지 않는 우리의 놀이터로——.

2

게이트를 나오자마자 우리는 개조 AP—1의 시운전을 시작했다.

언덕을 올라갔다 내려오고 초원을 빙글빙글 돌기도 했다. 대충 동작을 확인한 후, AP—1을 게이트 옆에 정차시키고 엔진을 껐다. 조용해졌을 때, 토리코가 위기감이 드러나는 목소리로 말했다.

"이거, 의자를 어떻게든 해야겠어."

"그래…… 엉덩이가 파멸될 것 같아……."

딱딱한 플라스틱 의자에 앉은 채 울퉁불퉁한 지면을 달리자 부드러운 엉덩이 살 안쪽에 딱딱하고 뾰족한 엉덩이뼈가 있다는 사실이 저절로 깨달아졌다. 나츠미는 옳았다. 시속 3킬로로 달릴 때는 오오——흔들리는구나——정도로 끝났지만 10킬로가 되자 크게 달랐다.

좌석에서 내려와 굳어진 허리를 쭉 펴면서 난 말했다.

"일단 쿠션을 사러 갈까?"

"자동차 용품점에서 팔려나?"

"글쎄, 자동차 시트보단 훨씬 작아야 하는데."

"방석이든 뭐든 괜찮은데……어쨌든 뭔가 없는지 찾아보자."

어쨌든 이걸로 멀리 여행하기 위한 발은 손에 넣었다. AP—1을 놔두고 엉덩이를 쓰다듬으며 우리는 이세계를 뒤로 했다.

그 이후 3주 동안은 여러 가지 물건을 쇼핑하거나 준비 작업으로 시간을 보냈다.

좌석의 딱딱함은 대형 바이크용 시트 쿠션으로 어떻게든 커버했다. 장시간의 투어링 용으로 젤이 들어간 쿠션이 팔리고 있었고 벨트로 감는 타입을 시험해봤더니 그럭저럭 AP—1의 좌석에 장치할 수 있었다. 이게 꽤 비싼 가격이라, 사보긴 했지만 못 쓰게 된 것까지 포함하면 3만 엔 가까이 나가서 난 구슬픈 기분이 들었다.

게이트 옆에 AP—1을 놔둘 차고가 있다면 좋을 텐데, 라는 이야기는 이전에도 한 적이 있었는데 이건 의외로 쉽게 실현되었다. 조립식 파이프 차고라는 것이 있는데 우리끼리도 만들 수 있을 것 같았다.

간단하다고 해도 파이프 차고 본체만 4만 엔 정도였다. 접사다리나 쇠지레, 삽, 망치 같은 필요한 공구까지 합치면 대략 5만 엔 정도가 들었다. 게다가 이 조립 작업이 꽤 힘들었다.

우선 사전 준비로서 게이트 근처 평평한 장소를 선택해 그곳에 풀을 완전히 베고 뿌리까지 뽑아뒀다.

다음으로 인터넷으로 산 파이프 차고가 든 커다란 상자를 코자쿠라 저택으로 주문해 게이트를 통과한 후 개봉. 줄자랑 곱자로 필요한 치수를 정확하게 측정해 지면에 선을 긋고 사방의 땅을 파서 파이프를 깊게 묻었다. 긴 변이 평행이 되도록 주의해서 이어진 파이프를 배치한다. 맞붙은 부분이 빠지지 않도록 망치로 탕탕 두들기고 금속 파이프를 몇 개나 메워야 했다. 이것만으로도 꽤 힘든 작업이었다.

지면과 접한 좌우 평행선이 생기면 거기에 맞게 이번에는 세로로 파이프를 세운다. 내가 똑바로 떠받친 파이프의 상단을 토리코가 덧대는 나무 위에서 망치로 두들겼다. 왼쪽에 4개, 오른쪽에 4개. 처음에 세운 사방까지 합쳐서 12개의 파이프를 전부 같은 높이로 준비했다.

다음으로 위에 가설된 아치를 끼워서 좌우의 기둥과 연결했다. 기둥이 좀 기울어져 있어 그 장력으로 아치가 고정된다는 설계였기 때문에 아무래도 힘을 쓰는 작업이 되었다. 이걸 둘이서 하는 건 꽤 힘들었다. 첫 번째 아치부터 몇 번이나 해봐도 잘 안 되었고 어딘가 문제가 생긴 건 아닌지 서로 의논하다 YouTube에서 파이프 차고 조립 동영상을 보기 위해 한 번 현실 세계로 돌아와야 할 정도였다.

어떻게든 6개의 아치를 연결하고 양쪽 사이드와 천정의 중심에 대들보가 될 파이프를 통과시켜 차고의 골조가 완성됐을 때 이미 둘이서 소리를 지를 정도로 기뻐하고 말았다. 마지막으로 앞뒤로 장막과 천막을 씌우고 말뚝과 로프로 활짝 펼치자 드디어 우리의 차고가 완성되었다.

오전 10시에 집합했을 때는 '점심때까지는 끝나지 않을까?'라며 느긋한 말을 내뱉었지만 잘못 짚어도 한참 잘못 짚어서 결국 하루 정도가 걸리는 작업이 되었다. 어쨌든 이걸로 더 이상 소중한 AP—1을 들판에 내버려 두지 않아도 되었다. 그날 마신 맥주는 엄청 맛있었다.

그 이후 헛간도 샀다.

AP—1은 폭도 높이도 있기 때문에 파이프 차고도 미니밴용 크기의 것을 사야 했지만 그런 것치고는 총 길이가 짧아 차고 안 공간에는 여유가 있었다. 그래서 가장 안쪽에 헛간을 설치하기로 했다.

작은 걸 인터넷으로 구입하려고 했는데 이것도 2, 3만 엔 정도는 훌쩍 넘긴다는 걸 알고 난 충격을 받았다.

"비싸……! 응? 정말 이렇게 비싼 거야? 고작 헛간이잖아? 아니, 고작이라고 말하는 건 좀 그렇지만."

"이런 실용품에 돈을 아껴봤자 좋을 게 없다니까. 밖에서 사용하는 거니까 물에 젖거나 녹이 스는 건 싫잖아."

"그야 그렇지만…… 6천 엔 정도일 거라고 생각했으니까……."

"그건 너무 얕본 거 아니야?"

조립이나 공사비용을 뺀 가격이니까 이 정도도 보통보다는 쌌다. 즉, 보통 헛간을 사면 업자가 조립을 해주게 된다. 하지만 우린 둘이서 할 수밖에 없었다.

토대를 만들기 위한 콘크리트 블록을 기진맥진하며 게이트를 통해 반입하면서 토리코가 말했다.

"이럴 때 아카리를 부르면 아주 기뻐하면서 도와줄 텐데……."

"안 돼."

"그렇게 말할 줄 알았어."

"다른 사람은 안 돼. 나랑 토리코만. 나머지는 절대로 안 가르쳐줄 거야."

"알았어, 알았어. 화내지 마."

"화 안 냈거든."

차고 안으로 무거운 철판을 옮기느라 땀을 뻘뻘 흘리며 조립해 어떻게든 헛간을 설치했다. 역시 둘이서만 하는 건 꽤 위험했다. 혹시 다치거나 천막에 걸려 찢어지는 건 아닐지 줄곧 조마조마한 마음으로 한 작업이었다.

땀투성이로 차고에서 나와 우리는 초원 위에 털썩 드러누웠다.

뺨을 쓰다듬는 차가운 바람을 느끼면서 방심하고 있는데 토리코가 중얼거렸다.

"우선 넓은 곳에서 헛간을 만든 후 차고를 세울 걸 그랬어……."

"알아……굳이 그런 말 하지 마……."

그때까지 땅바닥에 내팽개친 채 놔뒀던, 차고를 만들기 위해 사용한 공구를 헛간에 정리한 후, 우리는 녹초가 되어 현실 세계로 돌아왔다.

"하아── 땀으로 몸이 끈적끈적해! 샤워해야지, 샤워."

"토리코 먼저 해."

"같이 안 할래?"

"아뇨, 먼저 하시죠."

"왜에?"

상처 입은 듯한 눈으로 바라보는 토리코를 난 못 본 척했다. 얼마 전 온천 여행 이후, 토리코는 가끔 이런 말을 꺼냈다. 그렇게 함께 욕탕에 들어가는 걸 싫어했으면서 정말 뭐야? 그냥 같이 해도 되지만 권하는 방법이 일일이 좀 수상하잖아, 넌. 옷을 벗으면 분명 또 뚫어지게 처다볼 것 같아서 싫어.

게이트를 출입하는 작업이 계속되는 사이에 어느샌가 코자쿠라 저택의 샤워실을 사용하는 게 당연한 일이 되었다. 처음에는 떨떠름하던 코자쿠라도 찾아갈 때마다 선물을 사 갔더니 태도가 좀 부드러워져서 샤워실은 마음대로 사용해도 된다고 말해줬다.

"선물에 눈이 멀어서 그런 게 아니야, 너희가 사회성을 기르고 있다는 사실에 안심한 거지."

그것이 이케부쿠로의 백화점 지하에서 산, 비싼 쿠키를 받아 들면서 했던 코자쿠라의 변명.

"그럼 선물은 필요 없다는 뜻이야?"

그렇게 여느 때처럼 쓸데없는 말을 덧붙인 토리코는 '넌 정말 그런 태도를 고쳐야 해'라는 원래라면 듣지 않아도 될 설교를 듣는 처지가 되었다.

샤워를 끝내고 개운해진 몸으로 코자쿠라를 포함한 셋이 함께 밥을 먹는 일도 늘어났다. 그렇다 해도 요리를 하는 건 아니었다. 피자나 중화요리 같은 배달 음식을 주문했다. 가는 도중 편의점에서 산 캔 맥주나 캔 츄하이를 마음대로 냉장고에 넣어두고 같이 마시는 일도 많았다. 나랑 토리코는 막차가 끊기기 전에 돌아가야 하기 때문에 양이 아주 많은 건 아니었지만.

휑하고 썰렁한 인상이었던 코자쿠라 저택의 다이닝 키친은 조금씩 어수선해지고 있었다. 생활감이 느껴진달까…… 단순히 더러워지는 것뿐일지도 모르지만.

술이 들어가면 코자쿠라는 자주 온천 여행 때 이야기를 꺼냈다.

"얼마 전에 갔던 곳도 좋았지? 요리도 맛있었고 가끔 느긋하게 뜨거운 물에 몸을 담그는 것도 좋은 것 같아."

"그렇죠……."

"온천 여관에는 전혀 흥미가 없었는데 그런 느낌이라면 또 가도 좋겠어. 갔던 곳을 다시 가도 좋고 다른 곳을 시험해 봐도 좋고."

"그……그러게."

이 화제가 나올 때마다 나랑 토리코는 말을 더듬었다.

심야 노천탕에서 방으로 돌아가는 도중에 조우한 묘한 마네킹에 대한 일을 코자쿠라는 아직도 몰랐다. 2박 3일의 여행 가운데 첫째 날 밤에 그런 일을 당했기 때문에 나랑 토리코는 그 이후 계속 경계 태세였다. 다행히 그 이상은 아무 일도 일어나지 않았기에 코자쿠라만은 진심으로 온천 여행을 즐길 수 있었다. 여행의 취지로서는 틀리지 않았고 결과적으로 코자쿠라에게 피해가 가지 않아서 다행이었다고 생각한다. 하지만 또 무슨 일이 일어날지도 모른다고 생각하면……

또 하나의 이유는 토리코와 나 사이의 분위기 변화였다.

노천탕에서 단둘이 어깨가 서로 닿았던 그때…… 역시, 그때의 우리는 좀 이상했다.

아니, 아니야. 토리코가 이상했어. 내가 아니라. 그건 확실하게 해두고 싶다.

──소라오, 좋아해.

어머, 고마워. 너무 기뻐.

──가슴이 귀엽네.

잠깐만.

가슴을 뚫어지게 쳐다보며 그런 말을 했을 때, 난 꽤 충격을 받았다. 토리코의 입에서 그렇게 노골적인 말이 나올 줄은 몰랐으니까.

아니, 뭐, 역시 나도 처음 만났을 당시만큼 토리코를 완벽한 초인이라고 생각하지 않는다. 미인에다 빈틈이 없을 것처럼 보였지만 엄청 허술했고 쑥스러우면 실실 웃으며 야무지지 못하고 곤란해지면 얼어붙고 마는 점도 꼴사나웠다.

하지만 그렇다 해도 그건 좀 아니지 않아?

난 토리코의 알몸을 그렇게 빤히 보지 않으려 했다. 너무나 아름다운 아이가 살아서 움직이는 모습에 머리가 이상해질 것 같았으니까. 그런데 토리코는 말똥말똥 사양 없이 나를…….

생각하면 할수록 일본의 공중목욕탕 관습이 상도를 벗어난 것 같았다. 왜 알몸이 되어도 괜찮은 거지? 이상하지 않아? 동성끼리니까 누가 봐도 괜찮다는 뜻? 그런 이유가 정말 괜찮은 거야? 왠지 이렇게…… 파탄에 이르지 않을까?

토리코와 둘이 알몸으로 와자지껄하게 보냈던 일을 생각하면 어이가 없었다. 난 어떻게 그런 게 가능했던 거지?

이렇게 화가 나는데 토리코는 나만큼 그때의 일을 신경 안 쓰는 것 같았다. 신경 쓰긴커녕 재미를 붙인 듯 또 함께 목욕을 하고 싶어 했고, 내가 거절해도 크게 주눅 들지 않았다. 뻔뻔했다. 마치 그 정도는 거리를 좁혀도 된다고 내가 허락한 것 같은 태도였다.

아니……. 난 거기서 불안해졌다.

허락를 해준 게 되는 건가? 자각은 없어도 그런 사인을 준 건가? 그래서 토리코의 태도가 갑자기 이상해진 건가?

하지만 그런 거라면, 토리코의 태도가 이상해진 건 그때 시작된 일은 아니었다. 탈의실에서 내 몸을 힐끔거렸을 때부터, 아니, 온천 여행을 떠나는 게 결정됐을 때부터, 어쩌면 그 이전부터일지도 모른다. 다시 생각해보니……그래, 나하에서 보낸 그날 밤, 왜 이 녀석은 알몸으로 잠들었던 거지? 취해서? 단지 그것뿐?

나의 사고는 전라로 잠들었던 토리코의 모습에서 도망쳐 과거의 기억을 더듬으며 방황하기 시작했다.

오키나와에서 나의 수수한 수영복을 엄청 칭찬했지……그래놓고 내가 칭찬했더니 굉장히 쑥스러워했어……내가 부끄러워질 정도로…….

엄마랑 마마가 있고…….

엄마 두 사람이 결혼한 가정에서 자랐고…….

혼자가 되고…….

우루마 사츠키에게 심취하고…….

또 혼자가 되고…….

…………

사고를 다음 스텝으로 진행시키기 위해서는 평소보다 꽤 많은 용기가 필요했다.

어쩌면 토리코는 내가 생각한 것 이상으로 나와 거리를 좁히고 싶은 건가……?

──소라오, 좋아해.

──나도 토리코를 좋아해.

확실히 그렇게 말했지……. 깊이 생각하지 않고…….

그것 때문이야……. 그 이후 토리코의 상태가 단숨에 이상해졌으니까…….

나의 손을 아플 정도로 강하게 잡고 매달리는 듯한 눈으로 이쪽을 보는 토리코의 모습이 뇌리에 새겨져 지워지지 않았다.

마네킹의 출현으로 그걸 생각할 겨를이 없어졌지만 만약 방해

꾼이 끼어들지 않았다면 그 이후 어떻게 됐을까?

거기까지 생각하고 나의 사고는 항상 멈추고 만다.

호흡이 얕아지고 위장 주변이 꽉 조이고 심장박동이 빨라지고…… 엄청 친숙해져버린 신체의 반응으로 난 자신의 감정을 자각했다.

난 두려워하고 있었다.

토리코를?

아니…… 그렇지 않아.

토리코는 무섭지 않아. 다소 거동이 수상해도 토리코는 토리코니까. 나의 소중한, 둘도 없는 파트너였다.

두려운 건 토리코에 대해 어떻게 반응해야 좋을지 알 수 없다는 사실이었다. 아무리 무시무시한 장소라 해도 따라와 주고 계속 옆에 있어 주는, 신뢰할 수 있는 이 여자가 더욱더 나의 사적 영역으로 발을 들여놓았을 때, 어떤 태도로 대해야 좋을까——내 안에서는 아무런 대답도 낼 수 없었다.

지식도 없었다. 경험도 없었다.

아무것도 모르던 어릴 때로 돌아간 것 같아.

——그래. 그렇구나.

옆에서 아무 걱정 없이 웃고 있는 토리코를 바라보면서 불안한 마음과 함께 난 깨닫고 말았다.

난 어린애야…….

3

고민에서 도망치려고 난 탐험 준비에 몰두했다.

아웃도어 용품점에 틀어박혀 텐트나 침낭, 불 피우기 도구 같은 것을 음미하며 조금씩 준비하기 시작했다.

나의 캠핑 경험은 제대로 된 것은 아니었고, 확실하게 말하자면 폐허로의 불법침입과 불법 거주밖에 없었다. 토리코도 아주 어린 시절에나 캠핑을 해본 적이 있기 때문에 두 사람 다 실질적으로는 처음부터 다시 캠핑에 입문, 도구 수집도 감으로 할수밖에 없었다.

내가 가게 앞에서 나이프가 놓인 유리 케이스를 바라보며 몸을 웅크리고 있자 옆에서 토리코가 걱정스러운 듯 말을 걸었다.

"골똘히 뭔가 생각하는 얼굴로 칼을 바라보고 있는데, 괜찮은 거야?"

"나이프가 있는 게 더 좋을지 생각하느라."

캠핑 입문 책이나 잡지를 몇 권인가 읽어봤지만 대체적으로 책의 후반부에 나이프 사용법 코너가 있었고 잘 잘리는 좋은 나이프를 사라고 쓰여 있었다. 그런 걸 훑어보는 사이에 필요할지도 모른다고 생각하게 된 것이다.

토리코가 내 옆에서 유리 케이스에 얼굴을 가까이 가져다댔다.

"흐음――, 이거 멋있지 않아? 운철로 만들었대, 운석의 철."

갑자기 접근한 옆모습에 기가 꺾인 상태로 난 어떻게든 대답했다.

"어……엄청 비싸잖아."

"살 수 있는 가격이야."

"안 그래도 비용이 많이 들었으니까."

"으음——, 하지만 실제로 칼은 필요해. 무기도 될 거고."

"무기……."

유리 케이스 안에 있는 나이프를 내가 휘두르는 모습을 상상해봤다. 아니, 아니……무엇과 싸울 생각이지? 나의 오른쪽 눈이 있으면 분명 이세계의 괴물도 벨 수 있겠지만…….

우루마 사츠키에게 뒷머리를 잡혔을 때, 순간적으로 머리를 자르고 도망갔던 경험을 떠올리면 일괄적으로 말이 안 된다고 할 수 없기에 좀 곤란했다. 그때는 사교집단 신자들에게서 빼앗은 칼을 우연히 들고 있었기 때문에 다행이었지만 만약 빈손이었다면 어떻게 됐을까.

그렇다 해도 역시 아마추어인 내가 칼을 무기로서 들고 다니는 건 현실적으로는 생각할 수 없었다. 난 포기하고 유리 케이스에서 몸을 일으켰다.

"나에게는 좀 무리인 것 같아. 호신용으로 갖고 다닌다 해도 급하게 꺼내다가 내 손을 벨 수도 있고."

"좀 더 큰 건 어때?"

"뭐? 검 같은 거?"

"그런 게 아니라 좀 더 실용적인 걸로. 덤불을 돌파할 때나 발밑이 보이지 않을 정도로 풀이 자랐을 때 퍽퍽 자르고 싶지 않아?"

퍽퍽 쳐서 쓰러뜨리는 제스처를 취하며 토리코가 말했다.

"아——, 손도끼 같은 거 말이지?"

"그래. 그래."

파이프 차고를 세울 때도 그런 이야기는 나왔다. 풀을 베는데 맨손으로는 따라잡을 수 없었기 때문에 일부러 낫을 사 왔었다. 목장갑에 낫을 들고 이세계에서 돌아오는 모습을 코자쿠라가 발견하고 하는 김에 정원 손질도 해달라는 말까지 꺼냈었다.

"손도끼 같은 걸 들고 걸을 수 있을까? 무거워서 진이 빠질 것 같아."

"우리에게는 AP—1이 있으니까. 평소에는 신고 다니면 되잖아. 무기는 뭐, 반쯤 농담이고, 장작을 패거나 할 때 꽤 쓸모가 있을 거야."

"으——음. 확실히 있으면 편리하겠지만……보류하자. 이것 말고도 필요한 게 잔뜩 있으니까."

"네——에."

순순히 어린애처럼 대답하는 토리코를 난 무심코 곁눈질하며 원망하듯 노려보고 말았다. 남의 마음도 모르고 무사태평하구나, 이 녀석…….

"그리고 불 피우는 장비는 결국 어떻게 할래? 역시 버너가 괜찮을 것 같은데."

토리코의 질문에 정신을 차렸다.

"그래. 일단 파이어 스타터도 살 생각이지만 버너가 가장 간단할 것 같아."

원래 우리의 탐험 장비에는 방수 성냥이 들어있었지만 좀 더 간단하고 확실한 발화 수단이 필요하다는 데에 우리의 의견이 일치했다. 밤이 찾아오는 이세계에서 모닥불을 피우지 못한 사이에 깜깜해지는 사태는 피하고 싶었다. 성냥을 더 구입하고 마그네슘 막대에 불을 피우기 위한 철이 한 세트인 파이어 스타터……요컨대 현대판 부싯돌도 구입했으니 마지막 수단으로 갖고 가게 되겠지만 어디까지나 주력은 가스 버너였다. 휴대 가스버너용 가스봄베를 세트로 분사하면 다소 젖은 장작이라 해도 억지로 불을 붙일 수 있었다.

우리의 개인적인 과제를 위해선 이 정도로 안심할 수 있는 화력은 꼭 필요했다.

과제라는 건 이세계에서 밤을 보내는 것이었다.

지금까지 우린 이세계의 밤을 계속 피해왔다. 갑자기 이세계에 내던져졌던 몇 번의 예외를 제외하면 원칙적으로는 대낮의 이른 시간에 게이트를 빠져나가 아직 어두워지지 않은 저녁때쯤에는 돌아온다는, 초등학생 같은 통금시간을 지켜왔다. 밤은 무서워—— 낮에는 아주 밝고 텅 빈 이세계는 날이 저문 순간 이상한 기척이나 소리로 넘쳐나게 된다. 아직 인간이었을 무렵의 우루마 사츠키도 밤엔 위험하니까 피하라고 토리코나 코자쿠라에게 알아듣게 말했다고 한다. 실제 체험으로 봐도 그 말에 틀린 건 없었다.

하지만 사실, 밤의 이세계에 체류하는 건 불가능하진 않을 것이다. 우루마 사츠키 자신이 그렇게 시간을 보냈던 적도 있고 키사라기 역에 갇혔던 페일호스 대대도 정신 나간 대원이나 제4종접촉자가 몇 명이나 발생했지만 이세계에서 장기간 살아남았다.

아바라토도 그랬다. 그 사람은 실종된 부인을 찾기 위해 수십일 동안 이세계에 체류하고 있다고 했었다.

즉, 이세계에서 밤을 맞이했다고 해도 반드시 치명적인 결과를 불러일으키는 건 아니었다. 적어도 금방은……

낮에만 활동하는 건 우리 탐험에 있어서 큰 장애였다. 가장 큰 문제는 장거리를 이동하지 못한다는 것이었다. 이미 알려진 게이트에서 멀어질 수 있는 거리가 한정되어 있다는── 이 제한을 난 계속 초조하게 생각했다. 이동 수단이 도보밖에 없는 동안은 그것도 참았지만 AP─1의 속도가 빨라지고 운행 거리가 늘어난 지금, 탐색 범위를 늘리기 위해선 밤의 이세계로도 나아가야 했다. 그걸 위한 캠핑 도구, 그걸 위한 불이었다.

12월도 중반을 넘어가는 금요일 밤, 우리는 드디어 최종 예행연습을 실행에 옮겼다.

코자쿠라 저택 현관 앞에서 이세계로 들어가, 무슨 일이 생겼을 때 언제든 도망칠 수 있도록 게이트 바로 옆에 텐트를 쳤다. 귀여운 빨간색의, 둘이서 쓸 수 있는 사이즈의 텐트. 토리코는 눈에 뜨지 않는 녹색이나 반대로 레인코트 같은 노란색 혹은 형광 그린을 추천했지만 내가 빨간색을 주장했다.

"좀 어중간한 것 같은데. 위장색도 아니고 조난당했을 때 눈에 띄는 색도 아니고."

"하지만 귀엽잖아. 난 이게 좋아."

카탈로그로 상품 사진을 본 후 가게 앞에서 실물을 확인하고 홀딱 반해버린 내가 그렇게 주장하자 토리코가 어이없다는 듯 말했다.

"소라오는 정말 귀여운 걸 좋아하는구나……."

"그래? 그런가? 평범하다고 생각하는데."

텐트 밖에 숯과 장작을 쌓아놓고 버너를 점화했다. 기세 좋게 타오르는 불꽃에 그을린 숯이 새빨개지면서 장작과 함께 타올랐다.

"해냈다!"

우리는 안심하고 손뼉을 치며 서로 웃었다.

둘이 텐트 입구에 털썩 주저앉아 일몰을 기다렸다. 서쪽 하늘이 산에서부터 노을빛으로 물들었고 그게 점점 보라색으로 변했다.

그 보라색이 순간 엄청 진한 푸른색으로 변했다. 거의 검은색에 가까운 푸른색, 이세계에서는 본 적 없는 색이었다. 이세계의 끝이 없는 해변에서 밤을 맞이했을 때도 같은 푸른색을 봤었다.

해가 저물고 있어.

하늘을 빤히 바라보는 우리 앞에 이세계에 밤이 찾아왔다.

그때까지 바람과 나뭇잎 스치는 소리밖에 들리지 않았던 초원 어디선가 생명체의 기척이 끓어오르기 시작했다. 풀뿌리 근처를 바스락바스락 돌아다니는 소리, 멀리서 들리는 새인지 사람인지 모를 소리, 바람에 실려 귀에 닿은 불명료한 속삭임, 이명으로도 라디오의 잡음으로도 생각할 수 있을 법한 희미한 노이즈…….

"……슬슬 시작할까?"

"응."

우리는 일어나 밤에 가라앉은 초원을 둘러보았다. 운이 좋으면 준비한 「깃발」이 보일 텐데……

"어때, 토리코?"

"으——음, 안 보여. 언덕 위로 가볼래?"

"너무 게이트에서 멀어지고 싶진 않지만 그 방법밖에 없겠지?"

"위험할 것 같으면 바로 도망치자."

"오케이…… 그럼 갈까?"

무언가가 다가오진 않는지 경계하면서 게이트 동쪽에 있는 언덕 비탈길을 둘이서 오르기 시작했다. 텐트와 모닥불에서 한 걸음씩 멀어질 때마다 불안이 격화됐다. 다행히, 비탈길에 글리치는 없었다. 별빛에 의지해 풀을 밟으며 헤쳐나갔다.

금방 정상에 도착하자 시야가 완전히 열렸다. 우리는 다시 한 번 주변으로 시선을 돌렸다. 별이 빛나는 밤하늘 뒤로 산등성이나 나뭇가지들이 새까맣게 실루엣처럼 떠올랐다.

먼저 「깃발」을 발견한 건 토리코였다.

"찾았다. 저거 아니야?"

토리코가 가리키는 곳을 보니 멀리 암흑 속에서 빛의 선이 떠올라 밤하늘을 향해 똑바로 뻗어가고 있었다.

우리가 세운 「깃발」이었다.

"다행이다, 보이는 거리였어."

"방향은 알겠어?"

야광 도료 때문에 녹색으로 빛나는 나침반을 내려다보았다. 불안하게 흔들리는 바늘이 가리키는 방향은——.

"대충…… 북서쪽인가?"

"아직 가본 적 없는 방향이지?"

"없어."

"그럼……?"

난 토리코를 돌아보며 고개를 끄덕였다.

"그럼 첫 번째 목표는 저쪽으로 하자. 오케이?"

"오케이."

장거리 탐험을 떠나기로 하면서 우리는 목적지를 결정하기 위해 이야기를 나눴다. 아무런 지침도 없이 막연히 계속 나아가기만 하면 조난당할 가능성이 높았다. 그래서 다른 게이트를 목적지로 설정해 그곳을 목표로 하고 되돌아가지 못하게 됐을 때도 최소한의 탈출구는 확보하기로 했다.

그걸 위해 사용한 것이 〈목장〉이었다.

〈목장〉에서 발견한 다수의 게이트는 아직 우리가 모르는 몇 군데의 장소와 통하고 있었다. 그 중에서 그럭저럭 안전해 보이는 장소를 선택해 높이 깃발을 내걸고 멀리서도 발견할 수 있도록 해두었다. 그 이후 코자쿠라 저택이나 진보쵸의 게이트를 통해 이세계로 다시 들어가, 보이는 범위 내에 깃발이 있으면 그곳을 목적지로 하는 그런 작전이었다.

처음으로 생각한 건 물리적인 깃발이었다. 이벤트장이나 가게 앞에 세우는, 오르막에 사용하는 신축식 플라스틱 막대를 세우고 그 끝에 깃발을 달면 싸게 먹히고 좋지 않을까 생각했다. 하지만 그런 타입의 막대는 최대로 늘려도 3미터 정도밖에 늘어나지 않는다는 걸 알고 이 방안은 폐기하게 되었다. 역시 그 높이로는 소용이 없었다.

다음으로 후보에 오른 게 잉어 인형 막대. 대형 막대라면 멀리서도 잘 보일 거고 차라리 잉어 인형을 막대에 달아 바람에 나부끼게 해두면 눈에 띄고 좋을 것 같았다. 아이디어는 좋았는데 이것도 폐기. 이유는 가격과 귀찮은 설치 방법 때문이었다.

확실히 대형 막대가 꽤 있다고 해도 보통 10만 엔 이상이 들었고, 지면에 튼튼한 토대가 필요했으며, 막대를 찔러 넣기 위해선 받침 구멍을 깊이 묻어야 했기에 꽤 힘들 것 같았다. 전부 다 하나의 게이트에서 우선 시험해보고, 세워놓은 막대가 안 보이면 다음 게이트에서 다시 시험해봐야 하기 때문에 일일이 그런 수고를 들일 순 없었다.

그때 나온 방안이 빛을 사용하는 것이었다. 서치라이트 불빛이라면 멀리서도 보일 거고 바람에 막대가 쓰러지거나 할 걱정도 없었다. 하지만 비쌀 것 같아서 알아보니 의외로 손에 넣을 수 있을 정도의 가격이었다.

갖고 다니는 게 가능한 소형 서치라이트, 1만 6천 엔.

24볼트의 포터블 전원, 3만 엔.

……뭐, 비싸긴 했지만 만약 깃발로서 기능하지 않을 경우엔 그대로 탐험에 사용할 수 있을 것 같아서 과감하게 사버렸다. 여기에 2천 엔 정도 하는 타이머 스위치를 연결하면 딱 일몰 시간을 노려 자동으로 점등할 수 있었다.

〈목장〉의 게이트에서 이세계로 들어가 서치라이트를 설치했다. 처음으로 선택한 곳은 방해하는 게 주변에 없는, 이세계를 흐르는 강 근처였다. 강변에 큰 돌이 데굴데굴 굴러다니는 바위밭이 있었고, 그중 테이블처럼 평평하고 커다란 돌을 발견해 기어 올라가 서치라이트가 바로 위를 향하도록 고정시켰다.

타이머를 세팅한 후 이세계에서 〈목장〉으로 돌아와 〈둥근 구멍〉을 통해 타메이케산노에 위치한 DS 연구소로 향했다. 그 이후 1시간 가까이 걸리는 샤쿠지이 공원으로 가 코자쿠라 저택 게이트를 빠져나가 다시 이세계로……

왕래하는 수고를 생각하면 처음에 시험한 게이트가 한방에 보인 건 럭키였다. DS 연구소에서는 진보쵸가 더 가까웠고 골조만 남은 빌딩 옥상에서는 넓은 범위를 전망할 수 있으니까 서치라이트의 빛을 찾으려면 그쪽이 더 어울렸지만 이번에는 야간 캠핑 연습도 겸하고 있었기 때문에 코자쿠라 저택의 게이트에서 보이는 게 딱 좋았다.

빛의 기둥을 지켜보는 사이에, 방향이 불분명한 어딘가에서 날카롭게 3번, 꿩의 울음소리 같은 게 울려 퍼졌다. 동쪽에서 바람이 불어 발밑의 풀이 머리카락처럼 나부꼈다.

"돌아가자."

나의 말에 토리코가 머리를 손으로 꽉 누르면서 고개를 끄덕였다.

둘이 함께 언덕을 서둘러 내려가 텐트까지 돌아가 모닥불 곁에서 멈춰 섰다. 불꽃의 온기가 든든하게 느껴지는 한편, 불빛 밖의 암흑은 점점 더 새까매져서 무시무시하게 보였다.

우리는 신발을 신은 채로 텐트 안으로 들어갔다. 출입구 지퍼를 내리자 거의 암흑이었다. 손으로 더듬어 LED 랜턴 스위치를 켜자 하얀빛이 텐트 안을 채웠다.

바닥 부분에 깔린 단열 매트 위에 두 사람의 침낭을 나란히 준비했다. 만일의 경우 바로 빠져나갈 수 있도록 옆에 지퍼가 달린 봉투형 침낭을 선택했다. 겨울에도 사용할 수 있다고 선전하는 걸로 선택했으니 위에 모포를 덮으면 이걸로도 충분히 따뜻할 것이다.

공기를 넣어 부풀린 베개를 두고 잘 준비가 거의 끝났을 무렵 토리코가 곤란한 듯이 물었다.

"침낭에 들어갈 때 신발은 어떻게 해?"

"으──음……역시 벗는 게 좋지 않을까? 금방 신을 수 있는 장소에 놔두자."

"알았어."

신발을 벗어 머리맡에 두고 옷을 입은 채 침낭 안으로 들어갔다. LED 랜턴 스위치를 끄자 텐트 안은 다시 깜깜해졌다. 텐트 너머 모닥불 불빛만이 흐릿하게나마 윤곽을 드러내고 있었다.

"그럼 잘 자."

내가 말하자 옆쪽 침낭에서 토리코의 중얼거림이 돌아왔다.

"잘 수 있을까?"

"잘 수밖에 없잖아."

"그렇지만 아직 6시 전이야, 저녁……."

분명 토리코의 말 그대로였다. 일단 침낭에 들어오긴 했지만 조금도 졸리지 않았다. 오히려 긴장과 흥분으로 눈이 말똥말똥했다.

난 가장 편한 위치를 찾아 베개를 움직이면서 말했다.

"해가 저물면 잠들고 아침 해와 함께 일어나는 거야. 인류는 계속 그렇게 해왔으니까."

"그건 불을 쓸 수 있게 되기 전의 이야기잖아. 원시인도 좀 더 늦게까지 안 잤을걸."

평범한 캠핑이었다면 어두워진 이후에 열기가 무르익을지도 모른다. 다 함께 카레를 먹거나 모닥불 주변에 앉아 노래를 부르고 텐트 안에서 게임을 하고 잠들 때까지 이야기를 나누고……. 자세히는 모르지만. 하지만 이번에는 그럴 수 없었다. 이세계 한복판에서 처음으로 밤을 지새우는 거였다.

"얌전히 있을 수밖에 없잖아. 무슨 일이 일어날지 알 수도 없고 위험해지면 바로 도망쳐야 하니까."

"그렇다고 6시 전에 자는 건 너무 심하다고 생각해. 조금 더 일어나 있어도 괜찮지 않을까?"

"불을 켜놓고 소란스럽게 했다간 뭔가 이상한 녀석이 다가와도 눈치 챌 수 없잖아. 아바라토 씨도 분명 밤에는 숨을 죽이고 있었을 거야."

"모처럼 소라오랑 단둘이 하는 캠핑인데, 재미없게."

토라진 것 같은 말투로 토리코가 말했다. 어두워도 입술을 삐죽거리고 있는 게 눈에 선했다. 오키나와에서도 그랬지만, 토리코는 아무래도 원래 놀아야 하는 상황에서 놀지 못하면 굉장히 기분이 나빠지는 것 같았다.

"항상 단둘이 있었잖아."

"단둘이 처음으로 하는 캠핑인데!"

부루퉁해진 목소리로 토리코가 다시 말했다. 그게 중요해?

"뭐……시끄럽게 하지 않는다면 이야기 정도는 괜찮을 것 같은데."

"그럼, 이야기하자."

토리코가 꿈틀꿈틀 침낭채로 이쪽으로 다가왔다.

"조용히 해야 해, 조용히."

"알았다니까."

목소리를 죽이고 대답하는 토리코는, 방금 전까지 토라졌던 태도가 거짓말인 것처럼 즐거워보였다.

──이런 모습은 여전히 나보다 어린애 같네…….

그렇게 생각하고 있는데 토리코가 정말 초등학생 같은 말을 꺼냈다.

"과자 같은 걸 사 올 걸 그랬네. 뭔가 먹을 게 없으려나?"

"과자라니……칼로리 메이트나 사탕이라면 있는데."

"어서 뜯어봐. 녹차도 아직 있지? 보온병 어디 놔뒀어?"

"분명 저쪽에, 그런데, 진짜 소풍 온 게 아니라고…….""

"뭐 어때? 뭐 어때?"

김이 피어오르는 차를 홀짝이며 누운 채 행동식으로 준비한 과자를 덥석덥석 먹으면서 다음엔 무슨 장비를 살지, 뒤풀이는 어디서 뭘 먹을지 소곤소곤 이야기를 나누는 동안 밖에 있던 모닥불도 드디어 꺼지고 텐트 안은 정말 깜깜한 암흑이 되었다.

서로가 속삭이는 소리를 들으려다 어느새 우리는 거의 밀착하게 되었다. 침낭과 모포 너머로 토리코의 다리가 내 다리에 닿았다. 그걸 깨달은 순간 난 반사적으로 몸을 떼버렸다.

나의 갑작스러운 행동에 놀란 건지 토리코의 이야기가 끊겼다. 몇 초 동안 침묵이 이어졌고 토리코가 웃음 섞인 목소리로 물었다.

"응……? 왜 그래?"

"아, 아니. 그게—— 자세를 바꾸고 싶어서."

"아, 그래? 아팠어?"

"아니, 괜찮아."

묘하게 천연덕스러운 대화 후 다시 토리코가 입을 다물었다. 난 초조했다—— 방금 그 움직임은 딱히 붙어 있는 게 싫었던 게 아니라 그저 깜짝 놀라서, 반사적으로 움직이고 만 것뿐인데——.

내가 뭔가 말하기 전에 불쑥 토리코가 중얼거렸다.

"좀 추워졌네."

"뭐? 아……응, 그러네."

듣고 보니 좀 쌀쌀해진 것 같았다. 모닥불의 복사열이 없어진 것도 있겠지만 실제로 바깥 기온이 떨어졌을 것이라고 생각했다.

"이…… 침낭 말이야, 옆에 지퍼가 있잖아?"

"……응? 있는데."

토리코가 뭘 말하려는지 이해하지 못한 채 난 답했다.

"생각해봤는데 이거 같은 형태의 침낭이잖아."

"응, 합쳐서 같이 샀으니까."

"어쩌면 이걸 이어서 하나의 큰 침낭으로 만들 수 있지 않을까?"

암흑 속에서 내 옆에 누워 있는 여자가 지극히 차분하고 냉정한 목소리로 그런 걸 제안했다.

"…………."

"어떻게 생각해? 소라오."

"…………."

"소라오?"

속삭이는 소리가 들릴 정도의 거리에 있는데 토리코가 어떤 얼굴로 말하고 있는지 전혀 보이지 않았다. 그때까지의 시시한 대화 중에는 눈에 보이지 않아도 차례차례 변하는 표정을 손에 잡힐 정도로 알 수 있었는데.

난 스읍 숨을 들이마시며 신중하게 답했다.

"가능, 할지도."

"해보지 않을래?"

틈을 두지 않고 나온 토리코의 말에 난 쫓기는 기분이 들었다.

"지──지금?"

간신히 그 말만 내뱉자 토리코가 고개를 끄덕이는 기척이 느껴졌다.

"둘이 있는 게 더 따뜻할 거야, 분명."

숨결이 닿는 거리에서 속삭여서 난 어둠 속에서 몸을 전혀 움직이지 못했다. 대답에 시간이 걸리면 걸릴수록 분위기가 이상해진다는 걸 알고 있었지만 난 얼어붙고 말았다.

얼마 전의 나라면 당황해서 동요하고 투덜투덜 중얼거리면서도 토리코의 말대로 했을지도 모른다. 하지만 지금은 그런 게 전혀 가능할 것 같지 않았다.

——뭔가.

뭔가 말해야 해.

뭐든 좋아. 밝을 때 시험해보자 라든가, 이대로 충분히 따뜻하다든가, 귀찮아서 싫다든가, 무슨 말이든——.

내가 침을 삼키는 소리가 굉장히 크게 울려 퍼졌다. 토리코의 귀에도 들렸을지 모른다. 암흑 속에서 토리코가 흠칫 놀라 몸이 굳는 게 전해졌기 때문이다. 필사적인 마음으로 난 입을 열었다.

"저……."

"쉿."

토리코가 날카롭게 숨을 쉬었다.

"……응?"

"쉿…… 들어봐."

그 말을 듣고 나도 겨우 깨달았다.

발소리다.

풀을 밟는 누군가의 발소리가 이쪽으로 가까워지고 있었다.

금속과 가죽이 스치는 소리가 들려 토리코가 베개 밑에 놓인 마카로프에 손을 뻗었다는 걸 알았다.

"한 명…… 인가?"

"그런 것 같아."

발소리는 텐트 바로 근처까지 와서 멈춰 섰다. 희미한 숨결이 들린 것 같았지만 그 이외에는 소리 하나 내지 않았다.

얼마나 거기 서 있었을까. 갑자기 발소리가 다시 움직이기 시작했다. 방향을 바꿔 텐트 주변을 빙글 한 바퀴. 거기서 멈추지 않고 한 바퀴 더…….

더 이상 발소리는 멈추지 않았다. 빙글빙글 시계 방향으로 텐트 주변을 계속 돌았다.

난 살짝 속삭였다.

"괜찮은 것 같아."

"뭐?"

토리코가 도중에 말이 막혔다.

"지……, 진심으로 하는 소리야, 소라오?"

난 끄덕였다.

"기분은 나쁘지만 밖에 나가지만 않으면 무해할 거야. 산악 괴담에 자주 나오는 일이니까."

"자주 나오는 일…….”

이세계의 존재는 인간을 공포로 미치게 만들려고 한다. 키사라기역에서 녀석들의 행동이 가장 알기 쉬웠지만 직접적인 위해를 가하는 일은 별로 없었다.

아니, 뭐, 고양이 닌자나 코토리바코 등, 위험한 예외가 있는 건 확실하지만……적어도 이「텐트 주변을 도는 발소리」는 당분간 상황을 지켜봐도 행동에 변화가 없었으니 이런 패턴의 '현상'일 것이다.

스스로가 오히려 안심해버렸다는 사실을 깨닫고 난 뭐라 할 수 없는 기분에 휩싸였다.

이런 타입의 공포는 알고 있다. 이 두려움에는 대처할 수 있었다. 나도 머리맡으로 손을 뻗었다. 마카로프의 차가움이 손바닥에 느껴지자 마음이 차분해졌다.

난 흘러내린 모포를 끌어당겨 침낭 위에 다시 덮었다.

"그냥 자자."

"뭐, 뭐어……? 거짓말이지?"

"잠들어서 의식이 멀어지는 게 오히려 안전할 거야. 그러니까 자자."

"잘 수 있겠어……?"

그렇다 해도 무슨 일이 일어날지 모르니까 긴장은 됐고, 불안한 건 변함이 없었다. 입으로는 강하게 말했지만 나도 쉽게 잘 수 있을 것 같진 않았다.

난 침낭으로 들어간 몸을 뒤척이며 내가 먼저 토리코에게 다가갔다. 토리코가 놀라 숨죽이는 게 느껴졌다. 침낭 지퍼는 연결하지 않았지만 이렇게 붙어서 자는 것 정도는 괜찮겠지.

"잘 자."

"자……잘 자."

토리코도 몸을 기대며 이마 근처에서 소리를 냈다.

그사이 추워진 몸이 점점 따뜻해졌다.

놀랍게도── 정말 놀랍게도 어느샌가 두 사람 다 바로 잠에 빠지고 말았다.

텐트의 천을 통과해 쏟아져 들어오는 아침 햇살과 아주 차가워진 공기에 우리는 거의 동시에 눈을 떴다.

아주 가까운 거리에서 얼굴을 마주하고 껌뻑껌뻑 눈을 깜빡거리다 우리는 벌떡 일어났다.

"아침!"

"잠들었어!"

침낭에서 나오려다 깨달았다. 우리의 침낭은 둘 다 지퍼가 일부 열려 있었고 거기서 나온 손을 강하게 붙잡고 있었다. 계속 힘을 주고 있었던 듯, 손가락을 풀자 손이 아팠다.

잠든 동안 우리는 꽤 약삭빨랐고 그리고 역시 엄청 무서워했던 모양이다.

이불 안에서 공포에 떨고 있는 동안 잠들어버렸다가 정신을 차려보니 아침——. 이것도 괴담에서 흔히 볼 수 있는 패턴이라고 난 남의 일처럼 생각했다. 인간은 의외로 공포의 한가운데에서도 잠들 수 있는 존재일지 모른다. 기절했다고 말하는 게 더 나을지도 모르지만.

텐트 출입구를 열자 아침 햇살과 함께 차가운 공기가 흘러 들어왔다.

언덕 너머에서 비치는 아침 해는 이세계의 희미한 태양으로도 충분히 눈부셨다.

밖에는 아무런 이상도 없었다. 누군가가 밤새 텐트 주변을 돌고 있었다면 흔적이 남아있을 텐데, 발자국도, 유류품도 전혀 없었다.

"어떻게든 넘겼네, 밤을———."

토리코의 말에 난 그냥 고개를 끄덕였다.

AP—1, 체크.

텐트, 체크.

모닥불, 체크.

목적지, 체크.

야영, 체크.

이걸로 예행연습은 전부 완료되었다.

드디어 본격적인 탐험에 떠날 수 있을 것 같아.

4

첫 원정일로 선택한 그 날은 연말이 다가오는 약간 흐린 화요일이었다. 일기예보에 의하면 도심에서 첫눈이 내릴 확률이 50퍼센트. 꽤 추웠다.

"응? 오늘 가려고? 일부러 오늘?"

출발 전에 인사를 하러 갔더니 코자쿠라는 의아한 듯 눈살을 찌푸렸다.

"확실히, 눈이 내릴지도 모른다는 말을 듣고 좀 불안해지긴 하지만요."

"눈……뭐, 그것도 그렇지만."

코자쿠라는 디스플레이 중 하나를 힐끔 쳐다보았다. 화면 한쪽 구석에 표시된 시계는 이제 곧 정오.

"도쿄에서 눈이 내리는 건 큰일은 아니니까요."

"오——오—— 말 한번 잘했다. 아키타 사람이랑 캐나다 사람이 함께 눈 때문에 조난당하면 엄청 바보 취급 할 거야."

코자쿠라가 부추기는 어조로 말했기 때문에 말투를 바꿔 말을 이어나갔다.

"애초에 이세계의 눈이 이쪽의 눈이랑 똑같다고는 단정할 수 없잖아? 쌓이기라도 하면 장난 아닐 거야."

"그런 거라면 이세계랑 이쪽 일기예보가 똑같을지 어떨지도 믿을 수 없잖아요. 아까 잠시 게이트를 통해 엿봤더니 어떤 방면의 하늘도 예상 밖으로 밝아서 이 정도라면 갈 수 있을 것 같아요."

"이상한 장소에 부담 없이 드나들다니, 정말 싫어진다니까."

"이래봬도 제대로 준비했으니까 괜찮을 거야."

토리코도 옆에서 말을 보탰다.

"응, 뭐…… 너희가 괜찮다면 그걸로 됐지만."

포기한 듯 코자쿠라가 말하며 의자 등받이에 몸을 기댔다.

"지금 나갈 건데 배웅 안 해주실래요?"

내가 묻자 코자쿠라는 천천히 고개를 가로저었다.

"관둘래. 평소에 안 하던 일을 하면 플래그가 서는 것 같아서 싫어."

"그런가요?"

"평소처럼 쉽게 나갔다가 평소처럼 돌아오도록 해. 언제 돌아올 거야? 내일?"

"내일 돌아올 예정이에요."

"그래?"

코자쿠라는 화면으로 눈을 돌리며 더 이상 이쪽을 바라보려고 하지 않았다.

"잘 다녀와. 가능한 한 조심하고…… 진짜로."

"네. 그럼 다녀올게요."

"다녀올게."

나랑 토리코는 평소처럼 코자쿠라 저택 현관을 나와 게이트를 통해 이세계로 들어갔다.

오늘 이세계의 하늘은 현실 세계처럼 약간 흐렸다. 바람이 북동쪽에서 불어오고 있었고 꽤 추웠다. 지금부터 눈이 내린다고 하면 그럴 것 같기도 하지만 공기에 습기가 적었으니 내린다고 해도 많이 쌓일 일은 없겠지—— 설국 출신의 피부 감각으로는 그런 느낌이었다.

우리는 AP—1을 파이프 차고에서 밖으로 꺼내 헛간에 넣어둔 탐험용 장비를 트렁크에 실었다. 접어놓은 텐트, 침낭, 공구 상자, 삽, 쇠지레, 방수 시트, 로프, 음료수가 든 페트병, 이정표로 사용할 원예용 막대 묶음……. 두 사람의 등산용 배낭과 두 자루의 전투용 소총을 손이 닿는 장소에 매달고 출발 준비를 갖추었다.

"잊은 물건은 없지?"

토리코가 파이프 차고 안을 마지막으로 둘러보며 물었다. 난 짐을 하나하나 가리키며 확인했다.

"괜찮을 거야."

"오케이. 이쪽도 없는 것 같아."

지금부터 움직일 방향을 한 번 더 확인한 후 우리는 AP—1 좌석에 올라탔다. 시트 쿠션을 설치했기 때문에 앉을 때 꽤 편해졌다.

엔진을 스타트하고 목표로 하는 방향으로 차체를 돌린 후 난 토리코와 서로 시선을 주고받았다.

"그럼…… 출발하자."

"고, 고!"

기능이 향상된 AP—1의 차체의 고무 크롤러가 풀을 밟으며 전진을 개시했다.

AP—1는 원래 밭에서 작업하기 위한 차량이기 때문에 한 번 달리기 시작하면 엑셀을 밟지 않아도 일정 속도로 곧장 계속 나아갈 수 있다. 하지만 이곳은 이세계, 지면은 밭처럼 평평하지 않고 울퉁불퉁하며 크게 굽이치고 있었다. 그래서 진행 방향을 주의 깊게 보고 만에 하나라도 뒤집히지 않도록 자주 코스를 조절할 필요가 있었다.

게다가 글리치에도 주의하지 않으면 안 되기 때문에 할 일은 꽤 많았다. 나의 오른쪽 눈으로 앞을 보고 둘이서 볼트를 던져 안전을 확보한 후 가끔 원예용 막대를 세워 이정표로 했다. 막대 끝에는 형광 테이프가 감겨 있기 때문에 어두워져도 불빛을 비추면 눈으로 확인할 수 있을 것이다.

출발한 건 오후 1시 정도였을 것이다. 처음 한 시간은 눈 깜짝

할 사이에 흘러갔다. 나츠미가 말했던 차량 스펙을 액면 그대로 받아들인다면 이미 10킬로 정도 나아갔겠지만 우회하거나 감속하기를 반복했기 때문에 기껏해야 7, 8킬로 정도 나아갔을 것이다.

진동으로 엉덩이가 아팠고 집중력도 떨어졌기 때문에 좀 쉬기로 했다. 초원 속에 담쟁이덩굴로 덮인 낡은 자판기가 외로이 서 있는 것을 발견하고 난 AP—1을 그곳에 세웠다.

엔진을 끄자 이세계에 정적이 돌아왔다. 커다란 소리를 내는 게 AP—1밖에 없기 때문에 일단 멈추면 그 반동으로 굉장히 고요하게 느껴졌다.

"후우."

"하아——, 피곤하네, 이거."

두 사람 다 좌석에서 내려와 무릎을 굽혔다 폈다 움직인 후 물을 마시면서 자판기에 얼굴을 가까이 가져갔다.

"아쉽네. 고장 난 것 같아."

"어떻게 봐도 고장 정도 레벨은 아니잖아. 이건 잔해야, 이미."

담쟁이덩굴 틈으로 보이는 자판기도 누렇게 변한 플라스틱 너머에 늘어선 음료수 캔도 볕에 타서 색이 바래 거의 새하얗게 되어 있었다.

"하지만 이런 곳에 있는 자판기가 움직였다면 시험 삼아 사보고 싶지 않겠어?"

"이해는 하지만 뭔가 살 수 있다고 해도 난 절대로 안 마실 거야."

"그럼 그거대로 코자쿠라에게 판다거나—— 아! 그렇지, 막대를 갖고 왔었지?! 억지로 열어보지 않을래? 이거?"

"오른쪽 눈으로 봐도 전혀 빛나지 않고, 이건 아마 진짜 그냥 잔해일 거야."

"뭐어——?"

"그렇게 반응할 게 아니라. 열었다가 벌레 같은 게 우르르 나오면 싫잖아."

"그건 싫어, 확실히."

마지못한 느낌이긴 했지만 토리코는 포기해주었다.

나도 흥미가 없는 건 아니었지만 이번 목표는 신규 루트 개척이었다. 이세계의 초원에는 여기저기에 이렇게 신경 쓰이는 장소가 흩어져 있기 때문에 일일이 멈춰서 조사했다간 끝이 없었다.

물이 든 페트병 뚜껑을 닫으면서 우리가 온 방향을 돌아보았다. 목적지까지 어느 정도 남았는지 알 수 없기 때문에 이정표가 되는 막대는 최대한 절약해서 세웠다. 보이는 범위에 있는 건 하나뿐. AP—1이 풀을 짓밟으며 생긴 바퀴 자국 옆에 노란 표식이 간신히 보였다.

"저기, 소라오, 이 도로는 뭐라고 이름 붙일 거야?"

"응? 2호선으로 하면 되지 않을까?"

"에이——. 좀 더 뭔가 제대로 된 이름을 붙이자. 1호선은 처음에 만든 도로니까 그래도 괜찮았지만."

"그럼 토리코가 붙여봐, 이름."

귀찮아진 내가 그렇게 말하자 토리코는 당황하는 것처럼 보였다.

"내가? 그래도 돼?"

"난 네이밍 센스가 없으니까. 딱 느낌이 오는 걸로 생각해봐."

"알았어……."

가벼운 마음으로 말했는데 토리코는 턱에 손을 대고는 진지하게 생각하기 시작했다. 아니, 그렇게 고민할 일인가?

10분 정도의 휴식을 끝내고 우리는 다시 이동을 재개했다. 이번에는 자리를 교대해서 토리코가 오른쪽 운전석에, 내가 왼쪽에 앉았다.

토리코가 엄청 조용했기 때문에 문득 깨닫고는 내가 말했다.

"도로 이름은 나중에 생각해도 되니까 제대로 집중해. AP—1이 글리치에 빠지면 강제적으로 〈눈물의 한눈팔기 운전 로드〉가 될 테니까."

"어감이 너무 안 좋은데?"

"토리코가 여길 지나갈 때마다 후회할 만한 이름이라면 뭐든 좋아."

"너무 짓궂은 거 아니야~?!"

가끔 휴식을 취하고 그때마다 운전을 교대하면서 우리는 초원을 나아갔다. 숲이나 바위 밭에는 들어가지 않도록 우회했기 때문에 루트는 가끔 꼬였지만 나침반을 따라 대략 북서 방향으로 계속 나아갔다.

"지금까지는 이동 거리가 크지 않았기 때문에 그렇게 신경 쓰지 않았지만 장거리가 되니까 이 흔들림이 좀 걱정이네."

휘청휘청 흔들리는 나침반 바늘을 노려보면서 토리코가 말했다.

"우린 바늘이 좌우로 흔들리는 정중앙 근처를 대충 기준으로 나아가고 있지만 점점 벗어나고 있는 것 같아. 서치라이트를 표식으로 하는 건 좋은 아이디어였지만 밤에만 보이는 건 불편해."

"뭐, 그러네. 낮에도 쓸 수 있는 방안을 생각해봐야겠어."

"최대한 높이 버팀목을 세우고 깃발을 걸면 되는 거지?"

"멀리서 볼 수 있다면 뭐든 좋지만. 물리적인 장대는 역시 한계가 있으니까……. 바람이 강하면 쓰러지고 그렇다고 바람이 없으면 깃발이 나부끼지 않으니까 안 보이고."

"잉어 모형 막대보다 좀 더 가벼운 건 어때? 왜, 전에 가르쳐줬잖아, 아키타에서 열리는 축제 때는 장대에 초롱이 잔뜩 매달려 있다고——."

"장대 등?"

"그래, 그래. 거기에 사용하는 긴 대나무 막대. 바람에도 강할 것 같고."

"그런 걸 살 수 있을까……? 그럼 깃발은 어떻게 할 건데?"

"막대 끝에 거울을 붙이는 거야. 거울 필름 같은 걸 감던지. 그럼 반사돼서 멀리서도 볼 수 있잖아."

난 감탄하며 득의양양한 얼굴을 하고 있는 토리코를 돌아보았다.

"토리코, 머리가 좋네."

"정말? 좀 쑥스러운데."

그렇게 말하며 토리코가 정수리 부분을 이쪽으로 내밀었다.

"쓰다듬어줘."

"……뭐? 네가 강아지야?"

갑작스러운 요구에 동요해서 난 무심코 말했다.

"안 쓰다듬어주면 내가 소라오의 얼굴을 주무를 거야."

"뭐어……?"

난 의미도 없이 두리번두리번 주위를 돌아보고 말했다. 아무도 보지 않았다. 당연한 일이었다. 겨울을 맞이하며 빛이 바랜 초원에는, 눈이 미치는 한 나랑 토리코 두 사람밖에 없었다.

솔직히 이 주변에 또 우루마 사츠키가 서 있는 게 어떤 의미에선 안심됐을지도 모른다. 하지만 이걸로 내가 머리를 쓰다듬을지, 토리코에게 볼을 붙잡힐지, 두 가지 선택지밖에 남지 않았다.

"응!"

토리코가 머리를 흔들며 재촉까지 했다. 넉살 좋게.

어쩔 수 없이 난 손을 들어 올려 금색 머리에 툭 올렸다.

"……잘했어, 잘했어."

적당히 쓰다듬어주자 토리코가 말했다.

"좋아, 잘했어."

……너 뭐야? 잘난 척하긴.

납득이 가지 않는 기분으로 손을 떼자 토리코도 스르륵 원래 자세로 돌아갔다. 그대로 아무 일도 없었던 것처럼, 볼트 던지기를 재개했다. 다만 입가에는 만족스러운 미소가 걸려 있었다.

난 남겨진 듯한 마음으로 내 손을 내려다보았다. 이걸로 정말 괜찮았을까? 장갑 너머로 쓰다듬었기 때문에 내 손바닥에 남은 감각은 굉장히 애매한 것밖에 없었다.

5

오후 4시를 지났다. 태양이 두껍게 드리운 구름에 가려 주변은 꽤 어두컴컴했다. 앞으로 한 시간만 지나면 완전히 해가 지겠지. 야영을 할 거라면 슬슬 텐트 칠 장소를 찾아야 했다.

AP—1은 주변이 언덕으로 둘러싸이고 움푹 팬 땅의 비탈길을 내려가고 있었다. 풀이 벗겨져 흙이 노출된 지면의 위에 쓰레기가 모여 있었다. 과자 상자나 탄산음료 페트병 같은 생활 쓰레기가 흩어져 있는 중심에 화면이 깨진 브라운관 TV나 오래된 타이어, 어린이 방송 캐릭터 씰 스티커가 덕지덕지 붙은 양복 옷장 같은 조잡한 쓰레기가 쌓여 있었다. 쓰레기의 산 안쪽으로 은색 빛이 보이는 게 어떠한 글리치라는 걸 추측할 수 있었다. 그 외에도 빛이 어른거리고 있다는 건 뭔가 이상한 특성을 가진 물품이 쓰레기 안에 섞여 있다는 걸 나타내고 있었다.

나중에 돌아와서 찾아보자는 이야기를 나누면서 쓰레기의 산을 우회해 움푹 팬 땅의 반대편, 즉 진행 방향으로 시선을 돌린 순간, 우리는 나란히 숨을 삼켰다.

진행 방향 산등성이에 동물의 실루엣이 보였다. 다리를 똑바로 버티고 선 초식 짐승 같은 형태였다. 이쪽을 보고 있는 것 같기도 했지만 전혀 움직이지 않았다. 회색 하늘을 배경으로 가만히 서 있었다.

난 AP—1의 브레이크를 걸었다. 옆에서 토리코가 쌍안경을 들어 올려 들여다보았다.

"보여?"

"……보여. 그런데 생명체가 아닌 것 같아, 아마도."

토리코가 쌍안경을 건네줘서 나도 들여다보았다.

정말이었다. 꼼짝달싹도 하지 않는 데다 완전히 얼어붙어 있었고 표면의 질감도 생명체의 그것은 아니었다. 돌인지 금속인지 모르겠지만 무기질로 보였다. 어떤 동물을 모방한 걸까? 산양인지 소인지 머리의 형태가 확실히 보이지 않아서 실루엣의 특징을 파악하기 힘들었다——.

"……아!"

그때 난 쌍안경을 떨어뜨릴 뻔했다.

"소라오?"

이상함을 감지한 토리코가 의아스럽게 얼굴을 들여다보았다. 난 대답을 할 수 없었다.

"소라오, 왜 그래?"

"쿠——."

"쿠?"

"쿠단이야……."

"거짓말."

토리코가 내 손에서 쌍안경을 빼앗아 들고 한 번 더 확인했다.

"……진짜네. 느낌이 안 좋아."

쌍안경을 내려놓은 토리코가 굳어 있는 나에게로 시선을 돌려 걱정스럽게 말했다.

"내가 먼저 가서 상황을 보고 올까?"

난 고개를 가로저었다.

"······같이 가."

"알았어."

토리코가 라이플을 손에 들고 총알 장착을 확인한 후 무릎에 올려놓았다. 난 AP—1을 움직였다. 다시 엔진 소리가 울렸고 우리는 움푹 팬 땅의 비탈길을 올라가기 시작했다.

능선에 도착하자 그곳에 쿠단의 형상이 서 있었다. 송아지의 몸에 인간의 얼굴이 붙어 있는 괴물──또 우리 아버지의 얼굴이 붙어 있는 건 아닐지 각오하고 있었는데 가까이 가보니 꽤 애매한 조형이라 누구의 얼굴인지 알 수 없었고 분명하지 않은 구조였다. 석상도 동상도 아니었다. 페인트가 완전히 벗겨진 플라스틱으로 만든 형상이었다. 시골 공원에 있는 놀이기구처럼 콘크리트 받침대에 다리 부분이 고정되어 있었다.

"소라오, 이것 좀 봐──."

토리코의 부름에 난 겨우 쿠단의 형상에게서 시선을 뗐다. 그때 처음으로 능선 앞에 펼쳐진 광경이 눈에 들어왔다.

풀로 뒤덮인 경사면을 내려가는 곳에 길이 있었다. 포장 도로였다. 길가에 가드레일이 설치되어 있었고 그 앞은 푹 꺼져서 강이 흐르고 있었다.

"강이다!"

난 무심코 소리를 높였다. 이게 〈목장〉의 게이트를 통해 들어간 곳의 강과 연결되어 있다면 꽤 목적지에 가까워졌다는 뜻이 된다.

기분 나쁜 쿠단의 형상은 내버려두기로 하고 우리는 비탈길을 내려갔다.

근처까지 가보니 도로가 꽤나 낡았다는 걸 알 수 있었다. 균열된 곳에는 잡초가 덥수룩하게 자라 있었고 아스팔트가 움푹 꺼진 부분도 눈에 띄었다. 길은 강을 따라 꾸불꾸불 나아가면서 대충 북동쪽을 향해 이어지고 있었다.

AP—1에서 내려 주변 상황을 살폈다. 가드레일에 손을 대고 들여다보니 이쪽 물가는 우뚝 솟은 콘크리트 제방이 그대로 강에 빠져 있었다. 반대쪽 물가는 고르지 않은 돌덩어리가 데굴데굴 굴러다니는 강변이 되어 있었다. 유속은 나름대로 빨랐다. 상류는 북동쪽이었다.

"서치라이트를 설치한 장소가 저런 강변이었지? 혹시 목적지가 맞은편 물가일까?"

토리코가 쌍안경으로 맞은편 물가를 관찰하며 말했다.

"그럴지도. 그렇다면 어딘가에서 강을 건너야 해."

"방향적으로 볼 땐…… 그러니까, 어느 쪽으로 건너야 하는 거지?"

"아마 상류 방향이 가깝지 않을까? 좀 더 멀리 가야겠지만……."

우린 저물어가는 흐린 하늘을 올려보았다. 바람도 훨씬 더 차가워지고 눈이 내릴 거라는 예보가 서서히 현실감을 띠기 시작했다.

"오늘은 여기서 포기하고 텐트를 칠까? 아니면——."

"조금 더 가면 목적지에 도달할 수 있을 거라는 예상에 배팅하고 이대로 진행할까?"

타이머를 세팅한 서치라이트가 점등되는 건 해가 저문 이후였기 때문에 목적지까지의 거리와 방향을 아직 알 수 없었다. 괴로운 선택이었다.

"어떻게 할래?"

고민하고 있는 시간도 아까웠다. 난 망설임을 떨치며 말했다.

"이대로 진행해도 될까? 못을 안 박고 텐트만 치는 건 5분이면 할 수 있을 거야. 어두워져도 긴급피난은 가능해."

이런 경우를 예상해서 내가 산 텐트는 바깥쪽의 시트와 안쪽 텐트가 처음부터 조합되어 있어 단시간에 설치할 수 있는 타입의 물건이었다. 그냥 귀여워서 선택한 건 아니었다.

토리코가 눈살을 찌푸리며 말했다.

"이론적으로는 가능할지도. 하지만 급할 때 당황하면 뭔가 실수를 할 수도 있어."

"혼자라면 불가능하겠지만 토리코가 봐주면 안심이 되니까. 뭔가 실수를 저지르면 커버해줄 거지?"

내가 그렇게 말하자 토리코는 깜짝 놀란 듯 눈을 깜박거렸다.

"날…… 믿어주는 건 기뻐, 하지만."

"하지만?"

"으윽, 알았어. 커버할게. 맡겨만 줘."

"잘 부탁해."

땅거미가 지는 강가를 AP—1을 타고 전속력으로 달렸다. 시속 15킬로, 확실히 무시할 게 아니었다. 썩어도 포장도로라고, 고무 크롤러가 돌아가며 금이 간 곳도 움푹한 곳도 타고 넘었다. 가끔 글리치의 빛이 보였지만 훤히 트여 있어서 놓칠 걱정은 없었다.

10분 정도 달렸을 때, 풍경에 변화가 생겼다.

강 양쪽에서 건물이 나타났고 그 숫자가 서서히 늘어갔다.

잿빛에 수수하고 녹과 풀로 뒤덮인 폐허 빌딩. 강과 인접한 곳에 위치하고 같은 구조의 창문이 늘어서 있는 건 아파트 단지나 호텔을 연상시켰다. 건물 측면의 비상계단은 녹슬어 있었고 페인트도 벗겨지고 심하게 허물어진 곳도 많았다.

강은 폐허가 된 건물들 양쪽 기슭에서 내려다보이도록 구불구불 흐르다 북서쪽으로 방향을 바꾸었다. 원래 우리가 목표로 했던 방향이었다. 살짝 안심하며 탐험할 보람이 있어 보이는 폐허 건물이라고, 다음번에 다시 오자고 가볍게 이야기를 나눌 여유도 생겼다.

그때——.

"소라오, 스톱!"

토리코의 비명이 울려 퍼졌고 난 당황해서 브레이크를 밟았다.

전방의 길 위에 무언가가 가로누워있었다.

"사람……?"

아스팔트 위에 내던져진 새하얀 손과 발은 여자처럼 보였다. 우리는 AP—1에서 내려 총을 손에 쥔 채 신중하게 다가갔다.

사람이 아니었다.

앞가슴이 벌어진 얇은 옷을 입은 젊은 여자의 몸에 송아지 머리가 달려 있었다. 전혀 움직이지 않았다. 숨을 쉬고 있는 것 같지도 않았다. 머리부터 굉장히 생생한 발끝까지, 그뿐 아니라 몸에 걸치고 있는 옷까지 묘한 광택을 띠고 있었다.

토리코가 볼트를 던지자 탕하는 단단한 소리를 내며 튀어 올랐다.

"……유리야, 이거."

토리코가 중얼거렸다.

소의 얼굴에 사람의 몸을 한 괴물. 우녀.

──그것의 사체조차 아닌 유리 조각상.

그게 바닥에 찰싹 달라붙은 듯 놓여있었다.

"이게 뭐야?"

토리코의 의문에 대한 대답을 난 갖고 있지 않았다. 무슨 의미인지 전혀 알 수가 없었다. 다만 쿠단의 형상에 이어서 이것까지, 나를 겨냥한 무슨 일이 일어나고 있는 건 아무래도 틀림없는 것 같았다──.

"소라오."

"왜?"

"괜찮아──?"

토리코의 시선을 쫓아 내려다보니 어느새 난 스스로를 끌어안은 것처럼 양팔을 움켜쥔 채 떨고 있었다. 무의식적으로 강한 힘이 들어가, 의식해도 좀처럼 느슨해지지 않았다.

어떻게든 팔에서 손을 떼고 잘게 떨고 있는 손가락을 내려다
보고 있는데 그 손바닥 위로 새하얀 작은 조각이 떨어졌다.

눈이었다. 짙은 회색빛 하늘에서 팔랑팔랑 작은 눈송이가 내
리고 있었다. 수분이 없는 마른 눈이라 거의 재처럼 보였다.

구름에 가려진 태양이 그때 아무래도 저문 것 같았다. 공기가
확실하게 변하는 걸 느꼈기 때문이다. 그때까지 계속 들렸던 강
흐르는 소리가 순간 끊어진 것 같은 기분조차 들었다.

도로에 인접한 오른쪽 경사면이 바람에 쏴아아 소리를 냈다.
대낮의 약한 햇빛이 눈 깜짝할 사이에 쇠하고 강가는 순식간에
어두워졌다.

동시에 시야의 끝에 빛나는 것이 보여 우리는 왼쪽으로 눈을
돌렸다. 강 너머, 북서 방향에서 빛의 기둥이 떠올랐다.

"찾았다!"

우리가 설치한 서치라이트의 빛이었다. 가까워! 어림잡아 봐
도 앞으로 1킬로 정도밖에 떨어지지 않은 것 같은데? 서두르면
도달할 수 있는 거리였다. 하지만——.

"역시 반대편 강가였구나……."

난 이를 갈았다.

"미안, 역시 여기서 텐트를 칠 수밖에 없을 것 같아."

"……여기서?"

토리코가 길 위에 가로누운 유리 조각상을 내려다보며 낮게
중얼거렸다. 그리곤 길 앞뒤로 잽싸게 얼굴을 돌리다 가드레일
로 다가가서 몸을 내밀어 상류 방향을 파고들 듯 응시했다.

"자, 잠깐, 위험해, 토리코."

끌고 오려는 날 돌아보며 토리코는 강의 상류를 가리켰다.

"저쪽이야. 잘 봐."

"뭔데?"

토리코의 재촉에 나도 몸을 내밀었다.

완만하게 왼쪽으로 굽은 강의 그 만곡부 끝에, 뭔가 격자 모양 구조가 보였다. 여기서는 확실하지 않았지만 도로에서 강 위로 튀어나온 것처럼 보인 그것은——.

"——다리!"

"그런 것 같아. 가자. 이대로 계속 가면 돼!"

우리는 AP—1에 올라타고 바로 발진했다.

우녀의 유리 조각상을 크게 돌아서 속도를 높였고 가로등이 없는 길을 쉬지 않고 달렸다. 이제 와서 중요한 사실을 깨달았다. 이 차, 헤드라이트가 없어!

무사히 돌아가면 다음에는 반드시 라이트를 증설하겠다고 굳게 다짐하는 내 옆에서 토리코가 자신의 손전등을 켰다. 길바닥을 비추는 빛의 고리 안으로 눈이 계속해서 떨어졌다.

눈은 순식간에 바닥에 쌓였다. 하얗고 얇고 재 같은 눈송이로 뒤덮인 아스팔트에 AP—1의 크롤러가 선명한 흔적을 남겼다.

북서 방향에서 빛의 기둥이 갑자기 사라졌다. 배터리를 아끼기 위해 단시간에 꺼지도록 설정해놓았기 때문이다. 이런…… 적어도 1시간 정도 켜놓을걸.

"오른쪽, 위험할지도. 각오하고 돌아봐."

토리코가 긴박한 목소리로 말했다. 난 돌아보며 히익 숨을 삼켰다.

비탈길 위에 4개의 다리 실루엣이 몇 개나 있었다. 쿠단의 것이었다. 이번에는 놀이기구가 아니었다. 호흡하는 리듬으로 몸을 흔들고 다리를 바꿔 밟으며 꼬리를 흔들고……살아있었다.

까맣게 그늘진 얼굴 중 눈의 흰자위가 유독 눈에 띄었다. 이쪽을 보고 있었다. 인간의 눈으로.

"응?! 지금──."

토리코가 경악의 소리를 질렀기 때문에 난 정신을 차렸다. 토리코는 눈을 크게 뜨고 뒤쪽을 돌아보고 있었다.

"왜 그래?"

"사람이…… 걷고 있었어."

"뭐?!"

무심코 나도 돌아보았다. 등 뒤는 이미 암흑이었고 AP─1의 바퀴 자국조차도 생기자마자 보이지 않을 정도였다.

"어, 어떤?"

"여자였어, 아까 그 녀석 같은──."

토리코의 말이 순간 끊어진 후 고함소리로 바뀌었다.

"또 있어!!"

순간적으로 다시 앞으로 돌아보았다. 이번에는 나도 봤다. 가드레일을 따라 빨간 옷만 걸친 여자가 비틀거리며 걷고 있는 모습을. 발걸음은 어설프게 비틀거렸고 그 머리는 짧은 뿔이 난 소의 그것이었다. 가까이 다가가자 녹슨 냄새가 울컥 코를 찔렀다.

우녀였다.

두 사람 다 멍하니 아무런 리액션도 취하지 못하고 옆을 통과하고 말았다. 우녀의 모습도 금방 암흑 속에 빨려 들어갔다.

"저……저 녀석?"

"같은 녀석일 거야."

혼란스러운 마음으로 달리고 있는 사이에 또다시 전방 좌측에 빨간 옷의 여자가 나타났다.

앞가슴이 벌어진 옷, 창백한 손과 발, 피 냄새, 소의 머리. 완전히 똑같았다.

AP—1은 몇 번이나, 몇 번이나, 같은 여자를 앞질렀다. 점점 다음 여자가 나타나는 페이스가 빨라졌다. 우측 능선에서 이쪽을 내려다보는 쿠단의 그림자도 서서히 수가 늘어가고 있는 것 같았다.

"아직도 도착을 안 한 거야?!"

견디지 못하고 난 외쳤다. 아까 본 게 진짜 다리라면 이미 나타나야 했는데.

"혹시 다리를 지나간 건가?"

"그럴 리가 없어. 내가 계속 보고 있었으니까."

토리코가 길 좌측에서 눈을 떼지 않은 채 말했다.

"소라오의 오른쪽 눈으로는 아무것도 안 보여?"

"아까부터 보고 있었는데—— 전혀 변화가 없어."

벌써 10분 이상 상황에 진전이 없었다. 오히려 악화되고 있다고 말해도 좋았다. 나의 정신은 점점 위태로워지고 있었다. 우리는 손에 든 손전등 하나에 의지해 어디로도 다다르지 않은 깜깜한 길을 계속 달렸다.

"좀 위험한 것 같아, 이거."

시간이 흐름에 따라 토리코의 목소리에도 공포의 색이 짙어지고 있었다. 큰일이야. 내가 미칠 것 같은데 토리코까지 당하면 끝이었다.

난 마카로프를 꺼내 토리코에게로 몸을 내밀었다.

"소라오?"

전방에서 다가오는 우녀의 등에 난 총구를 들이밀었다.

방아쇠를 당겼다. 어둠에 총구 불꽃이 눈부시게 빛났다. 우녀가 등을 밀린 것처럼 몸을 뒤로 젖혔다.

계속 달리는 차 위에서 한 발 더. 총알은 소의 머리 측면에 명중했다.

털썩 쓰러지는 우녀의 모습이 등 뒤로 사라졌다.

"……괜찮았어?"

토리코의 물음에 난 고개를 가로저으며 답했다.

"모르겠어——."

다음으로 무슨 일이 일어날지 숨죽이고 지켜보는 우리를 태우고 AP—1은 계속 달렸다.

머지않아 기시감이 있는 광경이 전방에 나타났다.

길 위에 빨간 옷을 드러내고 우녀가 쓰러져 있었다.

아까 봤을 때와 완전히 똑같은 모습으로, 똑같이 쓰러져 있었다. 다른 건 질감이었는데, 이번에는 유리 광택은 나지 않았고

흐물흐물한 사체의 부드러움밖에 느껴지지 않았다.

우녀 옆에 쿠단이 바싹 다가붙듯이 서 있었다. 머리를 낮게 숙이고 사체에서 흘러넘치는 피 웅덩이를 할짝할짝 핥고 있었다.

치고 가는 게 가능할까? 이 차에 그 정도의 파워가 있을까? 그런 생각이 머리를 스쳐지나가다……관뒀다. 우쭐대다 귀중한 AP—1가 망가지면 최악이었다.

난 부득이 AP—1를 세웠다.

쿠단이 피를 핥는 것을 관두고 천천히 고개를 들었다.

"으아악?!"

"히익?!"

두 사람 다 비명을 지르고 말았다.

코부터 아래쪽을 끈적끈적한 피로 물들인 채 우리를 올려다보는 쿠단의 얼굴은 나의 것이었다.

6

나도 토리코도 총을 겨눈 채 움직일 수 없었다.

소의 몸에 붙은 내 얼굴은 머리카락을 꼴사납게 늘어뜨리고 눈에 힘이 없었다. 피로 물든 입가로 침을 흘리는 나에게서 시체 비슷한 시선을 받자 의식을 잃을 것만 같았다.

그 입이 열리며 목소리가 흘러나왔다.

"빨간 사람이"

나의 목소리가 그렇게 말했다.

"빨간 사람이 와줬어."

그렇구나.

난 멍하니 내 목소리를 듣고 있었다.

뭐였지?

빨간 사람이 누구였지?

"꼭 가야 하는 건가요? 아직 이르지 않나요?"

내가 말했다.

"그 사람에게도 말했지만. 너무 불공평하지 않나요?"

난 싫다고 도리질했다.

"화톳불을 피우며 맞이하지 않으면 안 됩니다. 뜨겁고 아픈 기분이 들지 않으면 균형을 잡을 수 없으니까."

내가 고개를 끄덕였다——.

그때 총성이 울려 퍼졌고 내 이마에 구멍이 뚫렸다.

한숨 같은 소리를 흘리면서 난 고개를 숙이고 엎드린 상태로 길 위에 쓰러졌다.

"……하아."

꿈에서 깬 것 같은 기분으로 난 눈을 깜박거렸다.

지면에는 물풍선을 내던진 것 같은 얕은 피 웅덩이가 펼쳐져 있었고 쿠단도 우녀도 보이지 않았다.

옆을 바라보니 토리코가 AK를 장전한 채 망연자실한 얼굴로 피 웅덩이를 보고 있었다. 총구에서 연기가 피어오르고 있었다.

"미안, 소라오. 쏴, 쏴버렸어."

혀가 꼬인 채 토리코가 말했다.

"참을 수가…… 없어서."

뭔가 말하고 싶었지만 제대로 소리가 나오지 않았다. 난 그저 고개를 가로저었다. 떨리는 몸으로 한숨을 내쉬며 토리코가 천천히 총을 내렸다.

주위가 어렴풋이 밝아지는 걸 깨닫고 난 고개를 들었다. 어느샌가 우리는 폐허가 된 빌딩 앞에 있었다. 길에 약간 쌓인 눈을 푸른색과 핑크색으로 물들이고 있는 건 건물에 달린 네온사인이었다. 네온 문자는 여기저기 끊어져 있었고 치직, 치직 작은 벌레 같은 소리를 내고 있었다. 설령 망가지지 않았다고 해도 읽을 수는 없었겠지. 현실 세계의 문자는 이세계에서는 판독 불능이 되니까.

강 소리가 들리지 않았다. 주변을 둘러보니 우리가 있는 곳은 눈에 덮인 논밭이나 공터만이 눈에 띄는 쇠퇴한 지방 로드사이드 같은 장소였다. 가로등 하나 없는 그냥 넓은 밤하늘 속에서 이 건물 네온만이 차갑게 빛나고 있었다.

건물 정면에 가림막이 되는 벽과 요금표 같은 간판이 있었고 주차장 입구에 포렴 같은 녹색 비닐 커튼이 드리워진 구조로 봤을 때 이 폐허는 아무래도 러브호텔이었던 것 같다.

그럼에도 불구하고 난 이 호텔을 본 기억이 있었다.

"아까랑 장소가 달라. 어떻게 된 거지……?"

AK를 몸으로 끌어당기며 토리코는 경계하고 있었다.

"잘은 모르겠지만…… 야마노케가 나왔을 때 들어갔던 건물, 기억해?"

"그 전망대?"

"그게 회전할 때마다 이세계의 상태가 조금씩 변했잖아. 똑같은 일이 일어나는 거라고 생각해."

"그래서 나온 게 이…… 호텔이라는 뜻이야?"

"미안, 이건 나 때문일지도 몰라."

"뭐—— 어째서?"

약간의 어색함을 느끼면서 난 말했다.

"내가 여길 아는 것 같아."

"어째서?"

"들어간 적이 있으니까."

"……무슨 뜻이야?!"

토리코가 눈을 부릅떴다.

간판 문자는 읽을 수 없었지만 한눈에 떠올랐다. 그날도 오늘처럼 폐허 건물의 네온에 이끌렸었다.

고등학교 시절, 사교 집단의 집합소가 된 집으로 돌아가고 싶지 않았던 난 여기저기 빈집이나 폐허를 전전하며 안전한 은신처를 찾고 있었다.

어느 겨울날, 발을 들여놓은 곳이 교외에서 발견한 러브호텔이었다. 건물은 새까맸고 명백하게 폐허였는데 네온 간판 전류만은 아직 통하고 있었다. 망한 지 얼마 지나지 않은 것 같다고 생각하면서 난 안으로 들어갔다.

전기가 통하는 건 간판뿐이었고 안쪽은 일체 불이 켜져 있지 않았다. 1층은 제멋대로 황폐해져 있었지만 계단을 막고 있는

합판을 억지로 망가뜨리며 들어가 보니 위층은 아직 손을 대지 않은 것 같았다. 어질러진 먼지투성이의 건물 안을 손전등을 한 손에 들고 돌아다니다 비상계단과 가까운 장소에 비교적 깔끔한 객실을 발견해 난 그곳을 보금자리로 삼았다.

당분간 그곳에서 지낸 후 난 집으로 돌아갔었다――.

간단히 경위를 설명하자 토리코는 감회가 깊은 얼굴로 네온사인을 올려다보았다.

"그래…… 소라오의 추억의 장소구나……."

"아, 뭐, 그렇다고 할 수 있을지도 모르겠지만."

실제보다 깔끔한 말로 정리해줬기 때문에 난 좀 멈칫했다.

"응? 그런데 잠깐만. 혹시 내가 그걸 쏜 탓에 이런 곳으로 나온 건가?"

"……그런 걸 신경 써봤자 소용없어. 어떤 원리로 이렇게 된 건지 짐작도 안 가는걸."

바람이 불었다. 공포와 긴장으로 땀을 흘린 몸이 식었다. 토리코도 부르르 몸을 떨면서 별이 보이지 않는 밤하늘을 올려다보았다. 날리는 눈이 네온 빛을 받아 아름다웠다.

"눈이 더 많이 내리기 시작한 것 같아."

"응……."

"어떻게 할래? 여기서 텐트…… 칠래?"

토리코의 물음에 난 생각했다.

이세계에서 다른 형태로 헤매다 야마노케와 조우했을 때는 전망대의 회전이 원래 위치로 돌아가는 것과 같은 타이밍에 우리도 처음에 있던 장소로 돌아갈 수 있었다. 여기서도 시간 경과로 똑같은 일이 일어나는 건지, 아니면 뭔가 조건을 충족시켜야 하는 건지——.

시공의 아저씨와의 조우 후, 이세계의 심층부에서 돌아왔을 때는 나의 눈과 토리코의 손으로 직접 돌아갈 길을 만들 수 있었다. 혹시 같은 일이 가능하진 않을지 오른쪽 눈으로 주변을 둘러보았지만, 실마리가 될 만한 은색 흔들림은 어디에도 없었다.

이 이상 뭘 시험해보려 해도 너무 어두웠고 너무 추웠다. 다른 형태의 이세계에서도 분명 아침은 오겠지. 목표로 하고 있던 다리를 놓친 지금 상황에서는 외계를 차단하고 밝아질 때까지 잠들어 있는 게 아마 가장 현명할 것이다. 다만 밖에서 텐트를 치기에는 이 눈이 무서웠다. 어디까지 내릴지 알 수 없었고 밖에서 바람을 그대로 맞는 건 꽤 춥겠지.

긴장한 얼굴로 나의 대답을 기다리고 있는 토리코를 바라보며 난 말했다.

"안으로 들어가 보자."

"안으로?"

"러브호텔 말이야."

"러브호텔?!"

앵무새처럼 맞장구밖에 못 치게 된 사람처럼 토리코가 말했다. 난 갑자기 이상해져서 웃음을 터뜨릴 뻔했다.

좋았——어! 가자, 토리코!

둘이서 러브호텔에 들어가자!!

하지만 미안! 이 러브호텔은 폐허야……!

내가 손전등을, 토리코가 AK를 장전하고 녹색 비닐 커튼 밑을 들여다보았다. 안쪽에는 5대 분량의 주차 공간이 있었고 전부 비어 있었다.

안전이 확인됐기 때문에 난 운전석으로 돌아와 AP—1을 주차장으로 몰고 들어갔다. 그동안 토리코가 주변을 감시해줬다.

엔진을 끄자 갑자기 고요해졌다. 손전등만 비추고 있는 작은 주차장에 우리의 발소리만이 울렸다.

안으로 이어지는 자동문은 전원이 끊어져 있었기 때문에 긴 쇠지레를 꺼내 빈틈을 벌리고 두 사람이 함께 억지로 열었다.

무거운 긴 쇠지레는 차 위에 다시 올려두고 각자의 등산용 배낭과 침낭을 짊어진 후 우리는 탐색 준비를 갖췄다. 난 못도 뽑을 수 있고 손으로 들 수 있는 사이즈의 평범한 쇠지레를, 볼트가 든 못 봉투와 함께 공구 케이스에 넣어 허리에 찼다. 토리코는 좀 더 대단했는데, 자루가 길고 양손으로 드는 본격적인 도끼를 가죽 케이스에 넣어 허벅지 바깥쪽에 고정하고 있었다.

"그런 걸 쓸 수 있어?"

"장작 패기는 꽤 많이 해봤어, 어릴 때지만."

"아니, 그렇다고 해도 그렇게 큰 게 필요하지 않잖아."

"내 키에는 이 정도가 쓰기 쉬우니까. 잘 어울리지 않아?"

"어울리고 아니고의 문제가 아니라……물론 어울리긴 하지만."

"다행이다. 〈도끼는 여자를 아름답게 보이게 한다〉는 말도 있으니까."

"처음 듣는데?!"

어쨌든 준비를 마치고 우리는 호텔 안으로 들어갔다.

전투용 소총은 등 뒤로 돌려놓고 마카로프와 손전등을 손에 든 후 깜깜한 통로를 걸었다. 바로 석조 로비가 나왔다. 로비는 휑했고 썰렁했고 방을 선택하는 패널판도 새까맸다. 바닥에는 깨진 화병의 파편과 바사삭바사삭하게 마른 꽃다발이 흩어져 있었다. 프런트 안으로 들어가는 문을 평범한 쇠지레로 억지로 열어 가림막 안쪽으로 들어갔다. 벽에 붙은 선반에 주르륵 늘어선 객실 열쇠를 손전등으로 훑어보다 딱 하나 다른 형태의 키홀더가 붙은 열쇠를 발견했다.

"찾았다. 아마 이걸 거야."

"그게 뭔데?"

"마스터키. 호텔에는 객실 전부를 열 수 있는 열쇠가 반드시 있거든."

내가 설명하자 토리코는 눈을 반짝였다.

"소라오, 대단하다. 익숙하구나, 이런 일에."

"칭찬받을 일은 아닌 것 같은데…… 경험이 꽤 있으니까, 어릴 때긴 해도."

그렇게 말해도 고작 3년 전이지만.

그리고 지금도 어린애지만…….

"왜 그래?"

내 기분이 다운되면 토리코는 바로 알아차린다. 하지만 이런 센스가 나에게는 없었다…….

후우, 숨을 크게 내쉬며 난 말했다.

"가자. 어디든 괜찮아 보이는 방을 찾아서 얼른 자야지."

"오, 오케이."

엘리베이터는 움직이지 않았기 때문에 종업원용 계단으로 올라가기로 했다. 내가 예전에 들어갔을 때처럼 베니어합판으로 봉쇄되어 있었기 때문에 못뽑개로 억지로 열려고 하자 토리코가 날 제지하고 기세 당당하게 도끼를 케이스에서 뽑았다.

우지직 우지직, 덜컹 덜컹. 무시무시하고 시끄러운 소리가 호텔 안에 울려 퍼졌고 위층으로 올라가는 길이 개통되었다.

"미안……이렇게까지 시끄럽게 할 생각은 없었는데……."

"……뭐, 어쩔 수 없었잖아, 길은 만들었고."

어색해 보이는 토리코를 보조하면서 베니어합판의 파편을 치우고 올라가기 시작했다.

2층 복도로 나가자 어딘가의 창문이 열려 있는 것인지 차가운 바람이 불어와서 무시했다. 3층 복도는 꽤 깔끔했기 때문에 이 근처에서 하룻밤을 지낼 장소를 찾게 되었다.

"세상 사람들은 여자들끼리 모임 같은 것도 한다던데."

내가 말하자 토리코가 의아스러운 얼굴을 했다.

"무슨 말이야?"

"러브호텔 여성 모임."

"아아……."

"우리의 이것도 비슷한 거겠지? 분명."

내가 말하자 토리코는 천천히 고개를 가로저었다.

"절대 다르다고 생각해."

두 사람 다 입으로는 활기찼지만 별로 정신적인 여유는 없었다. 이세계의 밤, 낯선 장소에 내던져져 자신들이 어디에 있는지 알 수 없는 상태였으니 정신이 온전한 게 이상했다. 굳이 깊게 생각하지 않기로 했지만 지금 우리가 떠돌고 있는 이 건물이 대체 무엇인지 짐작도 가지 않았다. 나의 〈추억의 장소〉 그것이 아니라는 건 명백했다. 내 머릿속을 읽은 것처럼 나타난, 재현도가 굉장히 높은, 아주 비슷한 장소일 수밖에 없었다.

그럼 대체 뭐야? 어째서 이런 건물이——? 조금이라도 생각하면 이상해질 것 같았다.

끊임없이 얼굴을 내밀려는 의문을 억누르면서 마스터키로 객실을 열어 안전을 확인했다. 가구가 망가지거나 벽이나 바닥에 곰팡이가 피거나 천장에서 물이 새는, 잠을 자기에 어울리지 않는 방을 몇 군데 본 이후, 드디어 적절한 공간이 나왔다. 보기에는 흠이 없었고 다소 먼지가 많은 것만 너그럽게 넘기면 충분히 거주할 수 있었다. 종업원용 계단과 외부 비상계단 한가운데에 위치하는 것도 도망칠 때를 생각하면 안성맞춤이었다.

들어가면 왼쪽에 욕실, 오른쪽에 화장실 문, 세면대. 물은 나오지 않았고 TV도 있지만 당연히 켜지지 않았다. 냉장고 안을 일단 확인해봤지만 텅 비어 있었다. 어메니티도 전혀 없었다. 있다고 해도 절대로 건드리고 싶지 않겠지만 없으면 없는 대로 왠지 손해 보는 기분이 들었다. 하지만 괜찮았다. 방 안쪽에 턱 하니 자리한 커다란 사이즈의 침대, 이것만 있으면 우리의 용건은 충족했다.

다만 침낭과 침대의 홑이불만 있으면 괜찮을 것 같았는데, 난방이 안 되는 겨울 호텔은 상상 이상으로 추웠다. 인테리어에 눈에 띄는 파손은 없다고 해도 역시 폐허, 어디선가 끈질기게 외풍이 들어왔다. 커다란 짐을 침대 옆에 놔두고 우리는 일단 방을 나왔다. 엘리베이터 근처 벽을 손전등으로 비추자 열쇠 구멍이 보였다. 객실 마스터키와는 다른 종류의 열쇠였기 때문에 갖고 있던 쇠지레 끝부분을 벽 패널 사이에 끼워 넣고 억지로 열었다. 안에는 사다리가 있었고 천이 쌓여 있었다.

갖고 돌아온 시트와 베개 커버로 침대를 정리하고 그 위에 긁어모은 모포를 산더미처럼 쌓았다. 이것만 있으면 얼어 죽을 일은 없겠지.

LED 랜턴을 점등하고 유리 테이블 위에 올렸다. 가스 캔을 달아서 사용하는 타입의 캠프용 화로로 뜨거운 물을 끓였다. 이 정도로 외풍이 들어오면 일산화탄소 중독도 전혀 걱정이 없을 듯했다.

해산물 맛 컵라면에 뜨거운 물을 붓고 거다리기를 2분 30초. 이세계에서 먹는 컵라면은 현실 세계에서보다 훨씬 맛있게 느껴졌다.

다 먹고 한 번 더 물을 끓여 인스턴트커피를 탔다. 행동식인 소금 양갱까지 곁들여 김이 나는 커피를 홀짝거리고 있으니 이제야 살 것 같았다.

"이거 봐, 이러니까 러브호텔 여성 모임 같잖아."

난 그렇게 말했지만 토리코는 완고하게 고개를 가로저었다.

"절대로 아니야."

"그렇지만 둘이 러브호텔에 와서 밥을 먹고 이야기를 나누고 있잖아."

"그건 아니지. 여자들만의 모임이 아니야, 이건."

"토리코가 여성 모임에 대해 뭘 안다고?"

"소라오보다는 많이 알거든!"

"흐으음, 그렇습니까? 그럼 말해줘, 어떤 게 여자들만의 모임인데?"

"그건——."

우리는 오랫동안, 이 세상 사람들이 할 만한 여자들의 모임이라는 게 마땅히 갖춰야 할 모습에 대해 서로 이야기를 나누었다. 두 사람 다 진짜 경험이 없었고 지식도 없었기 때문에 어디에도 다다를 수 없는 논쟁이었다.

"알았어, 그럼 돌아가면 다음에 해보자, 이런 폐허 말고, 진짜 러브호텔에서 즐기는 여성 모임이라는 걸 말이야!"

이야기의 흐름에 휩쓸려 내가 그렇게 말하자 토리코가 수긍했다.

"알았어."

"그렇게 하면……뭐?"

"좋아. 하자. 진짜. 나도 해본 적 없으니까."

"진심으로 하는 소리야?"

"소라오가 꺼낸 말이잖아."

"그렇긴 하지만."

"그럼 하자. 러브호텔 여성 모임. 허니 토스트 같은 걸 먹는 거지? 잘은 모르지만."

"아니, 뭐, 나도 인터넷에서 본 것뿐이라서."

"돌아가면 일정을 맞춰서 해보자. 기대되는데?"

"으, 응……."

어라……?

불안해져서 입을 닫은 날 곁눈질하며 토리코가 후아암 하품을 했다.

"졸리기 시작했어."

"……그만 잘까?"

상의와 신발을 벗고 우리는 침대로 들어갔다. 모포가 충분했기 때문에 침낭은 안 써도 될 것 같았다. 각자 3장씩 모포를 점유하고 그 위에 비치된 홑이불을 덮었다.

랜턴은 살짝 빛의 양을 줄여 켜놓기로 했다. 손이 닿는 장소에 총이 있다는 걸 확인하고 베개에 머리를 얹었다.

"잘 자."

"아침에 봐."

컵라면과 커피의 열기가 몸을 안에서부터 따뜻하게 해줬다. 피곤했는지 난 순식간에 잠에 빠졌다.

7

시간이 얼마나 흘렀을까. 무슨 소리가 들리는 것 같아서 난 문득 눈을 떴다.

방은 조용했고 아주 차가워져 있었다. LED 랜턴의 새하얀 빛을 받은 실내는 잠들 때와 아무런 변화가 없었다.

또 들렸다. 희미한 전자음―― 벨소리 같았다.

"토리코."

난 옆에 가로누운 모포 덩어리를 흔들었다.

그러자 아무런 저항 없이 모포 덩어리가 스르륵 무너지며 침대 위로 펼쳐졌다.

아아, 그래, 라고 난 생각했다.

내가 잠들어있는 동안 뭔가 볼일이 있어서 침대를 나간 거겠지.

난 일어나서 신발을 신었다. 밀려드는 추위에 몸을 떨면서 상의를 입었다.

침대에서 내려와 토리코를 찾았다. 욕실은 깜깜했고 말라있었다. 노크를 한 후 화장실을 열어도 토리코는 없었다.

어디로 간 건지 곤란해 하고 있는데 다시 희미한 벨소리가 들렸다.

그걸로 알았다. 토리코 녀석, 분명 무심코 방 밖으로 나가버린 거야. 자동으로 잠기는 문이라서 내쫓긴 후 어쩔 수 없이 벨을 누르고 있는 거겠지.

어쩔 수 없다니까, 참나……라고 난 쓴웃음을 지으며 체인을 풀고 문을 열었다.

활짝 열린 문으로 차가운 바람이 불어왔다.

그곳에 빨간 사람이 서 있었다.

나보다 훨씬 키가 큰 빨간 사람이 날 내려다보고 있었다.

그리움이 복받쳤다.

기억나, 그때의 일이.

외톨이였던 나에게 물었지?

〈그 사람들, 필요 없어?〉라고.

그 이후 집으로 돌아갔더니 그 사람들은 보이지 않았다.

무슨 짓을 한 건지, 우연인지 알 수 없지만 그 폐허에서 보낸 밤은 날 구원해줬어.

오랜만에 만나서 기뻐. 무슨 일이야?

내가 미소를 짓자 빨간 사람은 천천히 앞으로 몸을 구부려 날 끌어안았다.

그때처럼 굉장히 부드럽고 따뜻했다.

——응?

왜 불을 피우지 않았느냐고?

그게, 아무도 돌아오지 않았으니까.

화났어?

등유는 준비했어. 네가 말한 대로.

분명, 뒤집어쓰진 않았지만. 젖는 건 싫었으니까. 돌아오지 않는다면 그걸로 됐다고 생각했어.

화내지 마.

뭐?

〈그 아이가 필요 없냐고?〉

그 아이라니, 누구?

………….

필요해.

필요해. 그 아이는 필요해.

필요하니까 데리고 가면 안 돼.

안 된다니까.

특별해.

뭐?

대신할 사람?

대신할 사람은 필요 없어.

내가 필요한 건 그 아이뿐이야.

괜찮아, 안 봐도.

괜찮다니까──.

휘익…… 시야가 흔들렸다.

난 깜깜한 복도가 아닌 한낮의 그라운드에 서 있었다.

알고 있는 장소였다. 내가 다녔던 초등학교 그라운드였다.

왜 이런 곳에 있는 거지? 아직 방과 후가 아닌데, 안으로 들어가지 않으면 혼날 거야──. 당황해서 돌아보니 그라운드 구석 지면에 녹이 슨 철문이 보였다.

문은 콘크리트로 고정돼 지면에 직접 설치되어 있었고 손잡이를 잡아보니 초등학생의 근력으로도 그럭저럭 들어 올릴 수 있었다.

문 안에는 사다리가 밑으로 뻗어 있었다. 난 초등학생 때부터 모르는 장소를 탐험하는 걸 정말 좋아했기 때문에 설렌 마음으로 내려가기 시작했다.

사다리를 내려가 보니 그곳은 바닥이 철망으로 된 통로였다. 철망 밑으로는 물이 흐르는 소리가 들렸다. 난 즉시 앞으로 걸어 나갔다.

하지만 통로는 금방 막다른 곳에 다다랐다. 걸어온 거리는 고작 20미터 정도 될까. 쇠창살이 가는 방향을 막고 있었고 벽으로 올라가는 사다리가 설치되어 있었다.

겨우 이것뿐인가……라고 실망하면서 사다리를 올라가 머리 위에 있는 덮개를 열고 밖으로 나왔다. 어째선지 그곳은 내려온 장소와 똑같은 곳이었다. 게다가 방금까지 대낮이었는데 하늘은 해질녘의 노을로 물들어 있었다.

무서워져서 난 집으로 돌아가기 위해 달리기 시작했다. 낯익은 통학로의 풍경은 어딘가 이상했다. 거리 여기저기에 바뀐 것처럼 낯선 건물이 들어서 있었고 도로 표식 기호도 길가의 간판도 왠지 위화감이 들었다.

숨을 헐떡이며 돌아온 집도 이상했다.

정원수가 서 있던 장소에는 키가 큰 선인장이 새빨간 꽃을 피우고 있었다. 차고 안의 차는 길이가 짧은 스포츠카 같았다. 인터폰이 있던 장소에는 아래쪽을 향하고 있는 작은 레버가 튀어나와 있었다. 레버의 목재 손잡이에는 뭔가 작고 검은 상징이 표시되어 있었다. 현관문 옆에는 사람의 얼굴을 한 소 같은 장식물이 서 있었고 2마리가 함께 날 내려다보고 있었다.

확실히 여기가 우리 집일 텐데……. 잘못 찾아온 것 같은 위화감에 혼란스러워하면서 난 집 뒤편을 둘러보았다. 부엌 창으로 들여다보니 불상을 모신 방에서 좌식 테이블을 사이에 두고 아버지랑 할머니가 온화하게 이야기하고 있는 모습이 보였다.

평소라면 아버지는 아직 돌아오지 않았을 시간이라 이상하다고 생각했다. 할머니도 익숙하지 않은 푸른색의 예쁜 옷을 입고 있었다.

두 사람이 마주하고 있는 좌식 테이블 위에는 인형 같은 게 가로누워있었다. 내가 갖고 있던 리카나 바비랑 비슷했지만 훨씬 더 예뻤다. 두 사람은 인형을 어떻게 할지 의논하고 있는 것 같았고, 아직 받은 것도 아닌데 빼앗기는 건 아닌지 점점 불안해졌다.

그때, 계단을 내려오는 발소리가 들렸고 부엌으로 엄마가 들어왔다. 나에겐 얼굴이 보이지 않았지만, 엄마는 평소처럼 보였다.

난 안심하고 창문을 통해 엄마를 불렀다.

그 순간, 굉장한 위화감에 사로잡혔다.

엄마는 분명 죽었어.

엄마가 죽은 후 아버지랑 할머니가 이상해졌어.

그래서 난 도망쳤고——.

그 아이와 만나서 지금의 내가 있는 거야.

그럼 저기 있는 엄마는 뭐지?

저 엄마가 진짜라면—— 여기 있는 나는 뭐지?

지연된 시간 속에서 내 목소리를 눈치챈 엄마가 천천히 이쪽을 돌아보았다——.

얼굴을 보면 안 돼.

돌이킬 수 없는 일이 일어날 거야.

소중한 게 사라지게 돼.

직감적으로 그걸 알 수 있었다. 그런데 움직일 수 없었다. 창문을 들여다본 채 얼어붙은 것처럼 지금 당장이라도 돌아보려는 엄마에게서 눈을 뗄 수 없었다.

싫어.

토리코.

토리코, 도와줘——.

그다음 순간, 콰앙 큰 소리가 나며 시야가 깜깜해졌다.

"소라오!!"

목덜미를 붙잡힌 채 난폭하게 뒤로 잡아 당겨져 쓰러졌다.

뭐가 뭔지 알 수가 없어 위를 쳐다보니 그곳은 어두운 호텔 바닥이었다. 열린 문 안으로 쏟아지는 LED 랜턴 빛을 받으며, 머리가 헝클어진 토리코가 크게 휘두른 도끼를 빨간 사람의 머리에 한 번 더 내던지려 하고 있었다.

"토리코! 잠깐만!"

무심코 난 외치며 토리코의 다리에 매달렸다.

"뭐야?! 이거 놔, 소라오!"

난 필사적으로 외쳤다.

"그 사람은 달라! 빨간 사람이야!"

"뭐가 다르다는 거야?!"

"빨간 사람이니까! 빨간 사람이니까 달라!"

토리코가 살기 어린 눈으로 날 돌아보았다. 왼손을 뻗어 나의 정수리 부근을 꽉 붙잡고 억지로 빨간 사람 쪽을 바라보게 했다.

"잘 봐! 이런 녀석이 무해할 리가 없잖아!"

"그, 그렇지만, 빨간 사람, 인데."

내가 우물쭈물 말이 격해지자 화가 치밀어 오른 듯 토리코가 고함쳤다.

"눈으로 보고 판단해!! 나랑 이 녀석 중 어느 쪽을 믿을 거야? 소라오!!"

그 한 마디에 나의 의식 속에 계속 덮여 있던 딱지가 후두둑 벗겨지는 것 같았다. 도끼의 일격을 받아 비틀거리는 〈빨간 사람〉이 날 향해 뭔가 외치려고 입을 쩍 벌렸다. 입 안이 새까맸다. 화재 현장의 얼룩진 그을음 색깔이었다.

난 깜짝 놀라 외쳤다.

"뭐…… 뭐야? 이 녀석?!"

"정신 차렸어?!"

"차렸어…… 차렸어!!"

나의 목소리는 거의 비명에 가까웠다.

난 이런 괴물이 그리워서 의문도 품지 않고 끌어안았던 거야?! 그때까지의 생각이 머릿속에서 되살아났다.

이 녀석은 나에게 등유를 뒤집어쓰고 분신자살시키려고 했어──. 난 그 사실을 겨우 깨닫고 지금까지 전혀 의문을 갖지 않았다는 사실에 깜짝 놀랐다.

"정신 차려, 소라오! 제대로 보라고, 오른쪽 눈으로!"

토리코의 말에 간신히 의식을 되찾을 수 있었다. 난 오른쪽 눈에 주의를 기울여 〈빨간 사람〉을 노려보았다.

날 죽이려고만 했다면 그나마 나았다.

거기에만 그치지 않고 이 녀석은 나에게서 토리코를 빼앗으려고 했다.

"좋아. 제대로 보고 있어."

난 억누른 목소리로 말했다. 큰 소리를 내면 감정이 폭발해 절규할 것 같았기 때문이다.

"죽여 버려── 토리코."

"알았어!"

토리코가 다시 도끼를 양손으로 크게 휘둘렀다.

무거운 강철의 날붙이가 낮은 소리를 내며 공기를 갈랐다. 풀스윙으로 도끼가 〈빨간 사람〉을 내리쳤고 그 몸에 깊숙하게 파고들었다.

비명은 지르지 않았다. 내가 오른쪽 눈으로 포착한 적을 향해 토리코가 가차 없이 몇 번이나 도끼로 내리찍었다.

도끼는 여자를 아름답게 보이게 한다──.

정말이구나, 라고 생각했다.

피 대신 뜨거운 재를 흩뿌리며 〈빨간 사람〉이 갈기갈기 흩어졌다. 복도에 깔린 융단 위에 흩어진 사지는 타고 남은 재 같았고, 단면에 희미하게 남은 타다 남은 불꽃의 붉은빛도 토리코가 트레킹 부츠로 밟자 눈 깜짝할 사이에 사라졌다.

토리코가 숨을 헐떡거리며 도끼를 내린 후 나를 향해 돌아보았다.

"괜찮아? 일어날 수 있겠어?"

그녀가 내민 손에 의지해 일어난 순간, 엄청난 구역질이 났다. 말도 못 하고 상반신을 앞으로 구부려 〈빨간 사람〉의 잔해 위에 우웨엑 토했다.

위장의 내용물을 전부 털어내도 구역질은 멈추지 않았고 토리코가 등을 문질러주는 것도 당분간 눈치 못 챌 정도였다.

그 〈빨간 사람〉에게 얼마나 오래 속았는지 생각해보면 미칠 것 같았다.

고등학교 시절, 호텔 폐허에서 그 녀석을 우연히 만난 이후 계속 인지를 건드리고 있었다는 게 된다. 아파트 현관에 그 녀석이 나타났을 때조차 난 무시했다. 마치 그 녀석이 있는 게 당연한 것처럼.

토리코의 도움을 받아 비틀거리면서 방으로 돌아왔다. 물을 받아들고 세면대에서 입을 헹궜다. 거울에 비친 얼굴은 정말 심각했다.

"미안, 토리코, 미안해, 내가, 전혀 눈치채지 못해서——."

토하느라 지쳐 갈라진 목소리로 말하는 나의 입술에 토리코가 집게손가락을 가져다 댔다.

"쉿——. 우선 쉬자. 이야기는 아침에 해. 알겠지?"

"응⋯⋯."

초등학교 때 기억을 떠올린 탓인지 난 정말 어린애처럼 고개를 끄덕이고 말았다. 아니, 아니야, 그건 가짜 기억이야, 그런 일은 실제로는 일어나지 않았어——.

토리코의 재촉에 상의와 신발을 벗고 난 다시 침대로 들어갔다. 토리코가 옆에 걸터앉아 가로누운 내 머리를 쓰다듬어주었다. 평소랑 반대라고 생각하면서 머리카락을 쓰다듬는 부드러운 손길을 느끼게 되자 점점 차분해졌다.

하지만 잠들 수 없었다. 눈을 감으면 그 광경이 머릿속에 떠올랐다. 내 쪽으로 돌아보려 하는 엄마의 모습이 선명하게⋯⋯.

그때의 공포는 말로는 다 표현하기 힘들었다. 떠올리기만 해도 온몸이 떨릴 정도였다. 엄마가 무서운 게 아니었다. 난 엄마를 사랑했고 죽었을 때는 정말 슬펐다. 그 이후의 힘든 나날들 속에서 엄마에게 귀여움받았던 기억을 마음속 버팀목으로 삼고 극복한 적이 셀 수 없을 정도였다.

그런데 그때는 정말 무서웠다. 엄마랑 눈을 마주치면 전부 다 무너져 내려 돌이킬 수 없는 일이 된다는 걸 알고 말았다. 이세계를 알게 된 이후 맛본 다수의 공포 중에서도 그 순간이 가장 무서웠다. 이쪽으로 돌아보는 엄마와 눈이 마주치는 것을 상상하면 비명이 나올 것 같았다.

만약 그것이 날조된 기억이 아니라 진짜 체험한 일이었다면. 이세계와 비슷한 어딘가 어긋난 세계라고 해도 엄마는 진짜였다면.

그때 엄마와 눈을 마주치고 이야기를 나누고 집으로 들어갔다면.

그게 〈빨간 사람〉이 보여준 환각이 아니라, 분명 죽은 엄마가 살아있는 세계가, 계속 변하는 이세계의 상태 안에 정말 있다면.

엄마가 죽지 않고 아버지랑 할머니가 사교집단에 빠질 동기가 애초에 생기지 않은 세계가 있다고 한다면. 일가족 4명이 평화롭게 계속 살아갈 가능성이 있다는 것을 제시해줬다면.

그때 나는 지금의 나로 있을 수 있었을까?

어딘가에서 갈라진 또 하나의 카미코시 가에 지금의 내가 있을 곳은 존재하지 않는다.

왜냐하면 그쪽의 내가 더 훨씬 행복할 테니까. 가족의 배신도, 광기도, 덤벼드는 악의도 모른 채 살아온 또 하나의 나. 평화롭고 행복한 인생을 보내는 그녀는—— 지금의 나와는 완전히 다른 인간이겠지.

지금 나의 큰 부분은 엄마가 죽은 이후에 필사적으로 쌓아 올린 부품에 의해 만들어져 있을 것이다. 그러니 분명 그것이 토대부터 뒤집힐 가능성을 살짝 보기만 했는데도 지금의 내가 진심으로 부들부들 떨고 만 것이다——.

자신의 공포에 대한 사리를 따지려 필사적으로 생각해봐도 두려움은 전혀 가라앉지 않았다. 오히려 머릿속이 엉망진창이 되어 정신상태가 점점 악화되는 것 같기도 했다.

"으윽——."

난 신음하면서 양손으로 머리를 감쌌다. 두피에 손톱을 세우고 머리카락을 움켜쥐고 힘을 줬을 때 통증이 생각을 빼앗아 가 버린다는 걸 깨달았다.

"소라오, 안 돼, 머리 벗겨져."

토리코가 내 손을 잡고 말리려고 했다. 난 그것을 뿌리치며 일어났다.

"소라오——."

걱정스럽게 말을 걸어오는 토리코를 향해 난 말했다.

"토리코, 따귀 좀 때려줘."

"뭐?! 왜?!"

"생각을 계속했다간 미쳐버릴 것 같아. 부탁이야."

"때…… 때려줬으면 좋겠어?"

토리코의 목소리가 날카로워졌다. 난 초조하게 고개를 저었다.

"정신 차리게 해준다면 뭐든 좋아! 해줘!"

그렇게 외치며 난 눈을 꽉 감고 고통을 기다렸다.

실제로 뭐든 좋았다. 따귀는 물론 주먹으로 때려도 지금의 난 환영했겠지. 엉망진창인 머릿속을 강한 자극으로 덮어버리고 싶었다.

다 알고 있어. 넌 DV라는 말을 듣는 건 싫어하지만 날 때리는 건 좋아하잖아. 야마노케를 내쫓아줬을 때도 기분 좋아 보였고, 일이 있을 때마다 내 얼굴을 문질러대면서 뭔가 텐션이 이상했으니까. 하지만 괜찮아, 허락할게, 토리코니까. 그러니까 얼른——.

토리코가 움직이는 기척이 느껴졌다. 반사적으로 몸을 움츠리는 나의 왼쪽 뺨에 손이 닿았다.

이어서 오른쪽 뺨에도 똑같이 손이 닿았다. 살며시, 부드럽게.

그러지 마. 그게 아니라 제대로 기합을 넣어서 손바닥으로 쳐 주면 된다니까. 모르겠어, 토리코? 네 눈앞에서 지금 내가 발광할 것 같으니까──.

입술에 부드러운 것이 닿아서 나의 사고는 순간 새하얘졌다.

키…….

나도 모르게 눈을 떴다. 밀착된 금색 속눈썹이 날 죽일 것 같아서 서둘러 다시 눈을 감았다. 하지만 그 순간, 완벽하게 상황을 파악하고 말았다.

내 얼굴을 양손으로 붙잡고 토리코가 나에게 키스를 하고 있었다.

미인에게선 좋은 냄새밖에 나지 않았다. 정말 불공평했다. 난 아까 거울로 본 초췌한 얼굴을 떠올리며 분개했다. 이 녀석이 잘도, 자기만 예쁘다고 해서, 입술도 촉촉하고 부드럽고, 삼시 세끼 립크림을 먹으면서 사는 건가?

"으응?!"

그 부드러운 입술 틈으로 젖은 감촉이 느껴져 난 깜짝 놀랐다.

혁…… 혀를 넣었어, 이 녀석!

난 발버둥 치며 반사적으로 뒤로 물러났다. 붙들리지는 않았다.

"핫."

얼굴을 뗀 토리코가 거친 웃음소리를 흘렸다. 그 여유 없는 사

나온 미소가 너무나 아름다워서 난 불평도 잊은 채 올려다보고 말았다.

"어때?"

의기양양하기도, 정색하기도, 겁나기도 하는 것 같은 얼굴로 토리코가 물었다.

"토리코야말로…… 어때?"

스스로도 뭘 묻고 있는지 알지 못한 채 내가 말하자 토리코가 혀끝으로 자신의 입술을 살짝 핥으면서 골똘히 생각하는 듯 대각선 위쪽을 바라보았다.

맛보지 마, 바보야!

그 표정이 갑자기 풀어지더니 참지 못한 듯 큰 웃음이 터지고 말았다.

"아하하하."

토해내는 듯한 웃음소리에 난 기가 죽었다.

"뭐야?!"

웃느라 떨리는 입술로 토리코가 공언했다.

"토한 냄새가 나!"

"……이 멍청이!!"

내가 화를 내자 토리코는 폭소하며 배를 붙잡고 침대 위에 엎드리고 말았다.

"최악이야! 이제 됐어! 난 소파에서 잘 거니까, 안녕!"

"미안, 미안, 가지 마."

침대에서 나오려는 날 뒤에서 토리코가 끌어안았다.

"토…… 토한 냄새가 나도 참을 테니까……."

뒷말은 또다시 폭소에 묻혀서 제대로 나오지 않았다. 토리코는 웃음 포인트를 건드리면 좀 오래갔다. 날 붙잡은 채 침대에 쓰러져서 게다가 이번에는 놓아주지 않았다. 난 찌푸린 얼굴로 잠시 뒤로 안겨 있어야 했다.

"하아…… 미안하다니까."

"뭐야? 정말……."

"하지만 정신을 차렸잖아?"

결과만 좋으면 다 좋다는 듯이 말하기는.

"……덕분에."

난 떨떠름하게 답했다.

키스 당한 충격으로 그만큼 뿌리 깊다고 생각했던 공포도, 끓어올랐던 머릿속 생각도 완전히 날아가 버리고 말았다. 아주 새하얗게.

무의식중에 난 중얼거렸다.

"나라서 다행이야."

지금의 나라서 다행이야.

엄마가 죽고 오랫동안 호된 일을 겪었지만 토리코를 만날 수 있었다는 것만으로도 이미 내 인생은 만점이었다.

정말…… 토리코가 없는 나의 인생 따위 이제 생각할 수도 없었다.

"응? 뭐라고?"

토리코가 되물어서 난 시무룩하게 다시 말했다.

"나라서 다행이라고 했어! 갑자기 그런 일을 당하면 싫어하는 사람도 있으니까!"

"괜찮아. 그런 건 소라오에게만 하니까."

아무렇지도 않은 한 마디에 나의 반격은 어이없이 격추되고 말았다.

"저기, 나 좀 봐."

마지못해 토리코 쪽을 바라보기가 무섭게 꽉 끌어안겼다. 머리를 쓰담쓰담 쓰다듬어서 머리가 엉망진창이 됐다.

"자, 잠깐만."

"소라오, 좋아해. 알고 있어?"

모근을 칭찬하며 늘리려는 것처럼, 두피를 향해 속삭였다. 잠시 갈등한 후 난 후우 하고 숨을 내쉬며 말했다.

"알아. 날 뭐라고 생각하는 거야?"

"……이,"

"이 세상에서 가장 친밀한 관계잖아. 토리코가 본인 입으로 그렇게 말했으면서."

이번에는 아무 말 없이 토리코가 날 강하게 끌어안았다.

"……답답해."

"……."

"응?!"

아, 혹시 이럴 때는 나도 같이 끌어안아야 하는 거야?

그걸 깨달았을 때는 이미 늦은 듯, 만족한 건지 토리코가 팔의 힘을 풀면서 날 해방시켜줬다.

모포와 홑이불의 산에 파묻혀서 우리는 잠깐 동안 서로 바라 보았다.

토리코의 반짝반짝한 눈과 아주 가까운 거리에서 마주 보고 있다는 사실을 참지 못한 난 서둘러 항복하곤 눈을 감았다.

"잘 자."

"아침에 봐."

깊이 잠들기 전에 깨달은 거지만 어느샌가 우리는 손을 잡고 있었다. 놓으려고는 하지 않았다.

8

다음 날 아침, 셔터로 닫혀 있던 창문을 열어보니 밖은 활짝 갠 하늘 아래, 온통 설경이 펼쳐져 있었다.

"굉장하다! 새하얘!"

"쌓였구나."

코트를 입고 밖으로 나갔다. 적설량은 고작 10센터 정도. 이 정도라면 AP—1의 크롤러로 답파할 수 있었다.

두 사람 모두 설국 출신이지만, 이런 식으로 일체 사람의 흔적 이 없는 새로운 눈이 어디까지나 이어지고 있는 광경은 처음이 었다. 눈 위에 발자국이 남지 않았다는 것만으로도 텐션이 올라 갔다. 나란히 경사면에 엎드려 누워 양팔을 펼쳐 눈 위에 '천사 의 날개'를 그리고, 눈덩이를 뭉쳐 던지고, 어중간한 크기의 눈 사람을 만들면서 당분간 놀았다.

몹시 추워졌기 때문에 주차장에서 인스턴트 콘 스프를 만들어 마셨다. 놀고 있는 동안 주변을 둘러봤더니 다리는 좀 더 앞쪽에서 쉽게 찾았다.

아마도 이세계의 밤에는 단순히 어두워지고 생명체가 활성화되는 일만 일어나는 건 아닐 것이다. 공간이나 시간까지도——혹은 공간이나 시간에 대한 인간의 인식을 일그러뜨리는 것 같았다. 그래서 어젯밤에는 분명, 아무리 나아가도 다리에 도달하지 못한 거겠지.

스프와 칼로리 메이트, 커피로 아침 식사를 끝내고 우리는 출발 준비를 시작했다. 묵었던 방을 한 번 더 다시 둘러보고 잊은 물건이 없는지 확인. AP—1에 짐을 쌓아 올리고 엔진을 켰다.

AP—1은 녹색 비닐 커튼을 밀어 헤치면서 주차장에서 도로로 나왔다.

태양 아래에서 이세계는 새하얗게 빛나고 있었다.

우리 뒤로 2개의 바퀴 자국이 늘어졌다. 불과 100미터 정도 나아갔을 때 전방에 다리가 나타났다. 주칠을 한 난간이 붙은 일본풍 다리로 온천 지역 강에서 흔히 볼 수 있을 만한 것이었다.

다리 앞에 도착한 후, 우리는 일단 AP—1에서 내렸다. 이 차의 중량을 견딜 수 있을지 체크하지 않으면 무서워서 나아갈 수가 없었으니까. 눈에 가려진 구멍은 없는지 삽과 긴 쇠지레로 전방을 살피면서 다리를 건넜다. 이상한 금이나 상처도 없었고 차량 통행에도 문제는 없는 것 같았다.

왔던 길을 되돌아가 이번에는 AP—1을 타고 다리를 건넜다.

강 건너편에 도착해 오른쪽으로 돌아 강가를 달렸다. 이윽고 강변으로 내려갈 수 있는 비탈길을 발견했다. 눈 때문에 미끄러지진 않을지 조마조마해하면서 저속으로 비탈길을 내려가 돌멩이가 데굴데굴 굴러다니는 강변으로 향했다. 지면이 평평하지 않았기 때문에 승차감은 여기가 최악이었지만 나츠미가 교체해준 크롤러의 가동 바퀴가 울퉁불퉁한 길을 흡수해줬기 때문에 이래도 꽤 나은 것이었다.

저속으로 10분 정도 달렸을 때, 가는 방면으로 낯익은 평평한 큰 돌이 보였다. 우리가 서치라이트를 설치한 장소였다.

"도착했어!"

"해냈다!"

우리의 환호성이 이세계에 울려 퍼졌고 쌓여 있던 눈에 흡수되었다.

큰 돌 옆쪽은 마침 눈이 쌓이지 않은 천연 피난처처럼 되어 있었기 때문에 그곳에 AP—1를 세웠다.

"와아."

"해냈네."

둘이서 무심코 하이파이브. 첫 원정은 그럭저럭 성공했다고 말해도 되겠지.

"하아——, 피곤해. 어서 돌아가자. 샤워하고 싶어."

"DS 연구소에 가서 하게 해달라고 할까?"

"허락해줄까?"

"가능할 거야."

난 AP—1에서 내려 화물칸 위에서 등산용 배낭과 라이플을 내렸다.

"쇠지레나 무거운 물건은 일단 그냥 놔둬도 되겠지? 시트를 덮어두자. 습기가 차면 안 되는 것만 갖고 돌아가고."

"오케이."

"게이트는 그러니까, 아, 찾았다."

게이트의 위치를 나타내는 돌탑도 눈에 묻혀 있었다. 오른쪽 눈으로 직접 찾는 게 더 빨랐다.

"가자."

"앗, 저기, 잠깐만 기다려."

토리코가 당황한 듯 날 불러세웠고 자신의 등산용 배낭을 주섬주섬 뒤지기 시작했다.

"왜 그래?"

"이거, 줄게."

가방 안에서 나온 건 세련된 디자인의 나무상자였다. 하얗게 칠한 바탕에 처음 보는 메이커 로고의 낙인이 찍혀 있었다.

내 짐을 눈 위에 올려두고 난 상자를 받아들었다.

"이게 뭔데?"

"선물. 열어봐도 돼."

시키는 대로 위쪽 뚜껑을 밀어서 열었다.

오렌지색 스웨이드 천이 붙은 안쪽 상자에 2개의 나이프가 나란히 담겨 있었다.

목제 손잡이가 붙은 순박하고 깔끔한 형태의 나이프였다. 칼을 접는 타입인 것 같았다. 두 개를 비교해보니 사이즈가 미묘하게 달랐다.

"좀 더 작은 게 소라오 거야."

"뭐? 그럼 이쪽은?"

"내 거."

선물이라고 했으면서 토리코가 먼저 손을 뻗어 자신의 나이프를 붙잡았다. 달칵, 칼을 접어서 손바닥에 올렸다.

"자, 여기 좀 봐."

손잡이 부분 뒤에 상자의 것과 똑같은 낙인이 새겨져 있었다. 상징적인 무늬의 날아가는 새. 반대편에는 헤엄치는 물고기.

"이건……."

"그래. 우리 두 사람의 마크."

"부……부끄러운데, 이런 건."

"아, 그래? 필요 없으면——."

"거짓말이야, 필요해, 필요합니다."

내가 손을 뻗었더니 토리코가 갑자기 소리를 높였다.

"앗, 저기, 잠깐만! 역시 내가 줄게."

"아, 으응."

토리코가 상자에서 나의 나이프를 집어 들어 펼쳐진 손바닥에 올리고 칼날을 자신 쪽으로 향하게 한 뒤 손잡이를 내 쪽으로 곧장 내밀었다.

"받아줄래?"

손바닥 위에서 나이프의 칼끝이 토리코의 심장을 향하고 있었다. 그리고 토리코의 남색 눈동자는 나의 눈을 똑바로 바라보고 있었다.

토리코, 그렇게 보면 어떻게 해? 내 오른쪽 눈은 위험한데…….

그렇게 생각하면서도 난 시선을 돌릴 수 없었다.

"……물론이지."

난 손을 내밀어 새와 물고기 낙인이 찍힌 손잡이를 꽉 잡았다.

"어때? 캠핑할 때 보통 사용할 수 있는 걸로 골라봤는데."

"응……."

잡아보니 목제 손잡이는 사이즈도 형태도 너무 딱 맞아서 무서울 정도였다.

"너무 딱 맞는데……혹시 내 손의 사이즈를 쟀어?"

"뭐? 알아, 그 정도는, 굳이 재보지 않아도."

"그, 그런가요?"

칼을 접어보았다. 쓸데없는 힘도 필요 없었고 손잡이의 갈라진 부분으로 쉽게 칼이 들어갔다. 심플한 형태로 보이지만 사이즈나 낙인을 주문 제작한 것도 그렇고 이건 꽤 가격이 비쌀 것 같은데…….

"고마워, 너무 기뻐. 편하게 쓸 수 있을 것 같아."

"다행이다."

"하지만 갑자기 왜? 첫 원정 성공 기념으로?"

"그야 뭐, 그런 날이니까."

"그런 날?"

무슨 뜻인지 몰라 되묻는 나에게 토리코가 눈썹을 축 늘어뜨린 채 말했다.

"크리스마스는 가족들의 이벤트니까 소라오에겐 어쩌면 나쁜 추억일지도 몰라 좀처럼 말을 꺼낼 수 없었는데——."

"응? 뭐?"

"지켜보니 그런 느낌도 아니고 그냥 단순히 전혀 의식하지 않는 것뿐인 것 같길래——."

"크리스마스?"

"역시나."

멍하니 있는 나를 향해 한숨을 내쉬며 토리코가 말했다.

"어제가 24일. 오늘이 25일이야."

그 말을 듣고 겨우 날짜와 행사가 머릿속에서 연결되었다. 난 선물을 내려다보며 바보처럼 같은 말만 되풀이했다.

"……그래. 크리스마스였구나."

"맞아. 줄 수 있어서 정말 다행이야."

"고…… 고마워."

"별말씀을."

크리스마스…….

네, 네. 과연. 그런 거였나요?

그럼 난 그건가……? 하필이면 크리스마스이브에 토리코와 단둘이 러브호텔에 머물렀던 거야……?

폐허였지만…….

마음껏 토했지만…….

시시한 생각을 하고 있는데 토리코가 갑자기 말을 꺼냈다.

"크리스마스 도로."

"응? 뭐?"

"길 이름. 좋지 않아? 괜찮지?"

잠시 난 아무 말도 하지 않았지만 겨우 말을 되찾고 신음했다.

"좋은 이름을……붙였네……."

앞으로 이 길을 지나갈 때마다 이번 일을 떠올리게 만들 이름
이라고 생각했다.

"잘됐다. 그럼 이걸로 결정."

내 마음도 모른 채 토리코는 수줍어하듯 웃었다.

"메리크리스마스, 소라오!"

이세계 피크닉
Otherside Picnic 4
이세계 마행

참고문헌

본 작품은 선행하는 다수의 실화괴담, 인터넷 괴담을 모티프로 하고 있습니다. 그 중에서도 특히 직접 인용한 것에 대해 기술하겠습니다. 본편의 내용과 연결되어 있으니 스포가 신경 쓰이는 분은 주의를.

■ 파일 12 그 목장에서의 일

「산속 목장」에 대한 출처는 3권, 파일 11의 해설을 참조로 하고 싶습니다.

산과 기묘한 목축 시설에 얽힌 체험담은 그 외에도 몇 개가 존재합니다. 직접 인용은 하지 않겠지만 이미지 소스로서 언급해 두고 싶습니다.

하나는 아가츠마 토시키의 『기기이초지 저주』(타케쇼보우 문고, 2015) 「산골 마을」. 산속에서 맞닥뜨린 무인 마을에서 「무서운 얼굴을 한 소 무리」와 조우하는 이야기입니다. 차에 동승하고 있던 체험자의 아내가 그 소의 얼굴이 회사 상사와 닮았다고 말합니다.

또 하나는 서적이 아닌 영상 작품으로 『괴기 컬렉터 스자크몬 이즈루』(라쿠소샤 2014)에 나왔던 「고양이 목장」입니다. 홋카이도의 산을 드라이브하던 중, 고스트 타운으로 들어가게 되고 그곳에 있던 목장 외양간 안에서 「사람이라고 하기에는 큰, 네발로 기는 알몸의 남자」와 조우하고 지붕에서 내려다보는 「고양이」를 목격합니다. 여기서는 차에 동승했던 체험자의 여자친구가 「저건 고양이가 아니다」라고 말합니다. 「귀신」이었다고…….

「산속 목장」을 시작으로 한, 이러한 종류의 이야기에는 중요한 구성 요소가 공통성을 가지고 있는 것 같지만 디테일이 너무 달라 안이한 해석을 용납하지 않습니다.

「쿠단」은 서일본에서는 많이 전해지는, 사람 얼굴에 짐승의 몸을 가진 괴물이며, 소의 얼굴에 사람의 몸을 한 「우녀」는 롯코산에서 뿌리 깊은 목격정보가 있습니다. 이 두 가지를 연관 지어서 이야기한 건 『신미미부쿠로 현대 괴담 제1야』(키하라 히로카츠 / 나카야마 이치로 미디어 팩토리 1998 / 카도카와 문고, 2002)가 아마도 시작일 것입니다. 본 작품 속에선 「쿠단」과 「우녀」의 구별을 제대로 하지 않고 쓴 것처럼 읽히는 부분이 있을지도 모르는데, 화자인 소라오가 양자와 어떠한 관련이 있다는 걸 전제로 이야기하고 있기 때문일 겁니다.

중요 생명체임에도 불구하고 「쿠단」이나 「우녀」의 인터넷 괴담은 별로 볼 수 없습니다. 몇 개 없는 예외로서는 예를 들어 2채널 게시판의 오컬트 초현실 현상판 「〉〉〉산에 얽힌 무서운 이야기 Part 4〈〈〈댓글 311~313(2003/11/28)에서 「뇌조 1호」씨가 중국 지방에서 채집한 「쿠단」의 이야기를 3가지 이야기합니다. 반드시 사람 얼굴에 소의 몸을 가진 것은 아니며 다른 모습을 한 수인을 「쿠단」이라고 불리는 일이 있다는 게 흥미롭습니다.

■ 파일 13 옆집의 판도라

유명한 인터넷 괴담 「판도라 [금후]」는 「무서운 이야기 투고 : 호러 텔러」에 투고됐습니다. (2009/2/11) 그리고 한 달 후, 「판도라 [금후]에서 이뤄지고 있는 의식에 대한 상세한 내용이 같은 게시판에 투고됐습니다. (2009/03/17) 본 작품 안에서는 이 두 가지의 기록에서 묘사를 인용하고 있습니다.

문을 연 인물의 손목이 이상하다는 묘사는 앞서 말한『신미미부쿠로 현대 괴담 제1야』제48화「옆집 여자」에서 인용했습니다.

■파일 14 온천으로의 초대

온천에서 출현한 마네킹은 2채널 게시판 오컬트 초현실 현상판「죽을 만큼 장난 아닌 무서운 이야기를 모아보지 않을래? 10」댓글 412~424에 기입된「마네킹」을 모티프로 하고 있습니다. 친구 집에서 조우한 무서운 경험을 말해준 이야기로 초현실적인 현상은 전혀 일어나지 않았음에도 불구하고, 불온하고 기분 나쁜,「죽을 만큼 장난 아닌 무서운 이야기를 모아보지 않을래?」초기의 잊을 수 없는 한 편입니다.

■파일 15 이세계 야행

「빨간 사람」의 직접적인 모티프는『신미미부쿠로 현대 괴담 제6야』(키하라 히로카츠 / 나카야마 이치로, 미디어 팩토리, 2001 / 카도카와 문고, 2004)에 수록된「방문자」에 등장하는 현관에 나타난「사람의 형상을 한 새빨간 생명체」입니다. 이 이야기는 2미터 이상의 크고 새빨간 사람이 현관 벨을 누르고 문 위에 있는 채광용 화장 유리로 집 안을 들여다보고 있었다는 목격담입니다. 히가시무라야마 시의 이야기라고 합니다.

또한 2채널 게시판 오컬트 초현실 현상판에도 「빨간 사람이 집에 온 적 있는 분들 있나요?」라는 댓글 (2015/05/07)이 달리고 댓글 주인 이외에도 몇 명인가가 같은 체험을 이야기하고 있습니다.

소라오가 초등학교 교정에서 기묘하게 어긋난 세계로 가는 장면은 2채널 게시판 오컬트 초현실 현상판 「어린 시절의 이상한 기억☆그 14」 댓글 804, 805(2006/02/06)에 기록된 체험담에서 묘사를 인용하고 있습니다. 개인적으로도 정말 좋아하는 이야기라 4권에 드디어 등장시킬 수 있게 되어서 기쁩니다. 정리 사이트에서 「이세계」라는 타이틀이 붙어있는 이 이야기를 보면 투고자 자신이 「당시 플레이했던 드래곤 퀘스트 3」에 나오는 이세계를 떠올리며 「이세계에 오고 말았다!」고 애타게 말합니다.(게임 속 정확한 명칭은 「아래 세계」이지만 「이세계」라고 부르고 만 마음도 이해할 수 있을 것 같습니다. 과거 어린이들 사이에서는 다양한 게임에서 비기를 사용해 갈 수 있는 「이면」, 「숨겨진 스테이지」의 소문이 흔했기 때문일 것입니다.)

매번 직접적, 간접적으로 영향을 받은 인터넷 괴담, 실화 괴담의 보고자 여러분께 감사드립니다.

항상 즐겁고 겁나게 해주셔서 정말 감사합니다. 이 책이 자그마한 보은이 되길 바랍니다.

이세계 피크닉

Otherside Picnic 4

이세계 마행

본서는 새로 집필한 작품입니다.

URASEKAI PIKUNIKKU 4 ⓒ 2019 Iori Miyazawa

This book is published by arrangement with Hayakawa Publishing Corporation through Imprima Korea Agency

[이세계 피크닉] 4
이세계 야행

2023년 5월 15일 1판 1쇄 발행

저자 미야자와 이오리
옮긴이 심희정
발행인 유재옥
본부장 조병권
담당편집 정영길
편집1팀 김준균 김혜연
편집2팀 정영길 조찬희 박치우 정지원
편집3팀 오준영 이해빈 이소의
편집4팀 전태영 박소연
미술 김보라 박민솔
라이츠담당 김정미 맹미영 이윤서
디지털 박상섭 김지연
발행처 ㈜소미미디어
제작처 코리아피앤피
등록 제2015-000008호
주소 서울시 마포구 토정로 222, 403호 (신수동, 한국출판콘텐츠센터)
판매 ㈜소미미디어
마케팅 한민지 박종욱 최원석 박수진
경영지원 최정연
물류지원 허석용 백철기
전화 편집부 (070)4164-3962, 3963 기획실 (02)567-3388
판매 및 마케팅 (070)4165-6888 Fax (02)322-7665

ISBN 979-11-384-1848-5 (04830)
ISBN 979-11-6507-450-0 (세트)